CW01072608

Titre original : *Five Children and It*
Text illustrations © H.R. Millar
© Éditions Gallimard Jeunesse, 2004,
pour la traduction et l'illustration de couverture

E. Nesbit

UNE DRÔLE DE FÉE

Illustrations de H.R. Millar

Traduit de l'anglais
par Bee Formentelli

FOLIO JUNIOR/**GALLIMARD** JEUNESSE

Mon Chérubin, tu es si, si petit,
Tu n'as pas encore appris à lire.
Jamais aucun livre n'a eu à subir
L'impatience de tes mains potelées.
Aussi, bien que ce livre te soit destiné,
Mère va le poser sur l'étagère
Jusqu'à ce que tu saches lire. Ô Temps vorace,
Ce jour viendra bien trop tôt, hélas !

I
Beaux comme le jour

La maison se trouvait à un peu plus de quatre kilomètres de la gare, mais le cabriolet poussiéreux ne roulait pas depuis cinq minutes, à grand fracas, que les enfants commençaient déjà à mettre leur museau à la fenêtre en disant : « On est bientôt arrivés ? » Et les rares fois où ils passaient devant une habitation, ils demandaient tous d'une seule voix : « C'est là ? » Mais ce n'était jamais là. Il leur fallut atteindre le sommet de la colline, entre la carrière de craie et la sablière, pour voir se dresser devant eux une maison blanche entourée d'un jardin vert, qui se prolongeait par un grand verger.

– Nous y sommes, annonça Mère.

– Comme la maison est blanche ! s'exclama Robert.

– Vous avez vu les roses ? s'écria Anthea.

– Et les prunes ! renchérit Jane.

– Pas mal du tout ! daigna reconnaître Cyril.

– Veux p'omener, déclara le bébé.

Sur ce, la voiture stoppa dans un ultime et bruyant soubresaut.

Puis, dans la mêlée confuse qui s'ensuivit pour sortir aussitôt du cabriolet, il y eut force coups de pied ou orteils écrasés, mais personne ne sembla s'en soucier. Mère, assez curieusement, ne semblait pas pressée de descendre de voiture ; et lorsqu'elle s'y résolut enfin, elle le fit très posément, en empruntant le marchepied, au lieu de sauter à terre, comme à son habitude. Plus étonnant encore, elle parut préférer surveiller le transport des malles à l'intérieur de la maison et même régler le cocher que de se joindre à la première course folle des enfants à travers le jardin, le verger et la jungle d'épines et de chardons, de bruyère et de ronces qui s'étendait entre la grille cassée et la fontaine tarie sur le côté de la bâtisse. Pour une fois, il faut avouer que Cyril, Anthea, Robert et Jane se montrèrent plus avisés que leur mère !

En réalité, ce n'était pas du tout une jolie maison. Elle était même très ordinaire et, qui plus est, fort incommode selon Mère qui déplorait la quasi-absence d'étagères (à peine y trouvait-on un placard !). Quant à Père, il disait volontiers que la dentelle de ferronnerie de la toiture était un vrai délire d'architecte. Mais la Maison Blanche était perdue au plus profond de la campagne, loin de tout, sans aucun vis-à-vis. Aux yeux d'enfants qui venaient de passer deux années entières à Londres sans même pouvoir se rendre une seule fois au bord de la mer pour la journée avec un billet de train à tarif réduit, elle ne pouvait être qu'une sorte de palais des fées dressé au milieu du paradis terrestre. Pour peu que vous n'apparteniez pas à une famille fortunée, Londres devient vite une sorte de prison.

Il y a les boutiques, bien sûr, et les théâtres, et le célèbre musée de la Magie, Maskelyne and Cooke's, et toutes sortes d'endroits délicieux. Mais si vos parents sont désargentés, ils ne peuvent vous emmener au théâtre et n'ont pas non plus les moyens de vous acheter quoi que ce soit dans les boutiques. Et à Londres, on ne trouve évidemment aucune de ces merveilleuses choses avec lesquelles les enfants peuvent jouer sans se blesser : les feuilles, le sable, l'eau... En outre, là-bas, presque rien n'a la forme qu'il faut ; il n'y a que des lignes droites et des rues monotones, jamais rien de tordu et de bizarre, bref, tout le contraire de ce qu'on trouve à la campagne. Vous le savez, les arbres sont tous différents, et – je suis sûre et certaine qu'il s'est trouvé au moins une ennuyeuse grande personne pour vous le dire – il n'y a pas deux brins d'herbe semblables. Mais dans les rues, où ne pousse aucun brin d'herbe, tout est pareil. Voilà pourquoi tant d'enfants condamnés à vivre en ville sont insupportables. Ils ne savent pas pourquoi ils ont le diable au corps, et leurs mères, tantes, oncles, cousins, tuteurs et gouvernantes ne le savent pas davantage ; mais moi, je le sais. Et vous aussi, désormais. A la campagne, il arrive aussi parfois que les enfants soient infernaux, mais pour des raisons très différentes, en général.

Avant même qu'on les ait attrapés et rendus présentables pour le thé, les enfants avaient déjà exploré les moindres recoins du jardin et des dépendances, et compris qu'ils allaient être heureux à la Maison Blanche. A vrai dire, ils en avaient eu l'intuition dès la première seconde. Mais quand ils eurent découvert l'arrière de la maison, tout couvert de jasmin blanc exhalant le même parfum que le plus coûteux des flacons jamais offert pour un anniversaire ; quand ils eurent vu la pelouse, si verte et unie – l'opposé, vraiment, de l'herbe brune des jardins de Camden Town ; quand ils eurent visité l'écurie et, juste au-dessus, une soupente où restait un peu de vieux foin, ils en furent presque certains. Et quand Robert eut déniché la balançoire cassée, qu'il eut récolté, en tombant sur la tête, une bosse de la taille d'un œuf, et que Cyril se fut méchamment pincé le doigt dans la porte d'un clapier où il n'était pas déraisonnable d'imaginer des lapins, alors ils n'eurent plus l'ombre d'un doute – et si vous en avez encore, tant pis pour vous !

Mais le plus merveilleux dans tout cela, c'était l'absence totale de règles du genre : « N'allez pas là ! » ou « Ne faites pas ça ! » A Londres, le moindre objet porte la mention : « Ne pas toucher. » Bien sûr, l'étiquette est invisible, mais cela ne change rien à l'affaire, puisque vous savez bien qu'elle est là. Essayez donc un peu de l'ignorer ! Vous pouvez être sûrs de vous voir rappeler à l'ordre sans tarder !

La Maison Blanche, adossée à un bois et encadrée, d'un côté, par la carrière de craie, de l'autre, par la sablière, se dressait en haut d'une colline. Au pied de celle-ci s'étendait une plaine hérissée de bâtiments aux formes étranges où l'on brûlait de la chaux, une grande brasserie en brique rouge et quelques autres bâtisses. Quand les hautes cheminées fumaient et que le soleil brillait de tout son éclat, la vallée semblait envahie par une brume dorée, et les fours à chaux et les séchoirs à houblon scintillaient et miroitaient au point qu'on eût dit une ville enchantée des *Mille et Une Nuits*.

Maintenant que j'ai planté le décor de mon histoire, je pourrais, bien sûr, évoquer la vie quotidienne de mes jeunes héros (vous vous y reconnaîtriez tout à fait) et vous raconter toutes sortes d'anecdotes intéressantes que vous n'auriez aucune raison de mettre en doute. Et quand je vous dirais combien ils pouvaient parfois être exaspérants tous les quatre – comme il vous arrive de l'être –, vos tantes écriraient probablement au crayon dans la marge : « Comme c'est bien vu ! » ou « C'est exactement comme dans la vie ! », et vous tomberiez sur ces commentaires, qui ne vous plairaient probablement pas. Aussi ai-je décidé de me limiter aux événements vraiment exceptionnels que nos quatre amis ont vécus. Vous pourrez donc laisser traîner le livre sans problème, aucun de vos oncles ou tantes n'ira jamais noter dans la marge : « Comme c'est bien observé ! » En effet, les grandes personnes ont beaucoup de mal à accorder foi au merveilleux, à moins qu'on ne leur donne ce qu'elles appellent des preuves. En revanche, les enfants sont prêts à croire n'importe quoi ou presque, et les adultes le savent très bien. Voilà pourquoi ils vous racontent que la Terre est ronde comme une orange, quand il est évident, à première vue, qu'elle est plate et couverte de bosses ; voilà pourquoi ils vous disent que le Soleil tourne autour de la Terre, quand vous constatez tous les jours, de vos propres yeux, que le Soleil se lève le matin et va se coucher le soir en brave Soleil qu'il est, tandis que la Terre, qui connaît parfaitement sa place, s'y tient et reste aussi tranquille qu'une petite souris. Cependant, j'ai bien peur que vous ne croyiez à toutes ces fariboles, auquel cas vous n'aurez aucun mal à croire aux miennes qui, en réalité, n'en sont pas. Eh bien, leur première semaine à la campagne ne s'était pas encore écoulée qu'Anthea, Cyril et les autres avaient déjà fait la connaissance d'une fée. Tel était du moins le nom qu'ils donnaient à cette étrange créature, car c'était ainsi qu'elle s'était présentée ; et bien entendu elle devait le savoir mieux que personne. Toutefois, la fée en question ne ressemblait en rien aux fées que vous avez pu croiser dans la vie ou dont vous avez pu entendre parler dans les livres ou ailleurs.

La rencontre eut lieu à la sablière. Père avait dû s'absenter brusquement pour ses affaires et Mère était allée tenir compagnie à Grand-Mère qui venait de tomber malade. Tous deux avaient quitté en grande hâte la maison et, depuis leur départ, celle-ci paraissait terriblement vide et tranquille. Les enfants erraient de pièce en pièce, regardant d'un œil morne les parquets encore jonchés de morceaux de papier d'emballage et de bouts de ficelle – résidus de l'emménagement tout récent – et désespérant de trouver une occupation.

Ce fut Cyril qui rompit le silence le premier :

– Et si on faisait semblant d'être au bord de la mer ? Prenons nos pelles et allons creuser à la sablière !

– Père dit que, il y a très longtemps, la mer venait jusqu'ici, affirma Anthea, et qu'on peut encore trouver dans le sable des coquillages vieux de plus de mille ans.

Ils prirent donc le chemin de la carrière de sable. Bien entendu, ils étaient déjà allés y jeter un coup d'œil, sans pour autant s'y aventurer, de peur que leur père ne la leur interdît, comme il l'avait déjà fait pour la carrière de craie. La sablière ne présentait pas de réel danger, pour peu qu'on eût soin, comme les charrettes, de la contourner et d'y descendre sagement par la route au lieu d'en dévaler les pentes.

Les enfants, chacun armé de sa pelle, portaient tour à tour le Chérubin. Le Chérubin, vous vous en doutez, était le bébé. Soit dit en passant, ce n'était pas une sagesse d'ange qui lui avait valu ce surnom, mais bien plutôt un visage rond et des joues colorées. De même, Anthea avait été rebaptisée Panthère, ce qui peut sembler un peu étrange au premier abord, mais s'explique par la ressemblance phonétique entre les deux noms.

La carrière de sable était vaste. Sur tout le pourtour poussaient de l'herbe et des fleurs sauvages jaunes et pourpres curieusement sèches et fibreuses. On eût dit une cuvette destinée à la toilette d'un géant. Il y avait là des montagnes et des montagnes de graviers et de gravillons et, sur les côtés de la « cuvette », des cavités

13

par lesquelles s'écoulaient les cailloux et, beaucoup plus haut, sur les parois escarpées, d'autres cavités, plus étroites, qui servaient de portes d'entrée aux petites maisons des hirondelles de rivage.

Les enfants bâtirent leur château de sable, mais sans excès d'enthousiasme. L'entreprise est évidemment beaucoup moins excitante, quand vous n'avez aucune chance de voir la marée tout balayer, entrer sans crier gare dans votre château, inonder les douves et à la fin, enfin – quelle joie ! –, mouiller tout le monde au moins jusqu'à la taille.

Cyril proposa de creuser une grotte pour jouer aux contrebandiers, mais les autres, craignant d'être enterrés vivants, se montrèrent récalcitrants. On décida donc de mettre en commun toutes les pelles et de creuser un tunnel – direction l'Australie. Comme vous le voyez, Anthea, Jane et leurs frères étaient persuadés que la Terre était ronde et que, de l'autre côté du monde, les petits Australiens marchaient à l'envers, les pieds au plafond et la tête en bas, exactement comme les mouches.

Ils creusèrent, creusèrent, creusèrent au point d'en avoir les mains toutes sableuses, rouges et brûlantes et la figure luisante de sueur. Bien entendu, le Chérubin avait voulu goûter au sable et, ayant découvert que ce n'était pas du sucre brun, comme il l'avait cru, avait crié jusqu'à n'en plus pouvoir de fatigue. A présent, il dormait au milieu du château inachevé roulé en boule comme un gros petit pâté bien chaud, ce qui permettait à ses frères et sœurs de travailler vraiment dur à leur galerie souterraine. Le tunnel qui devait les conduire en Australie fut bientôt si profond que Jane, dont le petit nom était Pussy, supplia les autres de s'arrêter :

– Imaginez un peu que le fond du tunnel cède d'un seul coup, et qu'on dégringole au milieu des petits Australiens, eh bien, tout le sable leur volerait dans les yeux !

– C'est vrai, acquiesça Robert. Et ils nous détesteraient, ils nous jetteraient des pierres et nous empêcheraient de voir les kangourous, les opossums, les eucalyptus, les émeus… et tout !

Cyril et Anthea savaient bien, eux, que l'Australie était tout de même assez loin, mais ils consentirent à mettre leurs pelles de côté et à continuer à creuser avec les mains. C'était assez facile car, au fond du trou, le sable était doux, fin et sec comme celui des plages, et il y avait effectivement de petits coquillages dedans.

– Dire que jadis, fit Jane, il y avait ici une grande mer toute mouillée, qui moussait et qui brillait, avec plein de poissons, d'anguilles de mer, de coraux et de sirènes !

– Et des mâts de galions espagnols, et des trésors engloutis ! renchérit Cyril. Ah, si seulement je pouvais trouver un doublon d'or ou quelque chose comme ça !

– Comment a-t-on emporté la mer ? demanda Robert.

– Sûrement pas dans un seau, espèce d'idiot ! répliqua son frère. Père dit que le lit de la Terre était sans doute devenu trop chaud, comme le nôtre quelquefois, alors la Terre a remonté les épaules, et la mer a dû glisser, comme nos couvertures, parfois, et l'épaule qui était restée découverte s'est desséchée et transformée en désert… Allons donc chercher des coquillages. Il doit y en avoir dans cette petite grotte, là-bas. Oh, je vois même pointer quelque chose qui ressemble fort à une ancre de vaisseau englouti ! D'ailleurs, il commence à faire diablement chaud dans ce trou australien.

Ils acceptèrent tous la proposition de Robert, à part Anthea qui continua à creuser. Quand elle avait commencé quelque chose, il lui fallait absolument aller jusqu'au bout. C'eût été un déshonneur à ses yeux que d'abandonner le tunnel avant d'avoir atteint l'Australie.

La grotte s'avéra décevante. Les enfants n'y trouvèrent pas le moindre coquillage, et la prétendue ancre de vaisseau naufragé n'était en fait que l'extrémité cassée d'un manche de pioche. Déconfite, la petite troupe commençait à se dire que, lorsqu'on n'est pas au bord de la mer, le sable donne horriblement soif. Quelqu'un venait même de suggérer qu'on rentre boire une limonade à la maison, quand Anthea poussa un cri :

– Cyril ! Viens ici ! Oh, venez vite ! C'est un truc *vivant*. Il va s'en aller. Vite !

Et tous de retourner en toute hâte au bord du trou.

– Ce serait un rat, que ça ne m'étonnerait pas ! déclara Robert. Père dit qu'ils pullulent dans les vieux coins abandonnés et, ici, ça doit être joliment vieux, si la mer s'y trouvait il y a des millions d'années.

– C'est peut-être un serpent, lança Jane, frissonnante.

– Allons voir ! s'exclama Cyril en sautant dans le trou. Je n'ai pas peur des serpents. Je les aime beaucoup, au contraire. Si c'en est un, je l'apprivoiserai, et il me suivra partout ; je le laisserai même dormir dans ma chambre la nuit, enroulé autour de mon cou.

– Ah, non, jamais de la vie ! répliqua Robert sur un ton sans appel (les deux frères partageaient la même chambre). Mais si c'est un rat, bon, d'accord.

– Oh, arrêtez donc de faire les idiots, tous les deux ! gronda Anthea. D'ailleurs, c'est pas un rat, c'est *beaucoup* plus gros. C'est pas un serpent non plus, ça a des pattes – je les ai vues ! – et même de la fourrure ! Non, mais non, surtout pas avec ta pelle, Cyril ! Tu vas lui faire mal ! Creuse donc avec les mains.

– Et, bien sûr, tant pis si ta bestiole me fait mal à moi ! C'est pourtant ce qui risque fort d'arriver, rétorqua Cyril en empoignant sa pelle.

– Oh, non, ne fais pas ça ! s'écria Anthea. Pour l'amour du ciel, Écureuil, ne fais surtout pas ça ! Je… oh, je sais bien, vous allez me trouver ridicule, mais tant pis ! Eh bien, il ou elle a parlé. Je vous jure que la bête a dit quelque chose.

– Quoi ?

– Elle a dit : « Laissez-moi tranquille. »

Cyril fit simplement observer que sa sœur avait probablement perdu la tête et continua à creuser avec sa pelle comme si de rien n'était. Robert en fit autant, et la malheureuse Anthea resta au bord du trou, bondissant de colère et d'inquiétude toutes les trois minutes. Cependant, les deux garçons travaillaient avec le plus grand soin, et bientôt, on put voir qu'au fond du tunnel australien, il y avait effectivement quelque chose qui bougeait : un « truc vivant ».

– Je n'ai pas peur ! s'écria Anthea. Laissez-moi faire.

Et, tombant à genoux, elle se mit à gratter le sable avec acharnement comme un chien qui se rappelle tout à coup où il a enterré son os.

– Oh, de la fourrure ! Je sens de la fourrure ! s'exclama-t-elle, riant et pleurant tout à la fois. Je vous jure que c'est vrai !

Une voix sèche, rauque, monta alors des profondeurs. Ils reculèrent d'un bond, le cœur battant à se rompre.

– Laissez-moi tranquille, implorait la bête.

À présent, chacun pouvait entendre distinctement la voix. Ils se jetaient des coups d'œil les uns aux autres pour vérifier qu'ils ne rêvaient pas, qu'ils l'avaient réellement entendue parler.

– Mais on veut vous voir, lança bravement Robert.

– On aimerait bien que vous sortiez, renchérit Anthea, s'enhardissant à son tour.

– Bon, eh bien, puisque tel est votre désir…, dit la voix.

Le sable remua, tourbillonna, vola en tous sens, et une grosse boule brune toute pelucheuse émergea des profondeurs pour venir rouler dans le trou. Elle se secoua, puis s'assit en bâillant à qui mieux mieux et en se frottant les yeux.

– Je crois que j'ai dû m'endormir, expliqua la chose en s'étirant.

Les enfants, en cercle autour du trou australien, contemplaient, bouche bée, l'étrange créature qu'ils venaient de déterrer. Elle avait des oreilles de chauve-

18

souris et des yeux montés sur de longues cornes – des yeux d'escargot en fait –, qu'elle pouvait rentrer ou sortir à volonté comme des télescopes. Quant à son petit corps replet, il faisait penser à celui d'une araignée, à cette différence près qu'il était, comme ses bras et ses jambes d'ailleurs, couvert d'une épaisse fourrure très douce. En revanche, ses pieds et ses mains ressemblaient plutôt à ceux d'un singe.

– Mais qu'est-ce que… ? C'est quoi, cette chose ? demanda Jane. Faut-il vraiment que nous emmenions ça à la maison ?

La chose en question tourna ses yeux télescopiques vers l'impertinente et la dévisagea un instant avant de lancer :

– Elle dit toujours des idioties pareilles ? Ou bien est-ce ce truc absurde qu'elle porte sur la tête qui la rend aussi stupide ?

Tout en parlant, la chose – ou plutôt la bête – jetait un regard méprisant au chapeau de Jane.

– Elle ne fait pas exprès de dire des bêtises, expliqua gentiment Anthea. Ni elle ni aucun d'entre nous d'ailleurs, quoi que vous puissiez penser ! N'ayez pas peur, nous n'avons pas l'intention de vous blesser, vous savez.

– Me blesser ! Moi ! explosa la créature. Et j'aurais peur, *moi* ! C'est vraiment le comble ! Vous osez me parler comme si j'étais trois fois rien !

Et sa fourrure se hérissa comme celle d'un chat furieux prêt au combat.

– Eh bien, répondit Anthea sans se départir de son amabilité, si nous savions qui vous êtes, nous pourrions éviter de dire des choses qui vous fâchent. Tout ce que nous avons pu vous dire jusqu'à présent semble vous avoir terriblement irritée. Qui êtes-vous donc ? Je vous en prie, ne vous énervez pas ! Nous n'en avons pas la moindre idée, je vous assure.

– Vous n'en avez pas la moindre idée ! répliqua la chose. Sans blague ? Je sais bien que le monde a changé, mais j'ai du mal à croire que vous êtes vraiment incapables d'identifier une Mirobolante quand vous en rencontrez une !

– Une miro… quoi ? C'est du latin pour moi.

– Ça l'est pour tout le monde, répliqua d'un ton acerbe l'étrange créature. Une Myrobolane, avec un y, du latin *myrobolanus*… En français moderne, une Mirobolante ou, si vous préférez, une fée des sables. Quand il vous arrive d'en croiser une, vous passez donc à côté d'elle sans la reconnaître ?

La chose semblait si profondément affligée et blessée que Jane se hâta de dire :

– Évidemment, à présent, je vois bien que vous en êtes une. Une Myri…, une Myra…, pardon, une Myro…, enfin, je veux dire une fée des sables. Maintenant que je vous vois bien, cela semble évident.

– Je vous signale que vous me regardez depuis déjà un bon moment, maugréa la Mirobolante – puisqu'elle s'appelait ainsi – en se pelotonnant à nouveau dans le sable.

– Oh non ! s'écria Robert, ne repartez pas tout de suite ! Parlez-nous encore un peu. J'ignorais que vous étiez une fée mais, dès que je vous ai vue, j'ai su que vous étiez la plus merveilleuse créature que j'aie jamais rencontrée.

Après ce discours, la fée des sables se montra légèrement moins désagréable.

– Ça ne me dérange pas de parler, dit-elle, à condition que vous fassiez preuve d'un minimum de courtoisie envers moi. Mais il n'est pas question que je me plie à vos quatre volontés. Si vous m'adressez gentiment la parole, je vous répondrai peut-être. Ou peut-être pas. Eh bien, dites quelque chose à présent ! Qu'attendez-vous ?

Bien entendu, les enfants restèrent muets. Rien, absolument rien, ne leur venait à l'esprit. Robert finit tout de même par avoir une idée.

– Depuis combien de temps vivez-vous ici ? lança-t-il tout à trac.

– Oh, des siècles, répondit la fée des sables. Plusieurs milliers d'années.

– Racontez-nous. S'il vous plaît !

– C'est dans tous les livres.

– Vous n'êtes pas dans les livres ! s'écria Jane. Oh, dites-nous tout ! Nous ne savons rien de vous, et vous êtes tellement sympathique !

La Mirobolante lissa ses longues moustaches de rat. Entre les deux apparut un sourire.

– Racontez-nous, s'il vous plaît ! crièrent en chœur les enfants.

La rapidité avec laquelle on s'habitue aux choses nouvelles, même les plus invraisemblables, est surprenante. Cinq minutes plus tôt, Anthea et ses frères n'auraient jamais imaginé qu'il existât dans le monde une créature comme la fée des sables, et voilà qu'ils étaient maintenant en grande conversation avec elle, comme s'ils la connaissaient depuis toujours.

– Quelle belle journée ensoleillée ! s'exclama la Mirobolante en dardant ses longs yeux. On se croirait revenu au temps jadis. A propos, où vous procurez-vous vos mégathériums[1] à présent ?

– Quoi ? demandèrent les enfants d'une seule voix.

1. Grand mammifère préhistorique originaire d'Amérique du Sud. C'est l'ancêtre du paresseux.

Il est toujours très difficile, surtout dans un moment de forte excitation ou sous le coup de la surprise, de se rappeler qu'il est impoli de dire : « Quoi ? »

– Y a-t-il toujours beaucoup de ptérodactyles ? poursuivit la Mirobolante.

Les enfants étaient, bien entendu, incapables de répondre.

– Que prenez-vous au petit déjeuner ? interrogea la fée des sables d'un ton impatient. Et qui vous le donne ?

– Œufs au bacon, pain, lait, porridge... C'est Mère qui s'en occupe. Mais qu'est-ce que c'est, les méga-machins-choses et les ptéro-machins-comment-les-appelez-vous-déjà ? Il y a vraiment des gens qui mangent ça, le matin ?

– Eh bien, à l'époque, presque tout le monde prenait du ptérodactyle au petit déjeuner ! C'est une viande entre le steak de crocodile et la cuisse de poulet... Grillé, c'est délicieux ! En ce temps-là, voyez-vous, il y avait des ribambelles de Mirobolantes, et le matin, de très bonne heure, les gens partaient à leur recherche. Dès qu'ils en trouvaient une, ils formulaient un vœu, et la fée des sables l'exauçait aussitôt. A l'aube, donc, chaque famille envoyait ses petits garçons sur la plage avec les souhaits du jour. En général, l'aîné était chargé de demander un mégathérium tout découpé et paré pour la cuisson. Cet animal étant de la taille d'un élé-phant, vous pouvez imaginer la quantité de viande dont on disposait alors ! Ceux qui préféraient le pois-son pouvaient demander un ichtyosaure. Ils ne ris-quaient pas davantage d'être à court, les ichtyosaures mesurant entre vingt et quarante mètres de long! Quant aux amateurs de volaille, ils pouvaient compter sur les plésiosaures : là encore, il y avait de quoi picorer allègrement ! Une fois les provisions faites, les plus jeunes pouvaient formuler d'autres vœux. Quoi qu'il en soit, les jours de fête, tout le monde ou presque demandait des mégathériums. Ou des ichtyosaures : leurs nageoires constituent un mets très délicat – un vrai régal, je vous assure ! – et, en plus, avec leur queue, on peut faire de la soupe.

– Il devait y avoir des montagnes et des montagnes de restes ! conclut Anthea qui avait bien l'intention d'être un jour une parfaite maîtresse de maison.

– Oh, non ! se récria la fée, il n'y en avait jamais. Si vous voulez tout savoir, au coucher du soleil, les restes étaient changés en pierre. Aujourd'hui encore, on trouve un peu partout des os de mégathériums en pierre, c'est du moins ce qu'on m'a raconté.

– Qui vous a dit ça ? questionna Cyril.

Aussitôt la fée des sables se rembrunit et se mit à creuser à toute vitesse avec ses mains velues de singe.

– Oh, ne partez pas ! supplièrent-ils tous. Parlez-nous encore du temps où l'on mangeait des mégathériums au petit déjeuner. A cette époque, le monde était-il comme maintenant ?

La Mirobolante s'arrêta brusquement de creuser.

– Pas du tout, du tout. Là où je vivais, il n'y avait que du sable à perte de vue, des arbres où poussait du charbon, et des bigorneaux grands comme des plateaux. On en trouve encore à présent : ils ont été changés en pierre, eux aussi. En ce temps-là, nous, les Mirobolantes, nous vivions sur les plages, dans les châteaux de sable que nous bâtissaient les enfants. Je les vois encore arriver avec leurs petites pelles et leurs petits seaux en silex ! Il y a des milliers d'années de cela, mais j'ai entendu dire que les enfants d'aujourd'hui bâtissent toujours des châteaux de sable. Il est très difficile de rompre avec une vieille habitude.

– Mais pourquoi ne vivez-vous plus dans un château de sable ? demanda Robert.

– C'est une bien triste histoire, répondit la Mirobolante d'un ton lugubre. Figurez-vous qu'un jour, les enfants se sont mis en tête d'installer des douves autour des châteaux, et que cette vilaine mer toute mouillée avec ses petites bulles pétillantes est entrée dedans, or – c'est bien connu – l'humidité est fatale aux fées des sables : elles attrapent aussitôt un rhume et, généralement, en meurent. Leur nombre a donc beaucoup diminué. Aussi, quand les gens avaient la chance de trouver une fée des sables et d'exprimer un désir, ils demandaient toujours un mégathérium, et mangeaient deux fois plus que nécessaire, parce qu'ils savaient bien que des semaines entières pouvaient s'écouler avant qu'ils aient l'occasion de faire un nouveau vœu.

– Et vous ? s'enquit Robert. Vous avez été mouillée ?

– Juste une fois, répondit la fée des sables, qui en frissonnait encore rétrospectivement. Pour tout avouer, seule l'extrémité du douzième poil de ma moustache supérieure gauche a été atteinte mais, par temps humide, je le sens encore : la vieille douleur se réveille, voyez-vous. Ça ne m'est arrivé qu'une fois, mais c'était une fois de trop. Alors, quand le soleil a eu fini de sécher mon pauvre vieux poil de moustache, j'ai décampé vite fait à l'autre bout de la plage, le plus loin possible de la mer, et je me suis creusé une maison profond, très profond dans le sable chaud et sec, et je n'en ai plus bougé. Entre-temps, la mer est partie ailleurs. Voilà, c'est tout. A présent, je ne vous dirai plus rien.

– Encore une histoire, rien qu'une, s'il vous plaît ! implorèrent nos amis. Est-ce que vous avez toujours le pouvoir d'exaucer les souhaits ?

– Bien entendu, répliqua la Mirobolante. Ne l'ai-je pas fait tout à l'heure ? L'un d'entre vous s'est écrié : « On aimerait bien que vous sortiez ! », et je suis sortie, non ?

– Oh, s'il vous plaît, on peut faire un autre vœu ?

– Oui, mais dépêchez-vous. J'en ai assez. Vous commencez à me fatiguer.

Je suppose que vous vous êtes souvent demandé ce que vous feriez si vous aviez la possibilité d'exprimer trois vœux. Je parie d'ailleurs que vous méprisez souverainement le vieil homme et sa femme, vous savez, les deux paysans du conte de Perrault : *Les Souhaits ridicules*[1]. Je vous vois d'ici, sûrs de vous et persuadés que, à leur place, vous n'auriez jamais gâché une chance pareille, que vous auriez formulé sans la moindre hésitation trois souhaits sages et utiles !

1. Dans les *Contes du temps passé*, ou *Contes de ma mère l'Oye*, recueil de récits écrits en vers et rassemblés par Charles Perrault (1697).

Anthea et ses frères et sœur, eux aussi, avaient bien souvent débattu entre eux du problème. Et maintenant que cette chance extraordinaire leur était tombée du ciel, ils étaient incapables de se décider.

– Vite ! les pressa la fée des sables.

Aucun des quatre enfants ne semblait avoir la moindre idée. Seule, Anthea, après s'être furieusement creusé la tête, se souvint qu'un jour, Jane et elle avaient exprimé un désir très personnel et particulier dont elles n'avaient jamais parlé à leurs frères. Elle savait bien qu'un tel vœu ne plairait guère aux garçons, mais c'était toujours mieux que rien.

– Je souhaite que nous soyons tous beaux comme le jour, lança-t-elle précipitamment.

Aussitôt, les frères et sœurs se regardèrent mais, pour l'instant, chacun avait toujours la même allure. Alors la fée des sables sortit ses yeux télescopiques puis, retenant, semblait-il, sa respiration, elle enfla, enfla, enfla, jusqu'à doubler de volume. Sa fourrure elle-même était deux fois plus épaisse.

– Je crains fort de ne pas pouvoir y arriver, commenta-t-elle en manière d'excuse. Je dois être bien rouillée.

La petite troupe avait l'air horriblement déçue.

– Oh, essayez encore une fois ! supplièrent-ils tous.

– D'accord, fit la fée des sables. En fait, je m'économisais afin de pouvoir exaucer un vœu pour chacun de vous. Mais si vous voulez bien vous contenter d'un souhait commun par jour, je pense qu'en me décarcassant un peu, j'y parviendrai.

– Oui, oh oui ! s'exclamèrent les deux sœurs.

Robert et Cyril hochèrent la tête. Ils étaient sceptiques. Il est vrai qu'on peut faire croire presque n'importe quoi aux filles. Avec les garçons, c'est une tout autre histoire.

La Mirobolante, sortant de nouveau ses longs yeux d'escargot, les étira encore plus que la première fois. Après quoi, elle se mit à enfler démesurément.

– J'espère qu'elle ne va pas se faire mal, chuchota Anthea.

– Et qu'elle ne va pas éclater, ajouta Robert d'une voix anxieuse.

Effectivement, la fée des sables avait tellement grossi qu'elle arrivait tout juste à tenir dans le trou australien. Quel ne fut pas le soulagement des enfants quand, d'un seul coup, avec une longue expiration, elle se dégonfla comme un ballon et retrouva son volume normal.

– Tout va bien, murmura-t-elle en haletant péniblement. Mais ce sera plus facile demain.

– Vous avez eu mal ? questionna Anthea.

– Oh, juste à ma pauvre moustache, gémit-elle. Merci de t'en inquiéter. Tu es une enfant aussi gentille que sensée. Bonne journée !

Sur ce, la Mirobolante se mit à gratter le sable sauvagement. En un clin d'œil, elle avait disparu.

Alors les enfants se regardèrent, et chacun d'eux eut l'impression de se retrouver en présence de trois étrangers d'une beauté éblouissante. Pendant quelques instants, ils restèrent immobiles et comme frappés de stupeur. Chacun, persuadé en son for intérieur que les autres étaient partis à l'aventure, se disait que ces étranges enfants avaient dû se faufiler *incognito* au milieu d'eux, tandis qu'ils assistaient à la formidable transformation de la fée des sables. Anthea finit par se décider à prendre la parole :

– Pardonnez-moi, dit-elle très poliment à Jane qui avait maintenant de grands yeux bleus et la tête auréolée d'un somptueux nuage de cheveux flamboyants, n'auriez-vous pas vu dans les parages trois enfants, une fille et deux garçons ?

– J'allais justement vous poser la même question, répliqua Jane.

Alors Cyril de s'écrier :

– Mais, j'y suis ! C'est *toi* ! Je te reconnais au trou de ton tablier. Tu es bien Jane, n'est-ce pas ? Et toi, ajouta-t-il en se tournant vers Anthea, tu es notre chère Panthère : je le vois à ton mouchoir sale ! Je me rappelle, tu avais oublié d'en changer après t'être coupé le pouce. Sapristi ! Le vœu s'est donc réalisé ! Mais dites-moi, tous, est-ce que je suis aussi beau que vous ?

– Eh bien, déclara Anthea d'un ton décidé, si tu es vraiment Cyril, sache que je te préférais mille fois avant. Avec tes cheveux d'or, tu ressembles au portrait du jeune choriste. Tu mourrais jeune, que je n'en serais pas étonnée. Quant à Robert – si du moins, c'est lui –, on dirait un joueur d'orgue de Barbarie italien avec sa chevelure noir corbeau !

– Et vous, les filles, rétorqua Robert d'un ton irrité, vous avez l'air de deux cartes de vœux, et… Non, juste de deux absurdes cartes de vœux. Et les cheveux de

Jane… ! Seigneur ! On dirait tout bonnement des carottes !

En réalité, ses cheveux étaient de ce merveilleux blond vénitien si prisé par les peintres.

– A quoi bon nous critiquer les uns les autres ? trancha Anthea. Allons chercher le Chérubin et ramenons-le à la maison. Il doit être l'heure de déjeuner. Je vous parie que les servantes vont être en extase devant nous !

Le bébé se réveillait justement quand ils arrivèrent près de lui. Quel ne fut pas leur soulagement à tous en constatant que, loin d'avoir leur beauté radieuse, le Chérubin avait gardé sa chère petite tête de tous les jours !

– Je suppose qu'il est trop jeune pour faire des vœux, dit Jane. Il ne faudra pas oublier de le mentionner la prochaine fois.

Anthea se précipita vers lui, les bras tendus.

– Poussin, poussin, appela-t-elle, viens voir ta chère petite Panthère !

Le Chérubin, jetant sur sa soi-disant sœur préférée un œil désapprobateur, fourra dans sa bouche un pouce tout rose et terriblement sableux.

– Viens, mais viens donc ! répéta Anthea.

– Pa'tis longtemps ! se plaignit-il.

– Saute dans les bras de ta Pussy ! lança Jane à son tour.

– Veux ma Panthère à moi, gémit le bébé, au bord des larmes – il avait la lèvre inférieure qui tremblait.

– Viens donc par ici, noble vétéran, renchérit

Robert, et tu pourras faire un tour de dada sur le dos de ton vieux Bobby.

– Méchant, méchant ga'çon ! explosa alors le bébé.

Ils comprirent alors tous les quatre que le pire était arrivé : *le Chérubin ne les reconnaissait pas !*

Ils échangèrent des regards désespérés. C'était terrible, dans cette situation tout à fait critique, de ne croiser que les yeux splendides de trois étrangers, au lieu des joyeux petits yeux ordinaires si pétillants et si tendres de ses frères et sœurs.

– C'est vraiment affreux ! conclut Cyril après avoir essuyé la colère du Chérubin (il avait tenté de prendre son petit frère dans ses bras, et celui-ci l'avait griffé comme un chat sauvage en poussant de véritables hurlements). Nous voilà maintenant obligés d'apprivoiser notre propre frère ! Je ne peux tout de même pas le ramener dans cet état à la maison. Ah, c'est trop absurde !

Absurde ou pas, ils furent bien contraints d'en passer par là. Il leur fallut une bonne heure pour arriver à leurs fins, d'autant que le Chérubin en question avait une faim dévorante et une soif terrible, ce qui, évidemment, n'arrangeait pas les choses.

Il finit par consentir à ce que les étrangers le ramènent à la maison en le portant à tour de rôle, mais refusa obstinément toute coopération. C'était un vrai poids mort.

– Dieu soit loué ! s'écria Anthea en franchissant d'un pas chancelant la grille de fer à la rencontre de Martha, la gouvernante.

Celle-ci était debout devant la porte d'entrée, la main en visière, à scruter anxieusement l'horizon.

– Tiens, Martha ! Prends le bébé !

La gouvernante lui arracha littéralement l'enfant des bras.

– Dieu merci, il est sain et sauf ! s'exclama-t-elle. Mais où sont les autres, et qui êtes-vous donc ?

– *Nous*, bien entendu, répondit Robert.

– Et quand vous êtes chez vous, vous êtes qui ? interrogea Martha avec mépris.

– Je te répète que nous sommes *nous*, un point c'est tout. La seule différence, c'est que nous sommes beaux comme le jour. Je suis bien Cyril, et voici les autres. Nous avons une faim de loup, Martha. Laisse-nous entrer, voyons, ne sois pas bête.

Maudissant l'insolence de Cyril, elle tenta de lui claquer la porte au nez.

– Je sais que nous ne sommes pas tout à fait comme d'habitude, que nous avons l'air différent, expliqua Anthea, mais je suis Anthea, je t'assure, Martha, et nous sommes absolument morts de fatigue et de faim, car l'heure du dîner[1] est passée depuis longtemps.

– Alors, retournez manger chez vous, qui que vous soyez. Et si par hasard vous rencontrez les enfants, et qu'ils vous d'mandent encore de jouer cette comédie, eh bien, vous pouvez leur dire de ma part que j'vais leur chauffer les oreilles, et pas qu'un peu ! Y savent à quoi s'en tenir !

1. A l'époque, les repas se succédaient ainsi : petit déjeuner, le matin ; dîner, à midi ; thé, vers cinq heures et souper, le soir.

Sur ce, elle partit en claquant la porte. Cyril eut beau sonner frénétiquement, il n'y eut aucune réponse. Ils virent alors la cuisinière passer la tête à la fenêtre d'une des chambres à coucher.

– Si vous décampez pas vite fait, lança-t-elle, je vais chercher la police.

Et elle laissa lourdement retomber la fenêtre à guillotine.

– Inutile d'insister, conclut Anthea. Filons avant qu'on ne nous mette en prison !

Les garçons eurent beau rétorquer que l'idée était absurde et que, selon la loi anglaise, le simple fait d'être beau comme le jour ne constitue pas un chef d'accusation suffisant pour vous envoyer en prison, ils n'en suivirent pas moins les filles en direction de la grille.

– Je suppose qu'on redeviendra normaux après le coucher du soleil, dit Jane.

– Je ne sais pas, répondit tristement Cyril. Il se peut que ça ne se passe plus ainsi maintenant. Les choses ont bien changé depuis l'époque des mégathériums.

– Oh, mais c'est vrai ! s'exclama tout à coup Anthea. Au coucher du soleil, on sera peut-être changés en pierre comme les mégathériums, et alors il ne restera plus rien de nous !

Et elle se mit à pleurer, aussitôt imitée par Jane. Les garçons eux-mêmes étaient devenus tout pâles. Personne n'avait le cœur à parler.

Dieu, quel affreux après-midi ils passèrent ! Pas la moindre maison alentour où mendier un croûton de pain ou même un simple verre d'eau. Aller au village ?

C'était trop risqué. Ils tomberaient peut-être sur le gendarme et en plus, ils avaient vu Martha partir dans cette direction, un panier au bras. Certes, ils étaient beaux comme le jour mais, quand on a une faim de loup et une soif de cheval, c'est une bien piètre consolation.

A trois reprises, ils tentèrent de convaincre les domestiques de la Maison Blanche de les laisser entrer et d'écouter leur histoire. Ce fut peine perdue. Alors Robert décida d'escalader l'arrière de la maison, pour se hisser à l'intérieur par une des fenêtres ouvertes et aller ouvrir aux autres. Mais toutes les fenêtres sans exception s'avérèrent hors d'atteinte et, par-dessus le marché, Martha, qui s'était postée à une fenêtre de l'étage, lui versa un broc d'eau glacée sur la tête en criant :

– Va-t'en, sale petit singe de *zitalien* !

Ils finirent donc par s'installer en rang d'oignon contre la haie, les pieds dans un ruisseau à sec, et restèrent assis là à attendre le coucher du soleil et à se demander s'ils seraient changés en pierre ou s'ils redeviendraient eux-mêmes quand le soleil se coucherait enfin. Ils se sentaient cruellement seuls en compagnie de ces étrangers et évitaient même de se regarder car, s'ils avaient gardé leurs voix, en revanche, leurs visages étaient d'une beauté si éblouissante, si radieuse, qu'on éprouvait une espèce d'irritation à les contempler.

– A mon avis, on ne sera pas changés en pierre, lança Robert après un interminable silence. La Mirobolante nous a promis d'exaucer un autre de nos vœux demain, et comment pourrait-elle le faire si on était des pierres ?

– Tu as raison, acquiescèrent les autres, pas vraiment rassurés pour autant.

Il y eut encore un autre silence, plus long encore et plus désolé. Cette fois, ce fut Cyril qui le rompit :

– Je ne veux pas vous effrayer, les filles, mais ça commence déjà. Je suis le premier atteint. Mon pied est quasi mort. Je suis en train, je le sens, de me changer en pierre, et d'ici une minute ou deux, ce sera votre tour.

– Ce n'est pas grave, répliqua aimablement Robert. Tu seras peut-être le seul à être changé en pierre. Anthea, Jane et moi, on redeviendra comme avant, et alors on pourra chérir ta statue et y suspendre des guirlandes.

Quand il s'avéra que le pied de Cyril n'était pas mort mais simplement engourdi, suite à une trop longue station assise, et que ce pied commença à avoir des fourmis, mettant son propriétaire au supplice, les autres se fâchèrent :

– Nous faire aussi peur, et tout ça pour rien ! s'exclama Anthea.

Nouveau silence – accablant.

– Si jamais on sort vivants de cette aventure, finit par déclarer Jane, il faudra demander à la Mirobolante de faire en sorte que les domestiques ne remarquent jamais rien, quels que soient nos vœux.

Les autres se contentèrent de grommeler. Ils se sentaient bien trop misérables pour prendre la moindre décision.

A la fin, fatigue et faim, frayeur et mauvaise humeur – quatre états des plus pénibles – se conjuguèrent pour produire cette chose merveilleuse : le sommeil. Étendus les uns à côté des autres, les quatre enfants s'endormirent avec leurs splendides yeux fermés et leurs splendides bouches grandes ouvertes. Anthea se réveilla la première. Le soleil s'était couché. Le soir venait.

La fillette se pinça vigoureusement pour s'assurer qu'elle était toujours vivante et, vite convaincue, en conclut qu'elle n'avait pas été changée en pierre. Puis elle pinça tour à tour ses deux frères et sa petite sœur. Dieu merci, ils étaient tous les trois tendres et doux au toucher.

– Réveillez-vous ! s'écria-t-elle avec des larmes de joie dans la voix. Tout va bien, on n'est pas en pierre. Et... oh, Cyril, tu es si adorablement affreux, avec tes vieilles taches de rousseur, tes cheveux bruns et tes petits yeux ! Vous deux aussi, ajouta-t-elle, de peur que les autres ne fussent jaloux.

De retour à la maison, ils eurent à affronter les foudres de Martha, qui s'en prit ensuite aux étranges enfants :

– Pour être beaux, ah, ça oui ! ils étaient beaux, mais quelle insolence ! commenta-t-elle.

– Je sais, dit Robert, qui savait par expérience qu'il aurait été parfaitement inutile d'essayer d'expliquer l'affaire à Martha.

– Et où diable étiez-vous pendant tout ce temps, maudites petites créatures ?

– Dehors…

– Pourquoi vous êtes pas rentrés plus tôt ?

– On ne pouvait pas rentrer à la maison à cause d'*eux*, expliqua Jane.

– Qui, eux ?

– Eh bien, les enfants beaux comme le jour. Ils nous ont gardés prisonniers jusqu'au coucher du soleil. Si tu savais comme on les a maudits ! Oh, je t'en prie, Martha, donne-nous à manger, on est affamés !

– Affamés ! C'est bien ce que je pensais ! maugréa la gouvernante, d'une voix pleine de colère. Dehors à traîner toute la journée ! En tout cas, j'espérons que cette expérience vous servira de leçon et que vous vous garderez bien à l'avenir de frayer avec des enfants bizarres qui osent venir vous voir alors qu'ils viennent d'avoir la rougeole ! Mais à présent, écoutez-moi bien : si par hasard vous les revoyez, ne leur parlez surtout pas. Vous m'entendez, pas un mot, ni même un regard. Venez tout de suite me trouver. Je m'en vais leur arranger le portrait, c'est moi qui vous l'dis, et pas qu'un peu !

– Si jamais on les croise de nouveau, je te promets qu'on te le dira, déclara Anthea.

Quant à Robert, qui couvait littéralement des yeux le plat de bœuf froid qu'apportait la cuisinière, il ajouta à mi-voix – c'était un vrai cri du cœur :

– Et on fera tout notre possible pour ne plus jamais les revoir !

Ils y réussirent parfaitement.

2

Une pluie d'or

Le lendemain matin, Anthea fut réveillée par un rêve qui avait quelque chose d'étrangement réel : il pleuvait à verse, et elle se promenait sans parapluie dans le jardin zoologique. Les animaux, qui semblaient très abattus par cette pluie diluvienne, poussaient tous de lugubres grognements. Elle ouvrit les yeux : la pluie continuait à tomber et les bêtes à grogner. En réalité, la fillette entendait la respiration bruyante de sa sœur Jane encore endormie qui souffrait d'un léger rhume. Quant aux grosses gouttes de pluie qui s'écrasaient lentement sur sa figure, elles provenaient d'un coin de serviette de toilette trempé que Bob essorait aimablement au-dessus d'elle pour tenter de la réveiller – telle était du moins son explication.

– Lâche donc ça ! s'écria Anthea d'un ton plutôt irrité.

Robert obtempéra aussitôt. Il avait beau déployer des trésors d'ingéniosité dès qu'il s'agissait de méthodes de réveil originales, de lits en portefeuille, d'attrape-nigauds et autres petites espiègleries qui mettent de la gaieté dans une maison, ce n'était pas un mauvais frère, encore moins une brute.

– J'ai fait un rêve très bizarre…, commença Anthea.

– Moi aussi ! lança Jane qui s'était réveillée d'un seul coup. J'ai rêvé qu'on avait trouvé dans la carrière une fée des sables – elle a même dit son nom : la Mirobolante –, qu'elle nous avait permis de faire un vœu par jour, et que…

– C'est exactement ce dont j'ai rêvé, interrompit Robert, et j'allais vous en parler. Notre premier vœu a même été exaucé sur-le-champ. Ou plutôt *votre* vœu, les filles ! Faut-il être bête pour avoir envie d'une chose pareille ! Être beaux comme le jour ! Ah, vous nous avez mis dans de beaux draps ! C'était parfaitement ignoble !

– Comment est-il possible que des personnes différentes fassent le même rêve ? s'interrogea tout haut Anthea, qui s'était dressée sur son séant. Moi aussi, j'ai rêvé de ça. Je n'ai pas seulement rêvé de pluie et de bêtes sauvages. Le Chérubin ne me reconnaissait pas, et les domestiques, abusés par notre éblouissante beauté – un fameux déguisement ! – nous fermaient la porte au nez.

Ils entendirent alors une voix qui venait de l'autre côté du palier :

– Alors, Bob, tu arrives, oui ou non ? disait la voix (c'était celle de leur frère aîné). Tu vas être en retard pour le petit déjeuner. A moins que tu n'aies encore l'intention d'escamoter ton bain comme mardi dernier.

– Viens plutôt ici une petite seconde, répliqua Robert. Et d'abord, je n'ai pas escamoté mon bain, comme tu dis; je l'ai pris après le petit déjeuner dans le cabinet de toilette de Père, parce qu'il n'y avait plus d'eau chaude dans le nôtre.

Cyril parut sur le seuil de la porte, à moitié habillé.

– Écoute un peu, fit Anthea, on a fait tous les trois un drôle de rêve. Le même. On a rêvé qu'on avait trouvé une fée des sables…

Le coup d'œil méprisant que Cyril lui jeta la laissa soudain sans voix.

– Un rêve? Mais, bande de nigauds, c'était vrai. Tout ça est bel et bien arrivé, c'est moi qui vous le dis! Voilà pourquoi je tiens tant à descendre tôt ce matin. On montera à la sablière tout de suite après le petit déjeuner et on fera un autre vœu. Seulement, cette fois-ci, il faudra y réfléchir sérieusement avant de partir et nous mettre d'accord à ce sujet. Pas question que l'un de nous impose son souhait sans l'avis des autres! Et surtout, pour l'amour du ciel, plus d'incomparable beauté pour Bibi, ah, ça, non, merci! Pour rien au monde!

Ses frère et sœurs s'habillèrent aussitôt. Ils avaient l'air complètement ahuris, les deux filles en particulier qui, en faisant leur toilette, se demandaient si elles ne rêvaient pas, puisque leur rêve de la nuit précédente renvoyait, lui, à une fée des sables bien réelle. Jane sentait obscurément que Cyril avait raison; Anthea, elle, en était beaucoup moins sûre. Mais après avoir entendu Martha ressasser en long et en large, sans mâcher ses mots, leur mauvaise conduite de la veille, elle fut convaincue.

— Vous savez bien, expliqua-t-elle, que les servantes rêvent uniquement des choses énumérées dans *Le Grand Livre des rêves*, comme les serpents, les huîtres ou les mariages. Vous allez à un mariage ? Présage d'enterrement ! Vous voyez un serpent ? Une amie va vous trahir. Des huîtres ? Un bébé s'annonce, etc. Martha ne *peut* pas avoir rêvé de notre mauvaise conduite, je veux dire de nos aventures. Nous les avons donc bien vécues.

— A propos de bébé, lança Cyril, où est le Chérubin ?

— Martha est en train de l'habiller, en grande tenue, s'il vous plaît ! Elle l'emmène à Rochester pour la journée. Elle veut le présenter à ses cousins. Mère le lui a permis. Passe-moi le pain et le beurre, s'il te plaît.

— Elle a l'air enchantée de cette expédition, déclara Robert avec une légère intonation de surprise.

— Les domestiques adorent montrer à leur famille les bébés dont elles s'occupent, surtout quand ils ont mis leurs plus beaux habits. J'ai déjà remarqué ça, expliqua Cyril.

— Je crois qu'elles s'amusent à faire semblant, suggéra Jane d'un air rêveur tout en reprenant un peu de confiture d'oranges. Elles font comme si c'étaient leurs propres bébés et qu'elles étaient mariées à de nobles ducs de très haut lignage. A mon avis, Martha va raconter ce genre d'histoire à ses cousins. Elle va s'en donner à cœur joie, je vous assure !

– Ah ça, non ! Elle ne va pas s'amuser. Je te garantis que ce ne sera pas une partie de plaisir de traîner notre petit duc jusqu'à Rochester ; en tout cas, ce n'est pas moi qui ferais ça !

– Aller à pied à Rochester avec le Chérubin sur le dos ! Sapristi, quelle idée ! s'écria Cyril qui partageait tout à fait l'avis de son frère.

– Elle y va en carriole, corrigea Jane. Laissons-les partir. Ce sera noble et généreux de notre part et, en plus, nous serons sûrs d'être débarrassés d'eux pour toute la journée !

Ils acquiescèrent.

Martha portait sa robe du dimanche violette – ou plus exactement de deux tons de violet –, une robe au corsage si ajusté qu'il lui était impossible de se tenir droite, et son chapeau bleu décoré d'un ruban blanc et de centaurées roses. Son col de dentelle jaune était orné d'un nœud vert. Quant au Chérubin, il avait effectivement son mantelet de soie des grands jours et un chapeau assorti. Ce fut, ma foi, un petit couple très élégant que la carriole du charretier prit en passant au carrefour. La bâche de toile blanche et les roues peintes en rouge avaient à peine disparu dans un tourbillon de poussière de craie que Cyril s'écria :

– Et maintenant, allons voir la Mirobolante !

Aussitôt dit, aussitôt fait.

En chemin, ils se mirent d'accord sur le vœu qu'ils allaient faire ce matin-là. Bien que très impatients d'arriver, ils ne se risquèrent pas à dévaler les pentes de la carrière de sable et préférèrent emprunter la route plus sûre des charrettes. Ils avaient pris soin de disposer des pierres en cercle autour du trou où ils avaient vu disparaître la fée la veille, aussi n'eurent-ils aucun mal à retrouver l'endroit. Le soleil brillait de tout son éclat, le ciel d'un bleu intense n'était troublé par aucun nuage, et le sable était déjà presque brûlant.

– Et si finalement, tout ça n'était qu'un rêve…, lança Robert, tandis que les garçons dégageaient leurs pelles du tas où ils les avaient enfouies et commençaient à creuser.

– Si seulement tu avais un peu de bon sens ! Après tout, c'est peut-être pas impossible, rétorqua Cyril.

– Si seulement tu étais un peu plus aimable ! répliqua Robert d'un ton sec.

– Si seulement nous, les filles, nous vous remplacions ! intervint Jane en riant. Vous m'avez l'air d'avoir affreusement chaud, messieurs les garçons !

– Si seulement vous vous occupiez de vos affaires au lieu de vous mêler de tout ! riposta Robert qui, en effet, était littéralement en nage.

– Ce n'est pas notre intention, répondit très vite Anthea. Mon cher vieux Bob, cesse donc de grogner ! Je te promets qu'on n'ouvrira pas la bouche, et que tu seras le seul à parler à la fée des sables. Tu feras d'ailleurs ça bien mieux que nous.

– Si tu pouvais arrêter un peu d'essayer de m'embobiner ! répondit Robert, mais gentiment, cette fois. Attention ! Creusez avec vos mains maintenant.

C'est ce qu'ils firent, découvrant le corps d'araignée velu et brun, les membres démesurés, les oreilles de chauve-souris et les yeux d'escargot de la fée des sables. Chacun de pousser alors un grand soupir de satisfaction : ils n'avaient donc pas rêvé !

La Mirobolante s'assit et secoua vigoureusement sa fourrure pleine de sable.

– Comment va votre moustache gauche, ce matin ? demanda Anthea d'un ton très poli.

– Pas terrible, terrible, répondit la fée, ma moustache a passé une nuit plutôt agitée. Mais c'est gentil de vous inquiéter de ma santé.

– Dites-moi, commença Robert, vous sentez-vous la force d'exaucer des souhaits aujourd'hui ? Je vous demande ça, car nous aimerions faire un vœu supplémentaire en plus du vœu « normal ». Oh, juste un petit vœu de rien du tout, ajouta-t-il d'un ton qui se voulait rassurant.

– Grumpf ! s'exclama la fée des sables. (Si vous lisez cette histoire à haute voix prononcez « Grumpf ! » comme ça s'écrit, car c'est exactement ce qu'elle a dit.) Grumpf ! Je vais vous confier quelque chose qui va sans doute vous étonner, mais j'ai vraiment cru, du moins jusqu'à ce que je vous entende vous disputer comme des chiffonniers au-dessus de ma tête – Seigneur ! Quel tapage vous faisiez ! –, que vous n'existiez pas, que je vous avais purement et simplement rêvés. Il m'arrive de faire des rêves très bizarres.

– Vraiment ? se hâta de dire Jane, pressée de changer de sujet au plus vite. J'aimerais beaucoup que vous nous parliez de vos rêves, ajouta-t-elle poliment. Ils doivent être extrêmement intéressants.

– Est-ce le souhait du jour ? s'enquit la fée des sables en bâillant.

Cyril marmonna quelque chose du genre : « Ah, les filles, toujours les mêmes ! », mais les autres restèrent silencieux. S'ils répondaient oui, c'en était fini de leurs autres souhaits. Mais s'ils disaient non, ce serait très grossier, or on leur avait enseigné les bonnes manières, et ils avaient même fini par les apprendre un peu – ce qui est tout à fait différent. Un soupir de soulagement s'échappa des quatre bouches quand la Mirobolante prit la parole :

– Si je vous raconte mes rêves, il ne me restera plus assez d'énergie pour exaucer votre second vœu, même si vous vous étiez décidés pour quelque chose de modeste, par exemple, avoir un meilleur caractère, un peu de plomb dans la cervelle ou de bonnes manières.

– Oh, nous ne voulons surtout pas que vous vous tracassiez pour de petits détails comme ça ; nous saurons très bien nous débrouiller tout seuls, lâcha impatiemment Cyril, tandis que les autres échangeaient des regards coupables, tout en priant le ciel que la fée cesse enfin de faire allusion à leur mauvais caractère, les réprimande un bon coup, si nécessaire, et passe enfin à autre chose.

– Eh bien, dit-elle en décochant si soudainement les flèches de ses yeux que l'une d'elles faillit éborgner Robert, commençons d'abord par exaucer le petit vœu. De quoi s'agit-il ?

– Nous ne voulons pas que les domestiques remarquent les dons que vous nous accordez.

– Que vous avez l'amabilité de nous accorder…, souffla Anthea.

– Je veux dire, que vous avez la gentillesse de nous accorder, rectifia Robert.

La fée se mit à enfler, enfler et, après une longue expiration, conclut :

– Voilà qui est fait. Ça n'était pas très difficile. Mais de toute façon, la plupart des gens ne remarquent pas ce genre de choses. Passons au vœu suivant.

– Nous voudrions, énonça lentement Robert, être riches comme personne.

– Cupidité, souffla Jane.

– Qu'il en soit ainsi ! répondit la Mirobolante, contrairement à toute attente. Mais je crains fort que cela ne vous attire que des ennuis – ce qui me console en un sens, grommela-t-elle à part soi. Voyons… Si personne n'a jamais été aussi riche, comment évaluer cette richesse ? Combien voulez-vous ? Et que préférez-vous ? Or ou billets ?

– De l'or, s'il vous plaît. Des millions !

– Le contenu de la carrière de sable vous suffira-t-il ? demanda la Mirobolante avec la plus grande désinvolture.

– Oh, oui !

– Alors filez avant que je ne commence, sinon vous serez enterrés vivants là-dessous.

Et elle allongea démesurément ses bras squelettiques qu'elle remua comme un épouvantail. Effrayés, les enfants se ruèrent en direction de la route des charrettes. Anthea seule eut assez de présence d'esprit pour crier au beau milieu de leur course éperdue un timide :

– Bonne journée ! J'espère que votre moustache gauche vous fera moins souffrir demain !

Une fois en sécurité, ils se retournèrent pour regarder. Ils durent aussitôt fermer les yeux avant de les rouvrir très lentement, un tout petit peu à la fois, tant ils étaient éblouis par le spectacle qui s'offrait à eux.

C'était comme tenter de contempler le soleil à midi en plein cœur de l'été. En effet, la carrière de sable tout entière était remplie à ras bord d'étincelantes pièces d'or flambant neuves, au point que toutes les petites portes d'entrée des maisons miniatures des hirondelles de rivage étaient désormais cachées au regard. Sur les bas-côtés de la route sinueuse qui descendait à la sablière se dressaient de grands tas, non de pierres, comme c'était souvent le cas, mais d'or étincelant. Un immense banc, non plus de sable mais d'or, occupait toute la surface de la carrière. Cette masse rutilante était une masse de guinées d'or pur. Le chaud soleil de midi jouait sur les faces et les tranches de ces innombrables pièces de monnaie qui brillaient, étincelaient, rayonnaient, miroitaient de tous leurs feux. La carrière ressemblait à présent à la gueule d'un fourneau de fonte ou à l'un de ces châteaux féeriques qu'on aperçoit quelquefois dans le ciel au coucher du soleil.

Les enfants restaient plantés là, bouche bée. Personne ne soufflait mot.

Bob, rompant enfin le charme, ramassa une pièce de monnaie qui avait dû s'échapper de l'énorme tas dressé au bord de la route et la regarda. Côté pile et côté face.

– Ce ne sont pas des souverains, lâcha-t-il d'une voix basse qui ne semblait pas lui appartenir.

– En tout cas, c'est de l'or, rétorqua Cyril.

Aussitôt, les langues se délièrent. Anthea, Jane, Bob et Cyril se mirent à ramasser par poignées les pièces dorées, les laissèrent ruisseler entre leurs doigts comme de l'eau, et le bruit qu'elles faisaient en tombant sonnait à leurs oreilles comme une merveilleuse musique. Sur le coup, ils avaient complètement oublié qu'elles étaient destinées à être dépensées. Comment ? Ils ne s'en souciaient guère pour l'instant, c'était si amusant de jouer avec ! Jane s'assit entre deux tas d'or, et Robert entreprit de l'ensevelir (je suis sûre que vous non plus, vous ne pouvez résister au plaisir d'enterrer votre père, quand vous le trouvez endormi sur la plage avec son journal déployé sur la figure). Mais Jane n'était pas encore à moitié ensevelie qu'elle se mit à pousser des hurlements :

– Oh, arrête, Bob, arrête, c'est trop lourd ! Ça fait mal !

– Quelle blague ! Je n'en crois pas un mot, répliqua Robert qui continua comme si de rien n'était.

– Délivrez-moi pour l'amour du ciel ! s'écria Jane – et ils la sortirent de là, toute pâle.

Elle frissonnait.

– Vous n'avez aucune idée de l'effet que ça fait. C'est comme si on empilait sur vous des pierres, ou des chaînes.

– Écoutez, interrompit Cyril, si cet or est bien censé nous être utile, à quoi bon rester là à le contempler d'un air ébahi ? Remplissons-nous les poches et allons acheter tout ce dont nous avons envie. N'oubliez pas que tout cet or aura disparu au coucher du soleil. J'aurais dû demander à la fée pourquoi les objets, eux, ne se changent pas en pierre. Peut-être que les pièces de monnaie le feront, on verra bien. Vous savez quoi ? Il y a un poney et une carriole au village.

– Tu veux les acheter ? interrogea Jane.

– Mais non, petite sotte. Juste les louer. Comme ça, nous pourrons nous rendre à Rochester et acheter des tonnes et des tonnes de choses. Que chacun ramasse donc autant de pièces qu'il peut en porter ! L'ennui, c'est que ce ne sont pas des souverains. Côté face, il y a une tête d'homme, et côté pile, un as de pique ou quelque chose comme ça. Je vous le répète, bourrons à craquer nos poches, et filons. Vous aurez tout le temps de bavarder en marchant, si c'est vraiment nécessaire.

Sur ce, Cyril s'assit et commença à remplir ses poches.

– Vous vous êtes bien moqués de moi quand j'ai demandé à Père de me faire faire un veston Norfolk à neuf poches, eh bien, maintenant, vous en voyez l'utilité ! lança-t-il, triomphant.

Et en effet. Quand Cyril eut fini de remplir de pièces d'or ses neuf fameuses poches, ainsi que son mouchoir et l'intervalle compris entre sa propre peau et le devant de sa chemise, il fut obligé de se lever. Mais, à peine debout, il chancela, et dut s'asseoir préci- pitamment.

– Débarrasse-toi d'une partie de ton chargement, lui conseilla Bob. Tu vas faire couler le bateau, mon vieux ! A cause des neuf poches !

Il fallut bien que Cyril s'exécutât.

Après quoi, ils se mirent en chemin pour le village, situé à un bon kilomètre et demi de là, ce qui faisait tout de même une petite trotte. Et quelle poussière sur la route ! A chaque pas, le soleil leur semblait de plus en plus brûlant, et l'or dont étaient chargées leurs poches de plus en plus lourd.

– Je ne vois vraiment pas comment on va dépenser tout ça, lança soudain Jane. A nous quatre, on doit avoir des milliers de livres. Je crois que je vais laisser une partie des miennes dans la haie, tiens, là, derrière cette souche. Et dès qu'on sera arrivés au village, on ira acheter des biscuits. A mon avis, l'heure du déjeuner est passée depuis longtemps.

Sur ce, Jane sortit de sa poche une ou deux poignées d'or, qu'elle alla cacher dans les creux d'un vieux charme.

– Comme elles sont rondes, et quel joli jaune ! s'extasia-t-elle. J'aimerais bien que ce soient des biscuits au gingembre et qu'on les mange, pas vous ?

– L'ennui, c'est que ce ne sont pas des biscuits au gingembre, et qu'on ne va pas les manger, répondit Cyril. Allez, venez !

Ils reprirent leur marche. Mais l'or leur semblait de plus en plus lourd, et ils se sentaient de plus en plus fatigués. Bien avant qu'ils n'eussent atteint le village, nombre de souches dans la haie recelaient un petit trésor secret. Toutefois, à leur arrivée, il leur restait encore environ deux cents guinées. Richesse secrète, insoupçonnable de l'extérieur car, à voir passer ces enfants d'apparence assez ordinaire, personne n'aurait jamais imaginé qu'ils puissent avoir plus d'une demi-couronne chacun.

Au-dessus des toits rouges du village flottait une nuée vaporeuse de couleur indistincte, née sans doute de la brume de chaleur mêlée à la fumée bleue des feux de bois. Nos quatre amis se laissèrent tomber lourdement sur le premier banc venu. Ils avaient échoué devant l'*Auberge du Sanglier Bleu*.

Il fut décidé que Cyril entrerait à l'auberge et demanderait de la limonade au gingembre.

– Vous comprenez, expliqua Anthea, il n'y a rien de mal à pousser la porte de ce genre d'établissement, si du moins on n'est pas un enfant mais un homme et, après tout, Cyril est presque un homme, puisqu'il est l'aîné.

Cyril pénétra donc dans l'auberge comme convenu, tandis que les plus jeunes restaient à l'attendre au soleil.

– Oh, misère, qu'est-ce qu'il fait chaud ici ! s'écria Robert. Mais j'y pense tout à coup : quand ils ont trop chaud, les chiens laissent pendre leur langue. Peut-être que ça nous rafraîchirait de faire la même chose ?

– On peut toujours essayer, répondit Jane.

Et tous de sortir leur langue et de l'allonger le plus loin possible, au point qu'ils en avaient mal au cou.

Ce fut sans effet. Il leur sembla même que leur soif avait redoublé… et quel spectacle ils infligeaient aux passants !

A peine avaient-ils rentré leur langue que Cyril arriva avec la boisson gazeuse au gingembre.

– L'ennui, raconta-t-il, c'est que j'ai dû la payer de mes propres deniers : deux souverains et sept pence avec lesquels je comptais acheter des lapins. Le cabaretier n'a pas voulu changer l'or. Et quand j'en ai tiré une pleine poignée de ma poche, il m'a ri au nez. Enfin, j'ai pu me procurer aussi quelques gâteaux de Savoie qui se trouvaient dans un bocal de verre sur le comptoir et des biscuits au cumin.

Les gâteaux étaient bizarres : à la fois trop mous et trop friables ; quant aux prétendus biscuits secs, ils étaient plutôt ramollis, ce qu'un biscuit digne de ce nom ne saurait être. Dieu merci, la limonade compensa largement ces petites misères.

– A mon tour d'essayer d'acheter quelque chose ! s'écria Anthea. Après Cyril, c'est moi la plus grande. Où est donc remisée la charrette attelée ?

La carriole se trouvait à l'*Auberge des Échiquiers*. Anthea contourna le bâtiment et pénétra dans la cour par-derrière. Elle savait bien que les petites filles ne sont pas autorisées à entrer dans les débits de boisson. Elle ressortit de l'auberge, selon ses propres mots, « contente mais pas très fière ».

– Le bonhomme affirme qu'en un rien de temps, il sera prêt, rapporta-t-elle, et il exige un souverain – ou plutôt une guinée – pour nous emmener à Rochester aller et retour, heures d'attente incluses. Il nous laissera le temps d'acheter tout ce qu'on veut. Je crois que je me suis très bien débrouillée.

– Je crois surtout que tu as une haute opinion de toi, rétorqua Cyril d'un air maussade. Comment as-tu fait ?

– En tout cas, je n'ai pas été assez bête pour sortir de pleines poignées d'argent de mes poches comme certain garçon que je connais, et donner ainsi l'impression qu'il ne valait rien, répliqua-t-elle, piquée. Eh bien, dans la cour, j'ai trouvé un jeune homme occupé à soigner la jambe d'un cheval avec une éponge et un seau. Je lui ai montré une pièce d'or et lui ai demandé : « Savez-vous ce que c'est ? » Comme il ne savait pas, il est allé chercher son père. « C'est une guinée du temps de George IV », a diagnostiqué celui-ci sans la moindre hésitation, ajoutant : « Est-ce qu'elle t'appartient ? Tu as le droit d'en faire ce que tu veux ? » Je lui ai dit oui et j'en ai profité pour m'informer sur la charrette attelée, tout en laissant entendre que je lui donnerais la guinée s'il nous conduisait à Rochester. « Marché conclu », a-t-il répondu. A propos, il s'appelle S. Crispin.

Ce fut pour les enfants une sensation toute nouvelle que d'être promenés le long de jolies routes de campagne dans une élégante carriole attelée. Une sensation fort agréable, ma foi (ce qui n'est pas toujours le cas avec les nouvelles sensations), et tout à fait indépendante des somptueux projets d'achats que chacun ne pouvait s'empêcher de faire, en silence, bien entendu, et à part soi. Les enfants sentaient bien en effet que c'eût été une grave erreur de laisser l'aubergiste les entendre faire état tout haut de leurs fastueuses pensées.

Le vieil homme les déposa, comme convenu, près du pont.

– Si vous deviez acheter une carriole et des chevaux, chez qui iriez-vous ? questionna négligemment Cyril.

– Chez Billy Peasemarsh, à l'enseigne de *La Tête de Sarrasin*, répondit sans hésiter le vieil homme. Bien que, rapport aux chevaux, j'préférons point r'commander quiconque – à Dieu ne plaise ! – et que jamais j'prendrais conseil d'un quidam si j'étions moi-même un acquéreur, j'peux tout d'même te confier quèque chose, mon p'tit gars. Si c'est qu'ton p'pa a l'intention d'acheter un équipage – n'importe lequel – eh ben, on a beau dire, dans tout Rochester y a pas un homme plus honnête et plus courtois que Billy.

– Merci, répondit Cyril. *La Tête de Sarrasin*.

Les enfants firent alors une bien curieuse expérience. Pour la première fois de leur vie, ils virent une des grandes lois de la nature se retourner et marcher sur les mains comme un acrobate. Les grandes personnes leur avaient toujours répété que l'argent est aussi facile à dépenser que difficile à gagner. Or, les enfants avaient obtenu sans le moindre effort l'argent de la fée des sables, et cet argent s'avérait extrêmement difficile, pour ne pas dire impossible, à dépenser. Les commerçants de Rochester, tous autant qu'ils étaient, semblaient avoir un mouvement instinctif de recul devant l'or scintillant des fées.

Pour commencer, Anthea qui, quelques heures plus tôt, s'était malencontreusement assise sur son chapeau, eut envie d'en acheter un nouveau. Celui sur lequel elle jeta son dévolu était absolument ravissant, avec une garniture de roses (roses) et de plumes de paon bleues. En devanture, il était écrit : « Modèle de Paris. Trois guinées. »

– Comme je suis contente ! s'écria-t-elle. S'il est précisé « guinées », c'est donc qu'il faut payer en guinées et non en souverains, ce qui nous arrange tout à fait.

Mais quand elle tendit les trois guinées à la jeune vendeuse en robe de soie noire, celle-ci jeta un coup d'œil soupçonneux à la petite main passablement sale (la fillette n'avait évidemment pas mis de gants pour descendre à la sablière) avant de dévisager sa jeune cliente. Après quoi, elle s'en alla chuchoter quelques mots à l'oreille d'une autre dame en robe de soie noire, mais beaucoup plus vieille et plus laide.

– Ces pièces n'ont plus cours. Nous n'en voulons pas, dit la femme beaucoup plus vieille et beaucoup plus laide, et elle rendit à Anthea la pièce d'or.

– Mais c'est mon argent, et il n'y a rien à redire à cet argent, riposta Anthea, indignée.

– Je veux bien le croire, répondit la dame, mais ces pièces sont périmées, et ça ne nous intéresse pas de les prendre.

– A mon avis, elles s'imaginent qu'on les a volées, expliqua la fillette à ses frères et sœur, qu'elle avait rejoints dans la rue. Peut-être que si on portait des gants, elles ne se seraient pas imaginé qu'on était malhonnêtes. C'est sans doute la vue de mes mains sales qui les a rendues soupçonneuses.

Nos amis mirent donc le cap sur une modeste boutique où les filles achetèrent des gants de coton ordinaires à trois sous la paire. Mais le même scénario se reproduisit : quand elle vit la pièce, la dame l'inspecta d'un air méfiant à travers ses lunettes et prétendit qu'elle n'avait pas de monnaie. Aussi Cyril en fut-il à nouveau pour ses frais : les deux shillings et sept pence avec lesquels il s'était promis d'acheter des lapins servirent cette fois à régler, outre les indispensables gants, un porte-monnaie vert en similicrocodile dont ses sœurs avaient fait l'emplette par la même occasion.

Ils essayèrent plusieurs autres boutiques, vous savez, ces sortes de bazars où l'on peut se procurer à la fois des jouets et du parfum, des mouchoirs de soie et des livres, mais aussi des *articles de Paris* – par exemple des coffrets de papeterie fantaisie ou encore des photographies des curiosités de la région. Mais dans aucune de ces échoppes, modestes ou non, personne, absolument personne n'était disposé à accepter une guinée or de l'époque de George IV.

Dans chaque nouvelle boutique, ils se sentaient, à juste titre, un peu plus sales, un peu plus hirsutes et, par-dessus le marché, Jane trouva le moyen de glisser et de s'affaler sur la chaussée juste à l'endroit où venait de passer l'arroseuse municipale. En outre, ils étaient affamés, et il semblait impossible de trouver quelqu'un qui voulût bien leur donner un petit quelque chose à manger en échange de leurs guinées sonnantes et trébuchantes. Après avoir essayé sans succès deux pâtisseries, leur faim – probablement aiguisée (selon Cyril) par les délicieux effluves des gâteaux – allant s'aggravant, ils se concertèrent tout bas et établirent un plan de bataille, qu'ils exécutèrent en désespoir de cause. Ils se dirigèrent donc résolument vers une troisième pâtisserie, la pâtisserie Beale, et avant que les serveuses postées derrière le comptoir n'aient eu le temps de réagir, ils s'étaient emparés chacun de trois petits pains au lait à un penny, les avaient serrés tous les trois ensemble entre leurs pattes crasseuses et avaient croqué une grosse bouchée de ce triple sandwich. Et ils restaient plantés là avec leurs quatre fois trois petits pains, la bouche pleine évidemment mais sans aucune échappatoire possible. Scandalisé, le pâtissier en chef s'amena aussitôt.

– Voilà, fit Cyril, qui s'efforçait de parler le plus distinctement possible, en tendant la guinée qu'il avait préparée avant d'entrer dans la boutique. Payez-vous et rendez-moi la monnaie, s'il vous plaît.

Mr Beale s'empara de la pièce d'or, la mordit et la fourra dans sa poche.

– Filez ! dit-il laconiquement et d'un ton aussi dur que l'homme de la chanson.

– Mais la monnaie ? réclama Anthea qui était de nature économe.

– La monnaie ! s'exclama l'homme. Voyez-vous ça ! Je vais vous en donner, de la monnaie, c'est moi qui vous le dis ! Vous pouvez vous estimer heureux que j'aille pas chercher la police. Elle finirait bien par trouver où vous avez pris cette guinée.

Les soi-disant millionnaires s'en furent terminer dans le parc du château leurs petits pains aux raisins, moelleux à souhait et dotés, semblait-il, d'une vertu magique, car ils avaient singulièrement remonté le moral de la troupe. Néanmoins, à la seule idée d'aller jusqu'à *La Tête de Sarrasin* et de se risquer à interroger Mr Billy Peasemarsh au sujet d'un cheval et d'une voiture, ils sentaient le cœur leur manquer. Les garçons y auraient même volontiers renoncé, mais Jane était une enfant de nature confiante, et Anthea, plutôt obstinée. La détermination des filles l'emporta.

La petite bande, d'une saleté déjà indescriptible à cette heure, partit donc pour *La Tête de Sarrasin*. On décida de recourir à la méthode qui avait si bien marché la première fois à l'*Auberge des Échiquiers*. Mr Peasemarsh se trouvait justement dans la cour, et Robert ouvrit la discussion en ces termes :

– Il paraît que vous avez quantité de chevaux et de voitures attelées à vendre.

Il avait été convenu entre les enfants que Bob serait leur porte-parole puisque, si du moins l'on en croit les livres, ce sont toujours les messieurs, jamais les dames, qui achètent les chevaux, et que Cyril avait déjà eu son tour au Sanglier Bleu.

– On ne vous a pas menti, jeune homme, répondit Mr Peasemarsh.

C'était un homme grand et maigre, avec des yeux très bleus et une petite bouche serrée presque sans lèvres.

– Nous aimerions faire l'acquisition d'un cheval et d'une voiture, s'il vous plaît, monsieur, poursuivit Robert avec la plus grande politesse.

– Je n'en doute pas.

– Auriez-vous l'amabilité de nous en montrer quelques-uns, je vous prie ?

– De qui qu'vous êtes en train de vous moquer, eh ? demanda Mr Peasemarsh. Qui c'est qui vous envoie ?

– Je vous répète, monsieur, que nous avons l'intention d'acheter un cheval et une voiture attelée, et que nous sommes ici sur le conseil d'un ami. Il nous a parlé de vous comme d'un homme honnête et courtois, mais ça ne m'étonnerait pas qu'il se soit trompé.

– Sacrebleu ! Quel toupet ! Faut-il don' que j'fasse défiler toutes les bêtes de l'écurie devant Sa Seigneurie pour qu'elle puisse les admirer à son aise ? Ou faut-il que j'envoie quelqu'un chez l'évêque en personne pour voir s'il aurait pas par hasard une haridelle dont y saurait que faire ?

– Oh, oui ! S'il vous plaît, s'écria Robert. Si ce n'est pas trop vous demander. Nous vous en serions très reconnaissants.

Mr Peasemarsh fourra ses mains dans ses poches et se mit à rire, d'un petit rire qui ne leur plut guère, avant de crier :

– Willum !

Un palefrenier apparut aussitôt à la porte d'une des écuries.

– Hé, Willum, viens don' voir ce jeune duc ! Ça veut acheter toute l'écurie au grand complet, et j'parierais n'importe quoi qu'ça a pas trois liards dans sa poche !

Les yeux du dénommé Willum suivirent avec un intérêt plein de mépris la direction que lui indiquait son maître.

– Pas possible !

Robert prit alors la parole, sans se soucier de ses sœurs, pendues à ses basques, qui le suppliaient de partir :

– Pour commencer, déclara-t-il d'un ton très irrité, je ne suis pas un jeune duc et je n'ai jamais prétendu en être un. Et pour ce qui est de mes trois liards, que dites-vous de ça ?

Et, avant que les autres aient pu l'arrêter, il avait tiré de ses poches deux pleines poignées de guinées d'or étincelantes, qu'il tendait déjà à Mr Peasemarsh pour qu'il les examine. L'homme en prit une entre le pouce et l'index et la mordit. Jane, évidemment, s'attendait à ce qu'il dît : « Le meilleur cheval de mes écuries est à votre disposition. » Mais les autres étaient moins naïfs. Ce fut toutefois un rude coup pour eux, même les plus sceptiques, d'entendre cette petite phrase sèche :

– Willum, va fermer les portes de la cour.

Le valet d'écurie obtempéra aussitôt en grimaçant un sourire.

– Bon après-midi ! lança en toute hâte Robert. Quoi que vous puissiez dire à présent, nous ne vous achèterons ni cheval ni voiture attelée. J'espère que ça vous servira de leçon.

Tout en parlant, le garçon, qui avait repéré une petite porte latérale entrouverte, se dirigeait insensiblement dans cette direction, mais Billy Peasemarsh lui barra la route.

– Eh, pas si vite, jeune fuyard ! s'écria-t-il. Willum, va chercher la police !

Willum ne se le fit pas dire deux fois. Les enfants restèrent plantés là, blottis les uns contre les autres comme un troupeau de moutons terrifié.

– Jolie bande de fripons ! persiflait Mr Peasemarsh. Venir tenter d'honnêtes gens avec des guinées ! Z'avez pas honte ?

– Mais ce sont *nos* guinées ! rétorqua Cyril, non sans audace.

– Et, bien entendu, on sait évidemment rin de rin rapport à c't' affaire et on a rin fait d'mal, voyons, oh, non ! Et par-dessus l'marché, faut qu'on mêle des gamines à tout ça ! C'est du propre ! Écoutez, j'veux bien r'lâcher les filles si vous acceptez d'aller à la police sans faire d'histoires.

– Nous ne partirons pas, déclara Jane, héroïque. Nous restons avec les garçons. C'est notre argent autant que le leur, méchant vieux bonhomme !

– Et d'où vient-il, cet argent ? questionna l'homme, légèrement radouci, à la stupéfaction de Cyril et Robert qui s'attendaient plutôt à un redoublement de colère de sa part.

Jane, au supplice, se contenta de lancer un coup d'œil éloquent à ses frères et sœur.

– Qu'est-ce que t'as fait de ta langue, hein ? Elle était pourtant plutôt alerte quand y s'agissait de m'injurier ! Allons, parle ! Où avez-vous dégotté toutes ces guinées ?

– Dans la carrière de sable, répondit honnêtement Jane.

– Elle est bien bonne ! Et après ?

– Je vous répète que c'est la vérité. Il y a là-bas une drôle de fée avec plein de fourrure brune partout, des oreilles de chauve-souris et des yeux d'escargot. Chaque jour, elle nous permet de faire un vœu diffé-rent. Ils se réalisent tous.

– Un peu toquée sur les bords, la gamine, eh ? fit l'homme à voix basse. Y a vraiment pas d'quoi être fiers, mes p'tits gars ! Entraîner une pauvre demeurée comme ça dans vos abominables cambriolages !

– Elle n'est pas folle du tout, s'insurgea Anthea. Elle dit la vérité. Il y a effectivement une fée à la sablière. Si je la revois un jour, je ferai un vœu pour vous. Du moins, je le ferais si la vengeance n'était pas un affreux péché.

– Sapristi ! s'écria Billy Peasemarsh. Ça fait déjà deux cinglées !

Willum revenait avec un mauvais sourire aux lèvres et, dans le dos, un agent de police avec lequel Mr Peasemarsh s'entretint longuement et sérieusement, à voix basse et rauque.

– Je veux bien croire que vous avez raison, dit enfin le policier. Quoi qu'il en soit, en attendant l'enquête, je vais les arrêter au motif de détention de biens illégaux. Le juge statuera sur le sort des prévenus. Pour autant que je sache, il enverra les pauvres malheureuses dans un institut spécialisé et les garçons dans une maison de redressement. Et maintenant, jeunes gens, venez avec moi ! Inutile de faire des histoires. Prenez les petites avec vous, monsieur Peasemarsh, et je m'occuperai des deux gars.

Muets de colère et d'effroi, les enfants se laissèrent traîner et pousser le long des rues de Rochester. Des larmes de rage et de honte les aveuglaient. Au point que Robert se trouva nez à nez avec une personne qu'il connaissait fort bien sans même la reconnaître – du moins jusqu'à ce qu'il perçût une voix familière :

– Seigneur ! Ah, si j'pouvions m'attendre à ça ! Monsieur Robert ! Que diable faites-vous ici ?

Puis une seconde, plus familière encore :

– Tite Panthère, Tite Panthère ! Veux voir ma Panthère à moi !

Comme vous l'avez deviné, ils étaient tombés sur Martha et le bébé !

Martha eut une conduite en tous points admirable. Elle refusa obstinément de croire un seul mot de

l'histoire du policier et de celle de Mr Peasemarsh même lorsque, pénétrant sous une voûte, tous deux obligèrent Robert à retourner ses poches et à montrer ses fameuses guinées.

– Je vois rien, s'écria-t-elle. Rien de rien ! Vous avez perdu la tête tous les deux, un point c'est tout. Y a pas le moindre or là-dedans ! Y a que les mains d'ce pauv' gosse, tout abîmées et sales comme c'est pas permis, de vraies mains de ramoneur ! Oh, plût au ciel que je n'aie jamais vu ce jour !

Dans un premier temps, les enfants jugèrent l'attitude de Martha très noble, quoiqu'un peu coquine. Puis, se rappelant la promesse de la fée, ils réalisèrent que Martha ne pouvait pas voir l'or. Elle avait donc dit tout bonnement la vérité, ce qui était très bien, évidemment. Mais on ne pouvait parler de noblesse dans cette affaire.

La nuit tombait quand ils atteignirent le poste de police. Le policier raconta son histoire à un inspecteur assis dans une vaste pièce nue au fond de laquelle les enfants repérèrent une espèce de grossier parc à bébés sans doute destiné à enfermer les prisonniers.

– Montrez-moi donc ces fameuses pièces de monnaie, officier, demanda l'inspecteur.

– Retournez vos poches, ordonna l'agent de police.

Cyril enfonça ses mains dans ses poches et resta un instant immobile avant de se mettre à rire, d'un drôle de petit rire étranglé qui ressemblait étrangement à des pleurs. Ses poches étaient vides. Que n'y avait-il pensé plus tôt ! Au coucher du soleil, l'or de la fée s'était bien entendu évanoui.

– Retourne tes poches et arrête de faire ce bruit, veux-tu ? fit l'inspecteur.

Et Cyril de retourner consciencieusement, l'une après l'autre, les neuf poches qui agrémentaient son costume Norfolk ! En vain. Elles étaient toutes vides.

– Eh bien ! s'exclama l'inspecteur.

– J'vois vraiment pas comment ils ont pu faire ça, ces sales p'tits chenapans ! commenta l'officier de police. J'les ai laissés marcher d'vant moi tout l'long du ch'min pour les garder à l'œil. J'voulais surtout pas qu'ils attirent les badauds et gênent la circulation.

– C'est vraiment singulier, murmura l'inspecteur en fronçant les sourcils.

– Si c'est qu'vous avez voulu faire peur à ces inno-
cents, j'm'en irai louer une voiture attelée qui nous
conduira tout droit à la maison de leur p'pa, et j'vous
promets, jeune homme, que vous aurez affaire à lui !
J'vous avons ben dit qu'y z'avaient point d'or, quand
vous prétendiez en voir dans leurs p'tites mains sans
défense. L'est 'core ben d'bonne heure pour qu'un
policier en service ait déjà plus les yeux en face des
trous. Quant à l'aut', faut pas s'fier aux apparences, l'a
beau êt' le maît' de *La Tête de Sarrasin*, y m'a tout l'air
de savoir mieux que personne à quoi ressemble sa
liqueur.

– Emmenez les enfants, pour l'amour du ciel ! lança
l'inspecteur d'un ton irrité.

Ils ne se le firent pas dire deux fois. Mais en quittant
le poste de police, ils entendirent l'inspecteur crier à
Mr Peasemarsh et à l'officier de police :

– Et maintenant, à nous !

Seigneur ! C'était dit sur un ton au moins vingt fois
plus furieux que lorsqu'il s'était adressé à Martha !

Martha tint ses promesses de bout en bout. La carriole de l'aubergiste s'étant volatilisée, la gouvernante
les ramena chez eux dans une magnifique voiture attelée. Néanmoins, le somptueux équipage pouvait aussi
s'expliquer autrement. L'extraordinaire dignité qu'elle
avait montrée au poste de police n'avait pas fait long
feu. A peine s'étaient-ils retrouvés entre eux que sa
colère s'était déchaînée (Quelle mouche les avait
piqués ? Pourquoi diable s'étaient-ils rendus à
Rochester par leurs propres moyens ?). Aucun des

enfants n'avait donc osé parler du vieil homme du village qui les attendait à Rochester avec sa carriole et son poney. Et voilà comment, après avoir disposé toute une journée d'une fortune quasi illimitée, nos quatre brigands, expédiés au lit sans souper, se retrouvèrent le soir même dans la disgrâce la plus complète, avec pour toutes richesses deux paires de gants de coton – effroyablement sales à l'intérieur ! – et un porte-monnaie en similicrocodile (sans compter les douze petits pains au lait, qui n'étaient plus qu'un très lointain souvenir !).

A vrai dire, ce qui les tracassait le plus, c'était l'idée que la guinée du vieux gentleman ait pu disparaître avec tout le reste au coucher du soleil. Aussi, dès le lendemain, ils se rendirent au village pour s'excuser auprès de lui d'avoir manqué le rendez-vous de Rochester, et surtout pour voir. Ils le trouvèrent très bien disposé à leur égard. La guinée n'avait pas disparu : le vieil homme y avait percé un trou, et l'avait suspendue à sa chaîne de montre. Mais qu'en était-il de la guinée du pâtissier ? S'était-elle évanouie ou non ? Les enfants sentaient qu'il était difficile, pour ne pas dire impossible – très délicat en tout cas – de s'enquérir à ce sujet. Mais ce n'était pas non plus très honnête de ne pas le faire. Alors pourquoi hésiter ? Était-ce si gênant au fond ?

Au bout d'un moment, cette affaire non résolue commença à turlupiner sérieusement Anthea, qui finit par se décider à envoyer douze timbres par la poste à « Mr Beale, boulanger-pâtissier, Rochester ».

A l'intérieur de l'enveloppe, la fillette glissa le message suivant : « Pour les petits pains au lait. » Pour ma part, j'espère que cette guinée-là s'est bel et bien évanouie, car Mr Beale n'était vraiment pas un brave homme. J'ajouterai que dans toutes les boulangeries respectables, on vous donne *sept* petits-pains-au-lait-à-un-penny, avec ou sans raisins, pour *six pence*.

3
Ah, quel amour d'enfant !

Le lendemain matin, au réveil, les enfants n'éprouvaient plus rien de la joie débordante qui les avait
envahis la veille, quand ils avaient ouvert les yeux et
s'étaient rappelé leur miraculeuse trouvaille : une
Mirobolante, une fée des sables, qui leur avait promis
d'exaucer chaque jour un nouveau vœu ! Ils avaient
joui toute la journée d'une richesse illimitée… Et tout
ça pour quoi en fin de compte ? Ils s'étaient révélés
incapables d'acheter quoi que ce soit d'utile ou de plaisant, à l'exception de deux paires de gants de coton, de
douze petits pains au lait à un penny et d'un porte-
monnaie en similicrocodile. Pas plus que la beauté, la
richesse ne les avait rendus heureux, bien au contraire.
Néanmoins, ils avaient vécu des aventures étonnantes
qui, si elles n'avaient peut-être pas toujours été
agréables, avaient eu le grand mérite de les distraire.
Rien n'était pire à leurs yeux que les longues journées
d'ennui sans autres événements que les repas – et qui
plus est, des repas parfois détestables, en particulier les
jours de mouton froid et de hachis.

71

Ils n'eurent pas l'occasion de parler de leurs projets avant le petit déjeuner, car ils dormaient debout tous les quatre, comme souvent. Il leur fallut même mettre en œuvre des trésors de détermination et d'énergie pour s'habiller et arriver à la salle à manger à peu près à l'heure, c'est-à-dire avec dix minutes de retard. Il y eut bien au cours du repas quelques tentatives pour débattre objectivement de la question cruciale de la fée des sables, mais il est très difficile de traiter un problème à fond tout en subvenant aux besoins d'un bébé affamé. Or le Chérubin était particulièrement agité ce matin-là. Non seulement il se contorsionna en tous sens pour s'extraire de sa chaise haute et se retrouva suspendu par la tête, tout rouge et suffocant, mais encore il attrapa une cuiller, en donna un grand coup sur la tête de Cyril, puis se mit à hurler parce qu'on la lui avait enlevée. Après quoi, il fourra son petit poing grassouillet dans son bol de lait et réclama à grands cris de la « tonfiture » qu'on lui permettait seulement à l'heure du thé. Enfin, il chanta à tue-tête et posa ses pieds sur la table, prétendant qu'il voulait « aller p'omener ». Voici un petit échantillon de la houleuse conversation de ce matin-là :

– Tu sais… Pour la fée des sables… Mais regarde donc un peu ! Tu ne vois pas qu'il va renverser le lait ?

On mit aussitôt le pot de lait en sécurité, c'est-à-dire hors de la portée du brigand.

– Oui, pour en revenir à la fée… Non, non, bébé chéri, ne fais pas ça ! Veux-tu donner tout de suite à ta chère Panthère la méchante cuiller !

A son tour, Cyril fit une tentative :

– Jusqu'ici, les choses ont plutôt mal tourné pour nous... Sapristi ! Cette fois-ci, il a bien failli renverser le pot de moutarde !

– Je me demande si nous ne ferions pas mieux de souhaiter... Oh, oh, bravo, mon garçon, cette fois-ci, tu as gagné !

Un petit coup de patte, et hop ! En un éclair, le bocal du poisson rouge, qui trônait au milieu de la table, avait roulé sur le côté, déversant un flot d'eau poissonneuse sur les genoux du bébé et de ses frères et sœurs. Ils étaient tous les quatre aussi affolés que le malheureux poisson rouge, le seul à rester calme dans l'affaire étant ce cher bébé. Une fois que la flaque d'eau sur le sol eut été épongée et que la carpe eut été ramassée toute suffocante et remise dans son bocal, Martha emmena le Chérubin pour le changer de pied en cap. Soit dit en passant, j'en connais quelques autres qui furent, eux aussi, obligés de se changer complètement. Il fallut ensuite mettre à sécher dehors, sur la corde à linge, les tabliers et les vestons imbibés d'eau-de-poisson-rouge, et quand tout fut enfin terminé, il s'avéra que Jane devait raccommoder la robe déchirée la veille, sous peine d'être condamnée à porter toute la journée son jupon du dimanche. Il était blanc et doux, adorablement froncé et bordé de dentelles. Une merveille de jupon, vraiment, presque aussi joli qu'une robe, sinon plus. Seulement, ce n'était pas une robe, *dixit* Martha. Or, toute parole de Martha avait valeur de loi. Et il était, bien entendu, hors de question que Jane portât sa robe du dimanche. Que faire ? Robert eut beau suggérer que Jane mît son plus beau jupon et le rebaptisât « robe », Martha ne voulut rien savoir.

– Ce n'est pas convenable, expliqua-t-elle.

Quand quelqu'un recourt à cet argument, inutile de rétorquer quoi que ce soit. Vous aurez un jour l'occasion de le vérifier par vous-mêmes.

Jane n'avait donc pas le choix. Elle était dans l'obligation de raccommoder sa robe, un point c'est tout. Elle l'avait déchirée la veille, en tombant sur une pierre dans la grand-rue de Rochester, juste à l'endroit où l'arroseuse municipale venait de laisser un sillage d'argent. Elle s'était égratigné le genou, et l'un de ses bas était carrément troué. Quant à sa robe, elle avait un sérieux accroc. Bien sûr, les autres n'étaient pas du genre à abandonner un de leurs compagnons de jeu à son malheur, aussi s'assirent-ils sur le carré de gazon autour du cadran solaire, tandis que Jane continuait à ravauder avec acharnement sa robe. Dieu merci, le Chérubin n'était plus là pour empêcher toute conversation : Martha l'avait emmené pour le changer.

Anthea et Robert, qui songeaient tout bas qu'il ne fallait pas faire confiance à cette Mirobolante à la gomme, tentaient, assez hypocritement, de n'en rien laisser paraître.

– Qu'attendez-vous donc pour parler ? s'impatienta Cyril. Dites-nous donc ce que vous avez sur le cœur ! J'ai horreur de la dissimulation et des « je ne sais pas » et de vos façons de pleutres et de sournois.

Robert, comme piqué dans son honneur, bondit.

– Pleutres et sournois vous-mêmes ! Anthea et moi, on n'a jamais été aussi godiches et gourdes que vous deux, on a pris le temps de réfléchir, et si tu me demandes...

– Je ne t'ai rien demandé, répliqua Jane en coupant avec ses dents une aiguillée de fil, ce qu'on lui avait toujours formellement interdit de faire.

– Peu importe ! s'énerva Robert. En tout cas, Anthea et moi, nous pensons que la soi-disant Mirobolante est une sale bête. Si elle a le pouvoir d'exaucer nos vœux, je suppose qu'elle peut aussi bien exaucer les siens, et je suis intimement convaincu que, à chaque fois, elle souhaite que nos vœux ne nous attirent que des ennuis. Fichons donc la paix à cette bestiole de malheur, et allons nous amuser à la sablière. Que diriez-vous d'une magnifique partie de châteaux forts ?

(Vous vous rappelez sans doute que la maison où les enfants passaient leurs vacances était merveilleusement située, entre une carrière de craie et une sablière.)

Cyril et Jane étaient, en général, de nature beaucoup plus confiante et optimiste qu'Anthea et Robert.

– Je ne crois pas que la fée des sables le fasse exprès, dit Cyril. Et, soyons honnêtes, n'était-ce pas parfaitement stupide de demander d'être démesurément riches ? Il aurait été beaucoup plus raisonnable de nous contenter de cinquante livres en pièces de deux shillings. Quant au premier vœu : être beaux comme le jour – merci, Anthea ! – c'était purement et simplement une ânerie. Je ne voudrais pas être désagréable, mais c'en était bien une… et monumentale encore ! A présent, il faut qu'on demande quelque chose de vraiment utile.

– Je suis tout à fait d'accord avec Cyril, renchérit Jane en laissant tomber son ouvrage. C'est trop bête d'avoir une chance pareille et de ne pas en profiter. Je n'ai jamais, jamais entendu parler, même dans les livres, de quelqu'un d'aussi privilégié que nous ! Je suis sûre qu'on pourrait demander des tonnes et des tonnes de choses sans que ça tourne en queue de poisson de la mer Morte comme les deux premières fois. Réfléchissons sérieusement, faisons un vœu intelligent et passons une belle journée, du moins ce qu'il en reste.

Jane reprit son raccommodage et y travailla comme une enragée, car le temps filait, filait. Et les voilà qui se mettent tous à parler en même temps ! Si vous aviez été là, vous n'auriez pas compris un traître mot de cette conversation. Voyez-vous, nos brigands avaient l'habitude de parler « par quatre », comme marchent les soldats. Chacun d'eux pouvait dire en toute tranquillité ce qu'il avait à dire et même se délecter de l'agréable son de sa propre voix, tout en prêtant aux paroles des autres les trois quarts de la puissance d'écoute de ses deux fines oreilles. La multiplication des fractions ordinaires serait une illustration parfaite de ce que je dis si seulement vous aviez l'esprit assez vif. Mais comme je présume que vous êtes incapables de faire ne serait-ce qu'une opération aussi simple, je ne vous demanderai pas de me dire si 3/4 x 2 font bien 1,5 ; je me bornerai à vous demander de me croire. 1,5 est bien la quantité exacte de puissance d'écoute que chacun des enfants était capable de prêter aux autres.

Une fois la robe raccommodée, il fallut que Martha retardât encore le départ de la petite troupe pour la sablière. En effet, elle insista pour que chacun des enfants se lavât les mains, ce qui était bien entendu absurde puisque aucun d'eux n'avait rien fait, à l'exception de Jane, et comment pourrait-on se salir en ne faisant rien ? En réalité, c'est là une question épineuse à laquelle je ne puis répondre ici, par écrit. Dans la vie réelle, en revanche, je pourrais très facilement vous le démontrer, ou plutôt vous pourriez m'en donner la preuve matérielle (c'est tout de même plus vraisemblable).

Au cours de la conversation – à laquelle se prêtèrent six oreilles (il y avait quatre enfants, le compte est donc rond) –, il fut décidé que l'on ne pouvait rien souhaiter de mieux que cinquante livres en pièces de deux shillings. Et voilà nos heureux enfants qui foncent à la sablière pour faire part de leur nouveau vœu à la fée des sables ! Mais ils n'étaient pas encore arrivés à la grille que Martha – toujours Martha ! – les avait déjà rattrapés et entendait qu'ils emmènent le Chérubin avec eux.

– Ne pas vouloir d'un pareil angelot, ah ça, vous m'en direz tant ! s'exclama la gouvernante, scandalisée. Si c'est pas malheureux ! Qui ne voudrait de cet amour d'enfant ? Et de tout son cœur, encore ! J'en connais point. Et j'vous rappelons que vous avez promis à votre m'man d'emmener vot'frère en promenade chaque jour béni que Dieu a fait.

– Oui, c'est vrai, répondit Robert en se renfrognant, on le lui a promis. Si seulement le Chérubin pouvait être moins petit et moins bébé ! Ce serait tellement plus amusant !

– Avec le temps, y s'corrigera d'sa jeunesse, rétorqua Martha. Et rapport à sa taille… J'crois pas qu'vous auriez l'idée de le porter encore, gros comme il est ! D'ailleurs, il peut marcher un peu, notre chéri. Ça n'peut que lui faire du bien, à ce trésor, de trottiner au bon air su' ses p'tites jambes dodues !

Sur ce, elle lui planta un gros baiser sur la joue et le fourra dans les bras d'Anthea avant de rentrer précipitamment dans la maison où l'attendait sa machine à coudre, qu'elle maniait avec dextérité : elle comptait bien terminer plusieurs tabliers neufs avant la fin de la journée.

Le Chérubin riait de plaisir.

– Tite p'omenade avec Panthère, bredouilla-t-il dans son jargon.

Et de grimper sur le dos de Robert avec des hurlements de joie, de donner à Jane des cailloux à manger, bref, de manifester un si bel entrain que personne ne pouvait regretter qu'il fût de la partie !

Enthousiaste, Jane suggéra même qu'ils consacrent les vœux de toute une semaine à assurer l'avenir du Chérubin en demandant chaque jour qu'il soit comblé d'un nouveau don comme les petits princes des contes de fées dignes de ce nom. Mais la très raisonnable Anthea lui fit remarquer que les bienfaits octroyés par la fée des sables ne duraient que jusqu'au coucher du soleil et qu'ils ne pouvaient donc être d'aucun profit au Chérubin dans l'avenir. Jane voulut bien convenir qu'il serait plus judicieux en effet de demander cinquante livres en pièces de deux shillings et d'en consacrer une petite partie à l'achat d'un cheval à bascule de trois livres et six pence comme ceux qu'on peut voir dans les catalogues des magasins de l'armée et de la marine.

Ils finirent par se mettre d'accord sur le programme de la journée. Dès que leur vœu serait exaucé et l'argent à leur disposition, ils iraient demander à Mr Crispin de les conduire une nouvelle fois à Rochester. Et s'il n'y avait pas moyen de se débarrasser de Martha, eh bien, ils l'emmèneraient, voilà tout. En outre, ils s'étaient promis qu'avant de partir, ils établiraient une liste des choses utiles et agréables qu'ils désiraient vraiment se procurer.

Pleins de grandes espérances et d'excellentes résolutions, ils descendirent à la sablière par le chemin le plus long mais le plus sûr. A peine s'étaient-ils engagés entre les premiers monceaux de graviers qu'une sombre, très sombre pensée leur traversa l'esprit : s'ils avaient été les héros d'un livre, une « étrange pâleur » aurait de leurs joues roses « tout à coup effacé la couleur ». Mais comme c'étaient de vrais enfants, bien vivants, ils se contentèrent de stopper net et d'échanger des regards atterrés et plutôt stupides. Ils venaient de se souvenir que la veille, quand ils avaient demandé à la fée des sables une richesse sans limites, avant de remplir la carrière d'étincelantes guinées d'or – des millions et des millions –, elle les avait prévenus qu'ils risquaient d'être ensevelis vivants sous le somptueux trésor s'ils ne sortaient pas vite fait de la carrière. Ils s'étaient donc enfuis en courant sans même prendre le temps d'entourer la cachette de la Mirobolante d'un cercle de pierres, comme avant. Et s'ils avaient l'air aussi hébété, c'était à cause de cette sombre pensée.

– Oh, tant pis ! s'écria la confiante Jane. On finira bien par la trouver !

C'était facile à dire. En réalité, ils eurent beau regarder et regarder de tous leurs yeux, ils ne réussirent à dénicher que leurs pelles. La fée des sables, elle, s'avérait introuvable !

Ils finirent par s'asseoir, non qu'ils fussent épuisés et découragés (ce n'était pas le cas), mais l'insupportable Chérubin réclamait à cor et à cri qu'on le déposât à terre. Et comment chercher sérieusement un objet égaré dans le sable tout en surveillant de près un bébé aussi remuant ? La prochaine fois que vous allez au bord de la mer, demandez donc à quelqu'un de laisser tomber votre canif préféré dans le sable et emmenez votre petit frère avec vous quand vous irez le chercher et vous verrez bien si j'ai raison !

Martha ne s'était pas trompée : le Chérubin profitait si bien du bon air de la campagne qu'il était plus vif et frétillant qu'une sauterelle. Ses aînés, eux, brûlaient de continuer à discuter des différentes choses qu'ils demanderaient à la Mirobolante quand, ou plutôt s'ils la retrouvaient. Mais notre infernal Chérubin ne songeait qu'à s'amuser.

Saisissant le moment favorable, il jeta une poignée de sable dans la figure d'Anthea puis, sans crier gare, enfouit sa tête dans le sable et agita en l'air ses petites jambes potelées. Il ne tarda pas à hurler : il s'en était évidemment mis plein les yeux !

Le prudent Robert, prévoyant une soif qui ne cessait de le tourmenter, avait emporté avec lui un litre de limonade au gingembre. N'ayant nul autre liquide sous la main pour nettoyer les yeux du bébé, les enfants furent bien obligés de déboucher en toute hâte le précieux flacon. Bien entendu, le gingembre piquait affreusement, et le Chérubin se mit à hurler de plus belle et à donner de furieux coups de pied dans la bouteille qui ne manqua pas de se renverser. La merveilleuse boisson se répandit en moussant sur le sable. Elle était perdue à jamais !

Alors Robert, d'un naturel pourtant très patient, éclata :

– « Qui ne voudrait de cet amour d'enfant ! Et de tout son cœur, encore ! » Ah, oui, vraiment ! L'ennui, c'est que personne n'en veut, de ce chérubin, même Martha ! Car si c'était le cas, elle ne s'en séparerait pas pour un empire. C'est un petit fléau, un point c'est tout. Quelle calamité ! Ah, si seulement il était la coqueluche de tout le monde ! On pourrait enfin respirer et vivre en paix.

A présent, le Chérubin avait cessé de hurler. Jane s'était tout à coup rappelé que le moyen le plus sûr d'ôter un corps étranger des yeux d'un bébé, c'était d'y passer doucement la langue. Rien de plus simple, si du moins vous aimez le bébé comme il le faut.

Il y eut un petit silence. Robert était plutôt honteux de son accès de mauvaise humeur, et les autres n'étaient pas très fiers de lui non plus. Vous avez sûrement déjà remarqué cette sorte de silence ; il se produit en général quand l'un des membres du groupe a dit quelque chose qu'il n'aurait pas dû dire. Alors les autres ne soufflent mot jusqu'à ce que le coupable s'excuse.

Un soupir, échappé de Dieu sait où, vint soudain briser le silence. Quatre petites têtes se tournèrent alors du même côté, comme si une main invisible eût tiré en même temps des ficelles attachées au bout de leurs quatre petits nez.

Ils venaient d'apercevoir, assise à quelques pas d'eux, la fée des sables. Sur sa figure velue flottait une sorte de sourire, du moins la grimace qui lui tenait lieu de sourire.

– Bonjour, dit-elle. Eh bien, vous êtes contents ? Tout le monde réclame votre petit frère à présent ; on se battrait pour l'avoir ! Curieux, ajouta-t-elle, je n'ai eu aucun mal à réaliser ce souhait.

– Peu importe ! lança Robert d'un ton maussade (il savait bien qu'il s'était comporté comme un grossier personnage). On s'en moque. De toute façon, il n'y a personne ici.

– L'ingratitude est un vilain défaut, affirma la Mirobolante.

– On n'est pas ingrats, se hâta de répliquer Jane. Mais on n'avait pas vraiment envie de ça. Robert a fait ce vœu sans réfléchir, dans un mouvement de colère. Pouvez-vous l'annuler et nous laisser faire un autre vœu ?

– Non, c'est impossible, répondit sèchement la fée des sables. Ça ne serait pas du jeu. Vous n'avez qu'à faire attention. Un jour, il y a très longtemps, un petit garçon m'a demandé un plésiosaure au lieu d'un ichtyosaure, tout ça parce qu'il était trop paresseux pour apprendre les noms – pourtant faciles à retenir ! – des réalités quotidiennes. Son père était si fâché contre lui qu'il l'a envoyé au lit avant même l'heure du thé et privé de sortie de classe par-dessus le marché (il devait passer toute la journée du lendemain dans le beau bateau en silex de l'école). Alors, le matin de l'excursion, le garçon est venu me voir, s'est jeté dans le sable en tapant des pieds et des mains par terre (ah, si vous aviez vu ses drôles de jambes préhistoriques!). «Je voudrais être mort», geignait-il. Bien entendu, il a été exaucé sur-le-champ.

– Quelle horreur! s'exclamèrent tous les enfants d'une seule voix.

– Évidemment, reprit la fée des sables, il a ressuscité au coucher du soleil. Mais pour ses parents, la plaisanterie avait déjà assez duré comme ça! Je vous garantis qu'il s'est fait joliment gronder quand il s'est réveillé. Bizarrement, il ne s'est pas changé en pierre. Je ne me rappelle plus pourquoi, mais il doit y avoir une raison. Son père et sa mère semblaient ignorer qu'être mort ou endormi, c'est la même chose et que, dans les deux cas, on se réveille inévitablement quelque part, ici ou là, soit dans son propre lit, soit dans un endroit beaucoup plus agréable. Quoi qu'il en soit, vous pouvez être sûrs qu'après leur avoir joué pareil tour, il a reçu un sacré savon! Et ce n'est pas tout. Figurez-vous que pendant un mois entier, il a été privé de mégathérium à tous les repas et condamné à se nourrir uniquement d'huîtres, de bigorneaux et autres broutilles de ce genre.

Les enfants, littéralement anéantis par le terrible récit qu'ils venaient d'entendre, jetaient des regards épouvantés à la fée des sables quand le Chérubin, qui venait de réaliser la présence à ses côtés d'un être brun et pelucheux, s'écria tout à coup :

– Minet, minet, p'tit minou…

Et il avança vivement la main dans la direction de la Mirobolante.

– Ce n'est pas un petit chat, commença Anthea, presque aussitôt interrompue dans ses explications.

La fée des sables venait de bondir en arrière avec un grand cri :

– Oh, ma moustache gauche ! Empêchez donc cet animal de me toucher : il est tout mouillé !

Sa fourrure se hérissait littéralement d'épouvante. De fait, une grande partie de la limonade avait coulé sur la barboteuse bleue du Chérubin.

Vite, vite, la Mirobolante se mit à creuser avec les pieds et les mains. En un éclair, elle avait disparu dans un tourbillon de sable.

Les enfants s'empressèrent d'entourer cet endroit d'un cercle de pierres.

– On ferait mieux de rentrer à la maison, dit alors Robert. Je suis vraiment désolé, je vous l'avoue, et je m'en excuse. Mais si notre vrai vœu n'a pu être exaucé, celui-là – le mien, hélas ! – n'aura pas de suites fâcheuses, c'est déjà ça ! Au moins, on a retrouvé la cachette de la fée et, demain, on ne perdra pas notre temps à la chercher.

La réaction des autres ne manqua pas de noblesse. Nul ne fit le moindre reproche à Robert. Cyril souleva de terre le Chérubin, maintenant tout à fait calme, le mit sur son dos, et hop ! voilà nos héros partis !

Le chemin qu'empruntaient les charrettes pour remonter de la carrière et qu'ils empruntèrent à leur tour débouchait presque directement sur la grand-route. Avant de s'y engager, la petite troupe s'arrêta un instant en haut de la côte, juste le temps de transférer le bébé du dos de Cyril sur celui de Robert. A ce moment précis parut une très élégante voiture découverte avec cocher et laquais. A l'intérieur, il y avait une dame, splendide, en vérité ! Elle portait une robe de dentelle blanche, une ombrelle rouge et blanc, et des rubans rouges assortis à celui que portait autour du cou le chien blanc tout duveteux blotti sur ses genoux. Elle regarda le petit groupe, en particulier le bébé à qui elle adressa un sourire. Les enfants ne s'en étonnèrent pas le moins du monde, le Chérubin étant, pour reprendre l'expression de tous les domestiques, un enfant « très attachant ». Aussi adressèrent-ils un petit salut très poli à la dame, persuadés qu'elle poursuivrait ensuite son chemin. Il n'en fut rien, bien au contraire. Elle ordonna au cocher de s'arrêter et fit signe à Robert de s'approcher. Et quand celui-ci parvint à hauteur de l'attelage, elle s'écria :

– Ah, quel amour d'enfant ! J'aimerais tant l'adopter ! Crois-tu que sa mère en serait très affectée ?

– Elle en serait extrêmement affectée, répondit sèchement Anthea.

– Oh, mais je l'élèverais dans le luxe, elle n'aurait à se faire aucun souci, comprenez-vous. Je suis Lady Chittenden. Vous avez déjà sans doute vu ma photographie dans les magazines. Je passe pour être une beauté, voyez-vous, mais bien entendu tout ça doit vous sembler absurde. De toute façon…

Sur ce, elle ouvrit la portière de la voiture et sauta à terre. Les enfants remarquèrent alors qu'elle portait de ravissants souliers à hauts talons, rouges, avec de grosses boucles d'argent ; ils n'en avaient jamais vu de pareils !

– Confiez-moi le bébé une minute, juste une petite minute, dit-elle.

Et, sans même attendre la réponse, elle s'empara du Chérubin.

Les enfants, voyant qu'elle le tenait très maladroitement, comme si elle n'avait pas l'habitude des bébés, commençaient à s'inquiéter, quand soudain la dame, qui serrait toujours leur petit frère dans ses bras, bondit dans la voiture, claqua la portière et ordonna au cocher de repartir.

Le doux agneau rugissait, le petit chien blanc aboyait, et le cocher hésitait.

– Qu'attendez-vous donc ? cria la dame. Ne vous ai-je pas dit de partir ?

Le cocher obtempéra. Il n'avait pas le choix, comme il l'expliqua par la suite : il ne pouvait se permettre de risquer sa place. Les quatre enfants échangèrent un regard perplexe avant de se précipiter, comme un seul homme, à la poursuite de la voiture. Ils la rejoignirent de justesse et s'accrochèrent à l'arrière, ni vus, ni connus. Imaginez-vous un peu quatre paires de jambes tricotant à toute vitesse derrière l'élégant attelage qui parcourait la route poussiéreuse ! Le Chérubin hurlait de plus en plus fort, mais peu à peu, ses hurlements se muèrent en petits gargouillis entrecoupés de hoquets, puis le silence se fit, et les enfants comprirent qu'il s'était endormi.

La voiture roulait toujours, et les quatre paires de jambes qui tricotaient dans la poussière devinrent raides de fatigue bien avant que l'attelage ne s'arrêtât

devant le pavillon d'un magnifique parc. Les enfants s'accroupirent derrière la voiture, et la dame descendit. Ils la virent regarder le bébé couché sur le siège avant ; elle semblait hésiter.

– Oh, le petit trésor ! dit-elle. Je préfère ne pas le déranger.

Et elle entra dans le pavillon pour parler à la femme du garde d'une sauce qui avait tourné.

Aussitôt, le cocher et le valet de pied bondirent de leurs sièges respectifs pour aller se pencher sur le bébé ensommeillé.

– Un joli p'tit gars ! apprécia le cocher. J'aimerions ben l'avoir !

– Ça t'avantagerait pas ! répliqua le laquais d'un ton aigre. L'est ben trop biau, c' marmot ! T'aurais l'air de quoi, à côté ?

Le cocher fit semblant de n'avoir rien entendu.

– Al' m'épate à présent ! s'exclama-t-il. J'en suis tout ébaubi ! Une femme qui déteste les gosses, qu'en a jamais eu à elle, et qui peut pas souffrir les gamins des aut' !

Les enfants, accroupis dans la poussière blanche sous la voiture, échangeaient des coups d'œil inquiets.

– J'vas te dire quoi, continua résolument le cocher. Que j'sois maudit si j'arrive point à planquer le p'tit bonhomme dans la haie et à faire croire à Lady Chittenden que ses frères et sœurs, y z'ont embarqué l'marmot ! Après quoi, j'reviendrai l'quérir dans sa cachette.

– Non, tu f'ras pas ça, rétorqua le valet de pied. J'en pince pour ce môme comme pour aucun aut'. Si quelqu'un doit l'avoir, c'est bien moi, un point c'est tout !

– La ferme ! répliqua le cocher. T'as jamais voulu d'gosses, et si tu t'mettais vraiment à en vouloir, tu saurais pas faire la différence ; pour toi, tous les mioches, c'est du pareil au même. Moi, j'suis marié et père de famille, et j't'assure que j'suis plutôt expert, rapport à la progéniture. Quand c'est que j'voyons un poulain d'un an de première qualité, je m'y trompe pas. J'vais l'avoir, c'te gosse, j'te l'dis ! Inutile d'insister. *Trop gratter cuit, trop parler nuit.*

– J'aurions cru, répliqua en ricanant le valet de pied, que t'en avais déjà bien assez comme ça, des mômes. Et Alfred, Albert, Louise, Victor, Stanley, Helena, Beatrice et Dieu sait qui encore, y comptent pour du beurre, ceux-là ?

Le cocher décocha alors au laquais un méchant coup de poing au menton… pour en recevoir aussitôt autant en pleine poitrine, de la part de son rival ! Une minute ne s'était pas encore écoulée que nos deux lascars se battaient comme des chiffonniers – et que j'te cogne, par-ci, par-là, en haut, en bas, partout, partout ! Pendant ce temps, le petit chien avait grimpé sur le siège du cocher et s'était mis à aboyer comme un forcené.

Cyril, toujours accroupi dans la poussière, se releva à demi pour se faufiler en se dandinant comme un canard le long de la voiture, du côté bien entendu le plus éloigné du champ de bataille. Doucement, à l'insu des deux hommes – beaucoup trop pris, du reste, par leur querelle pour remarquer quoi que ce soit –, il ouvrit la portière, prit le Chérubin dans ses bras et, toujours courbé de peur de se faire voir, emporta le bébé. Ses frère et sœurs lui emboîtèrent aussitôt le pas. Une bonne dizaine de mètres plus loin, la route croisait une allée qui s'enfonçait dans les bois. Là, les enfants, à l'abri d'un rempart de hautes fougères au parfum entêtant, restèrent longtemps cachés, au milieu des noisetiers, des jeunes chênes et des châtaigniers, jusqu'à ce que la voix coléreuse de la dame en rouge et blanc eût fait taire les voix furieuses du cocher et du laquais, et que l'attelage se fût éloigné, le bébé s'étant avéré introuvable.

– Pas possible ! Je n'en crois pas mes oreilles ! s'écria Cyril en poussant un profond soupir, tandis que le fracas des roues de la voiture s'éteignait peu à peu. Il n'y a pas à dire, notre Chérubin est devenu la coqueluche de tout le monde ! Cette Mirobolante à la gomme de hérisson nous a bien roulés, cette fois encore ! Une sale bête, voilà ce qu'elle est, un point c'est tout ! Quoi qu'il en soit, ramenons vite le petit à la maison.

Après avoir jeté un coup d'œil furtif à travers le rideau de fougères, n'apercevant, sur la droite, que le long ruban blanc de la route déserte et, sur la gauche, que le long ruban blanc de la route déserte, ils prirent leur courage à deux mains et sortirent de leur cachette. Anthea portait dans ses bras le bébé, toujours endormi.

Mais de nouvelles aventures les attendaient à chaque détour du chemin.

Pour commencer, un petit garçon lourdement chargé laissa tomber son fagot au bord de la route, demanda la permission de regarder le bébé et proposa de le porter. Mais Anthea se méfiait : elle n'allait pas se laisser reprendre à la même ruse. Les enfants poursuivirent donc leur chemin. Cependant, le garçon demeurait obstinément accroché à leurs basques, et il fallut que Cyril et Robert le menacent à plusieurs reprises de lui envoyer leur poing dans la figure pour que l'intrus se décidât enfin à partir.

Après quoi, ce fut une petite fille en tablier à carreaux bleus et blancs qui leur emboîta le pas pendant environ cinq cents mètres, réclamant à cor et à cri « le petit trésor ». Là encore, impossible de se débarrasser d'elle. Ils finirent par lui promettre de l'attacher à un arbre avec leurs mouchoirs si elle ne partait pas immédiatement.

– On te laissera toute seule dans la forêt, ajouta Cyril en prenant sa voix la plus impitoyable. Alors les ours viendront et, dès que la nuit sera tombée, ils ne feront qu'une bouchée de toi.

Cette dernière phrase fut décisive : la fillette s'en alla en pleurant à chaudes larmes.

Le Chérubin étant l'objet de la convoitise générale, nos quatre amis jugèrent plus sage de se dissimuler derrière la haie, chaque fois que quelqu'un apparaissait à l'horizon. Ainsi, à trois reprises, croisant un laitier, un casseur de pierres puis un charretier transportant un tonneau de paraffine, ils parvinrent à empêcher la naissance d'une passion pour le bébé des plus importunes. Ils étaient presque arrivés chez eux quand se produisit une véritable catastrophe.

Après le dernier tournant, ils tombèrent sur un campement de gitans installé sur le bas-côté de la route. Il y avait là une tente et deux roulottes autour desquelles traînaient des chaises d'osier, des berceaux, des jardinières et des plumeaux. Une tribu de gosses en haillons s'amusaient consciencieusement à faire des pâtés au milieu de la chaussée, deux hommes allongés sur l'herbe fumaient, et trois femmes étaient occupées à laver le linge de toute la famille dans un vieux bidon rouge sans couvercle.

En un instant, tous les gitans, hommes, femmes, enfants, entourèrent Anthea et le bébé.

– Laissez-moi le tenir un peu, jeune dame, implora une des gitanes, figure acajou et cheveux couleur de poussière. On dirait un vrai petit Jésus ! Je vous promets que je ne toucherai pas à un seul cheveu de sa tête !

– J'aimerais mieux pas, répondit Anthea.

– Laissez-moi le prendre un peu, supplia une autre femme au même visage acajou que la première, et aux boucles graisseuses couleur d'encre. J'ai eu dix-neuf enfants, je sais ce que c'est.

– Non, répondit courageusement Anthea.

Mais son cœur battait à tout rompre dans sa poitrine.

Alors un des deux hommes s'avança.

– Que j'sois maudit si c'est pas lui ! s'écria-t-il. Oui, mon gosse à moi qu'on m'a volé y a des mois d'ça, quand il était qu'un nourrisson ! Est-ce qu'il porte une petite marque en forme de fraise sur le lobe de l'oreille gauche ? Non ? Alors c'est mon petit à moi ! Rendez-le-moi tout de suite. Pour une fois, j'aurai pas la police et la loi après moi !

Sur ce, il arracha le bébé des bras d'Anthea, qui devint écarlate et éclata en sanglots – des sanglots de rage !

Les trois autres ne bronchaient pas. Ils ne s'attendaient certes pas à une aventure pareille, la pire de toutes, et de loin ! L'épisode de Rochester lui-même n'avait pas été aussi dramatique. Cyril était pâle comme la mort, et ses mains tremblaient légèrement, mais il avait gardé assez d'empire sur lui-même pour faire signe à ses frère et sœurs de se taire. Pendant une interminable minute, il resta parfaitement silencieux. Il réfléchissait dur.

– Nous n'avons évidemment pas l'intention de le garder s'il est à vous, finit-il par dire à l'homme. Mais vous voyez bien qu'il est habitué à nous. Allons, prenez-le, puisque vous le voulez.

– Non, non ! cria Anthea.

Cyril lança à sa sœur un regard furibond.

– Sûr qu'on le veut ! s'exclamèrent les femmes, tentant d'arracher des bras de l'homme le bébé qui hurlait.

– Oh, il a mal ! Vous lui avez fait mal ! se mit à crier Anthea d'une voix perçante.

– Ferme donc ton bec ! commanda alors Cyril dans un souffle.

– Faites-moi confiance, reprit-il en s'adressant à l'homme. Écoutez, ce bébé est infernal avec les gens qu'il ne connaît pas très bien, mais j'ai une idée. Si nous restions un peu ici avec lui, le temps qu'il s'habitue à vous ? Je vous donne ma parole que, dès qu'il sera l'heure d'aller au lit, nous nous en irons et vous laisserons l'enfant – si du moins vous le voulez toujours. Et quand nous serons partis, vous pourrez alors décider lequel d'entre vous en aura la charge, puisque vous semblez tous y tenir.

– La proposition me semble correcte, répondit l'homme tout en tentant de desserrer le foulard rouge qui l'étranglait (le bébé avait tiré dessus si fort qu'il l'empêchait presque de respirer).

Les gitans chuchotaient entre eux. Cyril en profita pour glisser tout bas aux autres :

– Le coucher du soleil ! Après, on pourra partir.

Que n'y avaient-ils pensé plus tôt ! Seul Cyril avait eu l'intelligence de se rappeler ce petit détail si important. Ils furent soudain remplis d'admiration pour leur frère.

– Laissons-le s'approcher, dit Jane. Voyez-vous, monsieur, nous nous assoirons tranquillement ici et nous nous occuperons de lui jusqu'à ce qu'il soit parfaitement habitué à vous.

– Et le dîner ? demanda tout à coup l'astucieux Robert, que ses frère et sœurs fusillèrent aussitôt de leur regard le plus dédaigneux.

– Comment peux-tu te soucier de ton stupide dîner quand ton fr… je veux dire quand le bébé…, murmura Jane avec vivacité.

Un petit clin d'œil discret de Robert l'arrêta net dans son élan.

– Vous ne m'en voudrez pas, poursuivit Bob à l'adresse de la gitane, si je fais un petit saut à la maison, juste le temps d'aller chercher notre repas. Je peux très bien le rapporter ici dans un panier.

Les autres, soucieux d'élégance, éprouvèrent un mépris souverain à l'égard de leur frère. C'est qu'ils ne se doutaient pas le moins du monde qu'il eût un plan secret. Les romanichels, eux, avaient tout compris en une minute.

– Ah, oui, très bien ! persifla une gitane. Et après, t'iras chercher la police et tu raconteras un paquet de mensonges à propos du bébé ! Que c'est l'tien et pas l'nôt', et tout l'tintouin ! Tu te figures vraiment qu'on va s'laisser prendre à ton p'tit jeu ? Mais qu'est-ce que tu crois, *gadjo* ?

– Si vous avez faim, intervint gentiment la gitane aux cheveux clairs, vous pouvez manger un p'tit morceau avec nous. Amène-toi ici, Levi, ce satané môme a pas fini de hurler. Il aura fait sauter tous ses boutons avant ça, c'est moi qui te l'dis ! Allez, passe-le à la p'tite dame, et voyons voir. Elle va p't-être réussir à l'habituer à nous.

Le Chérubin fut donc restitué à Anthea ; mais les gitans le serraient de si près qu'il ne cessait pas de hurler. Alors l'homme au foulard rouge prit la parole :

– Va donc allumer le feu, Pharaon, et vous, les filles, allez vous occuper de la marmite. Faut donner une chance au gosse.

A contrecœur, les gitanes s'en retournèrent donc à leur travail, et les enfants purent rester tranquillement assis sur l'herbe avec le Chérubin.

– Au coucher du soleil, il sera tiré d'affaire, murmura Jane. Mais… j'y pense tout à coup – oh, quelle horreur ! Et si les romanichels devenaient fous furieux en voyant le bébé leur échapper ? Ils pourraient nous rouer de coups, nous ligoter à un arbre ou Dieu sait quoi encore !

– Non, répliqua fermement Anthea, ils ne feront rien de tout ça, puisqu'ils auront recouvré la raison… Oh, non, non, bébé chéri, ne pleure plus, tout va bien maintenant, Tite Panthère est là, mon trésor. Ce ne sont sûrement pas de méchantes gens, reprit-elle à l'adresse des autres, sinon ils ne nous donneraient pas à manger.

– A manger ? s'écria Robert. Je ne toucherai pour rien au monde à leur dégoûtant dîner. Ça me rendrait malade !

A vrai dire, ils étaient tous les quatre du même avis. Mais quand le dîner (ou plutôt le souper – une sorte de souper, puisqu'il fit son apparition entre quatre et cinq heures de l'après-midi) fut prêt, il est certain qu'ils ne firent pas la fine bouche, même Robert ! Il y avait au menu du lapin bouilli cuisiné avec des oignons et une espèce d'oiseau qui ressemblait vaguement à du poulet, sauf que sa chair était beaucoup plus filandreuse, et qu'il avait un goût un peu fauve. Le Chérubin, toujours blotti sur les genoux d'Anthea, avait droit, lui, à du pain trempé dans de l'eau chaude et saupoudré de sucre, qu'il semblait fort apprécier, au point de consentir à ce que les deux gitanes lui donnent la becquée.

Robert, Cyril, Anthea et Jane passèrent tout ce chaud après-midi à amuser le bébé et à le faire rire sous les yeux avides des romanichels. Et quand les ombres sur la prairie s'allongèrent et se firent plus sombres, le Chérubin s'était déjà beaucoup attaché à la femme aux cheveux clairs. Non seulement il permit aux gosses de lui embrasser les menottes, mais il alla jusqu'à se lever pour saluer les deux hommes, la main sur le cœur, « comme un gentleman ». Le campement gitan tout entier était sous le charme, et nos quatre amis ne pouvaient s'empêcher d'éprouver un certain plaisir à voir le succès de leur petit frère auprès d'un public si enthousiaste. Ils n'en attendaient pas moins avec impatience le coucher du soleil.

– On est encore là comme des idiots à languir après le coucher du soleil, chuchota Cyril. Décidément, ça devient une habitude ! Si seulement on pouvait faire enfin un vœu intelligent, un vœu si sensé et utile qu'on ne verrait arriver qu'à regret le crépuscule.

Les ombres continuèrent à s'allonger, jusqu'à n'en faire plus qu'une. Bientôt, le paysage tout entier fut baigné d'une douce lumière grise, légèrement incandescente. En effet le soleil, bien que masqué par la colline et invisible, ne s'était pas encore couché. C'est que les gens qui édictent les lois sur l'éclairage des bicyclettes décident aussi de l'heure du coucher de soleil. Et celui-ci est prié de s'exécuter sur-le-champ, sous peine d'avoir de sérieux ennuis !

Les gitans commençaient à s'impatienter sérieusement.

– Et maintenant, jeunes gens, dit l'homme au foulard rouge, l'heure est venue de tenir vos promesses. Le gosse se porte à merveille et il a fait ami-ami avec nous, alors ça suffit, vos histoires ! Vous nous r'filez l'môme et vous prenez vos cliques et vos claques, comme convenu, un point c'est tout.

Les femmes et les enfants se massèrent autour du Chérubin, des bras se tendirent et des doigts claquèrent en guise d'invitation, tandis que de grands sourires admiratifs s'épanouissaient sur les visages. Ce fut peine perdue. Le fidèle Chérubin ne céda à aucune de ces tentatives de séduction. Bien au contraire, il s'accrocha de tous ses bras et de toutes ses jambes à Jane, qui le portait à ce moment-là, et poussa même son hurlement le plus sinistre de toute la journée.

– Inutile d'insister, ça sert à rien, dit une des bohémiennes. Passez-nous donc le p'tit poupon, mademoiselle, et on aura vite fait de le calmer.

Le soleil ne voulait toujours pas se coucher.

– Explique-lui comment le mettre au lit, souffla Cyril à l'oreille d'Anthea. Il faut à tout prix gagner du temps et nous tenir prêts à décamper dès que cette stupide tête de mule de soleil se sera enfin décidée à se coucher.

– Oui, oui, vous l'aurez dans une minute, je vous le promets, s'empressa de répondre Anthea, mais je dois d'abord vous expliquer deux ou trois choses. Tous les soirs, le bébé prend un bain chaud en compagnie de son lapin en terre cuite ; et le matin, il prend un bain froid mais, pour le bain froid, il préfère le petit chat en porcelaine blanche qui dit ses prières sur un coussin rouge – il ne faut pas vous tromper surtout. Ah, j'allais oublier : faites très attention, car si vous laissez du savon lui entrer dans les yeux, le Chérubin…

– … les z'œils du Cérubin, dit le bébé qui avait cessé de hurler pour écouter ce qu'on disait de lui.

La femme rit.

– Comme si que j'avais jamais baigné un bébé d'ma vie ! s'écria-t-elle. Allez, passez-le-moi ! Viens voir Melia, mon trésor.

– Va-t'en, vilaine ! répliqua le Chérubin du tac au tac.

– Oui, oui, poursuivit Anthea, mais je dois absolument vous préciser deux ou trois choses à propos de ses repas : le matin, il prend toujours une pomme ou une banane, puis du pain trempé dans du lait, et quelquefois, on lui donne un œuf à la coque avec son thé…

– Suffit ! J'ai élevé dix gosses, en plus des miens, s'impatienta la femme aux boucles noir corbeau. Allez, passez-le-moi. J'peux pas supporter d'attendre plus longtemps. Faut que j'lui fasse une grosse bise.

– On n'a pas encore décidé qui c'est qui l'aurait, dit un des hommes. En tout cas, ça s'ra sûrement pas toi, Esther. T'en as déjà sept accrochés à tes basques.

– J'en suis pas sûr, rétorqua le mari d'Esther.

– Et moi, j'suis donc personne ? Pourquoi j'aurais pas droit à la parole, moi aussi ? demanda le mari de Melia.

– Et moi, alors ? intervint Zillah, la fille sans mari. J'suis célibataire et j'ai pas d'petit à garder. C'est moi qui devrais l'avoir !

– Boucle-la !

– Ferme ton clapet !

– Arrête ton char ! J'en ai plus qu'assez de tes impertinences !

La colère montait quand, tout à coup, les enfants virent les sombres visages si renfrognés et tourmentés des gitans se métamorphoser presque instantanément. On aurait dit qu'une éponge invisible avait effacé toute expression de colère et d'inquiétude sur leurs figures.

Cyril, Anthea et les autres surent alors que le soleil s'était vraiment couché. Mais ils avaient peur de bouger. Quant aux romanichels, qui ne savaient plus du tout où ils en étaient, ils semblaient incapables de prononcer un mot.

Les enfants osaient à peine respirer. Les bohémiens finiraient bien par recouvrer l'usage de la parole, et alors, que se passerait-il ? Peut-être l'idée de s'être comportés toute la journée comme des idiots les rendrait-elle fous furieux ?

Ce fut un moment difficile... jusqu'à ce qu'Anthea, non sans audace, tendît le bébé à l'homme au foulard rouge.

– Eh bien, prenez-le, dit-elle.

L'homme recula.

– Je voudrais pas vous en priver, mam'zelle, répondit-il d'une voix rauque.

– Oh, pour moi, ça m'est égal, fit l'autre homme. N'importe qui peut l'avoir, du moment qu'il l'aime.

– Après tout, j'en ai déjà bien assez comme ça, commenta Esther.

– C'était pourtant un bien beau p'tit gars, soupira, comme à regret, Melia, qui était maintenant la seule à couver d'un regard affectueux le petit braillard.

– Moi, en tout cas, j'en veux pas ! déclara Zillah. J'sais pas c'qui m'a pris, j'ai dû avoir une p'tite insolation !

– Alors faut-il que nous l'emmenions ? demanda Anthea.

– J'crois bien, répondit chaleureusement Pharaon. C'est dit, on reviendra pas sur not' parole.

A présent, tous les gitans s'affairaient activement à planter leurs tentes pour la nuit. Tous, sauf Melia qui accompagna les enfants jusqu'au tournant.

– Laissez-moi lui faire une dernière petite bise, mam'zelle. On s'est vraiment tous comportés comme des brutes, j'sais pas quelle mouche nous a piqués ! Les manouches volent pas les bébés, quoi que les gens malintentionnés puissent vous dire. Z'en ont déjà bien assez comme ça – enfin, la plupart du temps. Moi, j'ai perdu tous mes bébés.

Elle se pencha sur le Chérubin ; et lui, à la stupéfaction générale, leva une petite patte malpropre pour caresser doucement le visage de la jeune femme en la regardant bien en face.

– Pauv', pauv' ! dit-il, et il permit à la gitane de l'embrasser.

Non content de cela, il déposa à son tour un baiser sur la joue tannée de Melia – un vrai baiser, comme il savait les faire, et non un de ces horribles baisers baveux que certains bébés vous donnent.

La bohémienne promena tendrement son index tour à tour sur le front, la poitrine, les mains et les pieds du Chérubin, comme si elle y écrivait un message, puis elle dit :

– Puisse-t-il être courageux ! Puisse-t-il avoir un cerveau puissant pour penser, un cœur puissant pour aimer, des mains puissantes pour travailler, et des pieds puissants pour voyager et revenir toujours sain et sauf parmi les siens !

Après quoi, elle marmonna quelque chose dans un jargon incompréhensible, ajoutant soudain :

– Eh bien, à présent, le temps est venu de vous faire mes adieux. Je suis heureuse d'avoir fait votre connaissance.

Et, tournant les talons, elle rentra chez elle, dans la tente dressée sur le bas-côté herbu de la route. Les enfants la suivirent des yeux et, dès qu'elle fut hors de vue, Robert s'exclama :

– Une fameuse idiote que cette femme ! Le coucher du soleil lui-même n'a pas réussi à lui remettre la tête à l'endroit. Et qu'est-ce qu'elle a pu débiter comme trucs débiles !

– Si tu veux mon avis, intervint Cyril, je crois au contraire qu'elle a été plutôt correcte.

– Plutôt correcte ! s'exclama Anthea. Tu veux dire qu'elle a été vraiment gentille ! C'est un amour, cette femme !

– On ne peut pas faire plus gentil ! renchérit Jane.

Sur ce, nos quatre amis reprirent enfin le chemin de la maison où le thé était déjà servi depuis une bonne heure, quant au dîner, n'en parlons pas ! Martha gronda, comme il fallait s'y attendre. Dieu merci, le bébé était rentré sain et sauf.

– Écoutez, commenta Robert un peu plus tard, je viens de penser à quelque chose. Le plus drôle dans cette affaire, c'est qu'on a désiré autant que les autres la compagnie du Chérubin.

– Évidemment !

– Maintenant que le soleil s'est couché, est-ce que vous avez une impression différente ?

– Non ! s'écrièrent d'une seule voix les trois autres.

– Alors, en ce qui nous concerne, le vœu dure toujours, coucher de soleil ou pas ?

– Ce n'est pas ça, expliqua Cyril. Le vœu ne nous concernait pas, nous. On a toujours aimé de tout notre cœur le Chérubin, même en temps normal, mais ce matin, on s'est comportés comme des sauvages, surtout toi, Robert.

Celui-ci accueillit la critique avec un calme surprenant.

– Ce matin, dit-il, j'ai effectivement pensé, pendant un bon moment, que je voulais me débarrasser du Chérubin. J'ai peut-être agi comme un sauvage, je le reconnais. Mais quand on a cru qu'on allait le perdre, j'ai radicalement changé d'avis !

4
A tire-d'aile

Le lendemain, il pleuvait. Trop pour pouvoir sortir, et beaucoup trop pour seulement songer à déranger une fée des sables si sensible à l'eau que des milliers d'années après son « accident », au moindre soupçon d'humidité, sa petite douleur à la moustache gauche se réveillait encore. La journée parut donc interminable aux enfants. Dans l'après-midi seulement, l'idée leur vint tout à coup d'écrire à leur mère. Et soudain, voilà que le malheureux Robert renverse l'encrier – un encrier particulièrement profond qui se trouvait être rempli à ras bord ! Pour comble d'infortune, il fallut qu'il le renversât juste dans le prétendu tiroir secret du bureau d'Anthea, une cachette qu'elle y avait aménagée depuis longtemps avec des moyens de fortune : carton peinturluré à l'encre indienne et colle forte. Ce n'était pas à proprement parler la faute de Robert, qui avait vraiment joué de malchance en passant au-dessus du pupitre, l'encrier à la main, à l'instant précis où sa sœur l'ouvrait. Bien entendu, comme un fait exprès, le Chérubin avait choisi ce moment pour se glisser sous la table et casser son oiseau parlant. A l'intérieur de celui-ci, il y avait un fil électrique des plus intéressants, que le bébé s'était empressé d'enrouler autour de la jambe de son frère. Ainsi, sans que personne ne l'eût voulu, le fameux tiroir secret se trouva inondé et, du coup, la lettre inachevée d'Anthea affreusement maculée d'encre.

Mère chérie,
J'espère que vous vous portez à merveille et que Grand-Mère va mieux. L'autre jour, nous...

Ici, s'étalait un énorme pâté d'encre. Après quoi, au bas de la page, venaient quelques lignes au crayon :

Ce n'est pas moi qui ai renversé l'encrier, mais nettoyer m'a pris tant de temps qu'il ne m'en reste plus pour terminer cette lettre – c'est déjà l'heure de la levée.
Votre fille très affectionnée,
Anthea

Robert n'avait même pas commencé sa lettre. Il s'était contenté de griffonner un bateau sur son buvard tout en essayant de réfléchir à ce qu'il allait dire. Et, bien entendu, une fois le mal fait, il avait dû aider sa sœur à réparer les dégâts. Il lui avait promis de lui fabriquer un autre tiroir secret, encore plus beau que le premier. « Eh bien, faisons-le maintenant ! » avait répondu Anthea. Aussi, quand l'heure de la levée arriva, Bob n'avait toujours pas écrit un traître mot de sa lettre. Ce qui ne signifiait pas que le tiroir secret fût plus avancé.

Cyril, lui, avait rédigé – au triple galop – une longue lettre après quoi, il s'en était allé poser dans le jardin un piège à limaces qu'il avait construit grâce aux précieuses indications du *Home-made Gardener*. Mais quand ce fut l'heure de la levée, sa lettre demeura introuvable. On ne devait jamais la retrouver. Les limaces l'avaient peut-être mangée.

En définitive, seule la lettre de Jane partit. Elle aurait voulu raconter à sa mère toute l'histoire de la fée des sables mais elle passa tant de temps à se demander comment son nom s'écrivait qu'il ne lui en resta plus assez pour la raconter comme il faut, et à quoi bon raconter une histoire si on ne le fait pas dans les règles de l'art ? Aussi la petite fille fut-elle contrainte de se borner au message suivant :

Ma chère petite maman chérie,
Nous sommes tous aussi gentils que possible, comme vous nous l'avez demandé. Le Chérubin a un petit rhume, mais d'après Martha, ce n'est pas grave du tout, seulement, hier matin, il a renversé le bocal du poisson rouge sur ses habits. L'autre jour, lorsque nous sommes allés à la sablière – par le chemin le plus sûr, celui que prennent les charrettes –, et nous avons découvert…

Une demi-heure entière s'écoula en conciliabules entre les frères et sœurs pour savoir comment épeler le nom de la créature… Fallait-il l'écrire avec un i ou avec un y ? Finalement, Jane termina sa lettre en ces termes :

... une chose étrange, mais c'est presque l'heure de la levée, et je suis obligée d'interrompre ma lettre...
Votre affectionnée petite Jane
P.-S. Si on vous proposait de faire un vœu – n'importe lequel –, que choisiriez-vous ?

Les enfants entendirent alors retentir la trompe de la voiture de la poste, et Robert se rua dehors, sous la pluie battante, pour remettre à temps la lettre de Jane au facteur. Et voilà pourquoi, en dépit des bonnes intentions de nos amis, leur mère ne devait jamais connaître l'histoire de la Mirobolante. A vrai dire, il y a d'autres raisons à cela, mais vous les apprendrez plus tard.

Le lendemain, Oncle Richard vint chercher ses quatre neveux (le Chérubin n'était pas de la partie) pour les emmener à Maidstone dans sa limousine. C'était l'oncle idéal. En ville, il leur acheta des jouets. Il les emmena dans une boutique et leur permit de choisir ce qu'ils voulaient, sans aucune restriction de prix. Et mieux encore, il se dispensa de leur débiter les fadaises habituelles à propos de l'intérêt des jeux éducatifs. Sage décision, en vérité, que de laisser les enfants parfaitement libres de leur choix ! Car les enfants sont aussi dépourvus de sens commun que d'expérience, ce qui les amène parfois à préférer sans l'avoir voulu des jeux réellement éducatifs. Ce fut le cas de Bob qui, à la dernière minute, et donc dans la précipitation, jeta son dévolu sur une grande boîte décorée d'images de bœufs ailés à têtes d'homme et d'hommes ailés à têtes d'aigle. Il était persuadé qu'à l'intérieur, il trouverait des animaux fabuleux – ceux-là même qu'il avait admirés sur le couvercle. Mais quand, une fois rentré à la maison, il put enfin ouvrir sa boîte, ce fut pour découvrir un puzzle très compliqué représentant l'ancienne Ninive ! Ses frère et sœurs avaient été obligés, eux aussi, de se décider très vite et un peu au hasard mais, réflexion faite, il apparut qu'ils avaient été plus heureux dans leurs choix : un modèle réduit de voiture pour Cyril et, pour Anthea et Jane, deux poupées et un service à thé miniature en porcelaine décoré de myosotis afin de s'amuser « entre filles ». Ah, j'allais oublier, il y avait aussi un jeu « spécial garçons » : un arc et des flèches.

Oncle Richard les emmena ensuite se promener en bateau sur la magnifique rivière Medway, après quoi, ils allèrent tous prendre le thé dans une pâtisserie sublime. Vous pensez bien qu'ils arrivèrent chez eux beaucoup trop tard pour pouvoir faire le moindre vœu.

Ils n'avaient pas dit un mot à Oncle Richard de leur rencontre avec la fée des sables. Je ne sais pas pourquoi. Ils ne le savaient pas non plus. Mais je crois que vous devinerez facilement.

Le lendemain de ce somptueux après-midi, il fit une chaleur accablante. Les gens qui décident du temps et le programment chaque matin dans les journaux décrétèrent *a posteriori* qu'on n'avait pas vu pareille chaleur depuis de longues années. « Temps plus chaud, avec quelques averses », avaient-ils annoncé. La journée fut plus chaude, oui, sans aucun doute ; elle le fut même avec tant de zèle qu'elle en oublia d'exécuter l'ordre n° 2 : « avec quelques averses ». Il n'y eut donc aucune averse.

Vous est-il déjà arrivé, par un beau matin d'été, de vous lever à cinq heures ? Rien de plus enchanteur. La lumière est couleur de rose et d'opale, et les gouttes de rosée qui constellent les arbres et l'herbe étincellent comme des diamants. Et surtout, comme les ombres vont toutes dans la direction contraire à celle du soir, on a l'étrange impression de se trouver dans un autre monde.

Ce jour-là, Anthea se réveilla à cinq heures du matin. Par quel prodige ? me demanderez-vous. Eh bien, d'elle-même, tout simplement ! Vous ne me croyez pas ? En réalité, elle avait un secret, que je veux bien vous confier si, du moins, vous avez assez de patience pour attendre un peu la suite de l'histoire.

Le soir, une fois couchés, vous devez rester sagement étendus sur le dos, les bras le long du corps et dire cinq fois de suite (ou six ou sept ou huit ou neuf, selon l'heure à laquelle vous avez décidé de vous lever) : « Je *dois* me réveiller à cinq heures. » En même temps, vous donnez un grand coup de tête sur l'oreiller et vous essayez de rapprocher le menton de la poitrine. Le succès de l'opération dépend, bien entendu, de votre réel désir de vous réveiller à cinq heures (ou six ou sept ou huit ou neuf, selon le cas). Si vous n'en avez pas vraiment envie, inutile de vous livrer à ce petit jeu, vous échouerez à tous les coups. Mais si vous le souhaitez du fond du cœur, eh bien, essayez donc un peu, et vous verrez ! Il va sans dire que dans cette entreprise comme dans beaucoup d'autres, qu'il s'agisse de faire un thème latin ou d'inventer de nouvelles bêtises, la pratique est un puissant facteur de réussite.

Notre Anthea avait parfaitement rodé sa méthode.

Au moment précis où elle ouvrit les yeux, elle entendit la grande horloge noir et or de la salle à manger sonner onze coups, et sut qu'il était cinq heures moins trois. Cette horloge sonnait toujours à tort et à travers mais, en fait, il suffisait de savoir déchiffrer son langage, comme on déchiffre une langue étrangère, pour comprendre ses messages aussi facilement que si c'était votre langue maternelle. Or, Anthea connaissait parfaitement l'idiome de l'horloge noir et or.

Encore tout ensommeillée, elle bondit à bas de son lit et courut se plonger la figure et les mains dans une cuvette d'eau froide. Entre parenthèses, sachez que c'est là une recette magique infaillible pour prévenir toute envie de retourner au lit. Ensuite, une fois habillée, notre Anthea plia sa chemise de nuit selon les règles de l'art, non pas en l'attrapant par les manches et en la fourrant en boule mais en la mettant couture contre couture à partir de l'ourlet, ce qui en dit long sur son excellente éducation.

Enfin, elle prit ses souliers à la main et, se faufilant sans bruit au rez-de-chaussée, ouvrit la fenêtre de la salle à manger et sauta dans le jardin. Sortir par la porte eût été plus simple, je vous l'accorde, mais moins romantique et, en outre, plus susceptible d'attirer l'attention de Martha.

« Désormais, se dit Anthea, je me lèverai tous les jours à cinq heures. C'est trop beau ! »

Elle avait le cœur qui battait à tout rompre, car elle était sur le point de mettre à exécution un plan de son propre cru. Sans être certaine que ce fût un bon plan, elle était en revanche absolument sûre qu'il ne gagnerait rien à être communiqué aux autres. Et surtout, elle avait le sentiment que, bon ou mauvais, elle devait le mettre à exécution seule. Une fois dans la véranda, elle s'assit sur le carrelage étincelant à damier rouge et jaune et enfila ses souliers pour courir droit à la sablière. Elle repéra sans peine la cachette de la Mirobolante qu'elle déterra aussitôt. Elle la trouva, à la vérité, de fort méchante humeur.

– Quelle horreur ! s'écria-t-elle en gonflant sa fourrure comme le font les pigeons avec leurs plumes à l'époque de Noël. Brrr… ! On se croirait au pôle Nord ! Et par-dessus le marché, il fait encore nuit !

– Je suis désolée, s'excusa gentiment Anthea.

Et elle ôta son tablier blanc pour en couvrir la fée des sables comme d'un manteau. Seuls dépassaient sa tête, ses oreilles de chauve-souris et ses yeux d'escargot.

– Merci, fit la fée. Ça va mieux. Quel est le souhait du jour ?

– Je ne sais pas, soupira la petite fille, et c'est justement là le problème. Vous l'avez bien vu, nous n'avons pas eu beaucoup de chance jusqu'ici. C'est de ça que je suis venue vous parler, ce matin. Mais voudriez-vous avoir l'amabilité de ne pas exaucer mon souhait avant le petit déjeuner ? C'est trop difficile de discuter calmement avec ces brigands qui vous sautent littéralement dessus avec des vœux tout aussi absurdes les uns que les autres, des vœux dont on n'a rien à faire !

– Vous ne devriez pas souhaiter des choses dont vous n'avez pas vraiment envie. Jadis, les gens savaient presque toujours s'ils désiraient un mégathérium ou un ichtyosaure pour le dîner.

– J'essaierai, promit Anthea. Mais je voudrais…

– Fais donc attention ! s'écria la Mirobolante d'une voix menaçante, et elle se mit à enfler, enfler…

– Oh, il ne s'agit pas d'un vœu magique mais juste de… Je serais tellement contente si vous restiez tranquille et ne vous mettiez pas à enfler jusqu'à presque éclater ! S'il vous plaît, n'exaucez aucun vœu avant l'arrivée des autres !

– Bien, très bien, répondit non sans indulgence la fée des sables, qui frissonnait de tous ses membres.

– Accepteriez-vous de venir vous asseoir sur mes genoux ? demanda aimablement Anthea. Vous auriez plus chaud, et je pourrais vous envelopper avec le bas de ma robe. Je ferai très attention, je vous le promets.

A la stupéfaction de la fillette, la Mirobolante y consentit de bon cœur.

– Merci, dit-elle, tu es décidément une petite personne avisée.

114

Et sans attendre, elle se glissa sur les genoux d'Anthea, qui l'entoura de ses bras avec une espèce de tendresse craintive, et s'y pelotonna douillettement.

– Alors, qu'as-tu à me dire ?

– Eh bien, répondit Anthea, vous avez vu que, jusqu'ici, tous nos vœux ont mal tourné. C'est pourquoi j'aurais aimé que vous nous donniez des conseils. Vous êtes si vieille, vous ne pouvez qu'être sage.

– J'ai toujours été généreuse, déclara la fée des sables, depuis mon plus jeune âge. J'ai passé toute ma vie – mes heures de veille, s'entend – à donner. Il y a toutefois quelque chose que je ne donnerai jamais et que je me refuse à donner : ce sont précisément les conseils.

– Vous comprenez, poursuivit Anthea, je sais bien qu'on a eu une chance fabuleuse, fantastique… une chance inouïe ! Ça n'existe pas, une pareille chance, même dans les livres ! C'est si aimable, si gentil, si adorable de votre part de bien vouloir exaucer nos vœux ! Alors je ne peux pas me résoudre à l'idée qu'on gâche une chose aussi merveilleuse, et tout ça parce qu'on est trop stupides pour savoir ce qu'il est souhaitable de désirer !

Anthea avait bien eu l'intention de tenir ce discours, mais pour rien au monde, elle ne l'aurait fait devant les autres. C'est une chose de dire : « Je suis stupide », mais c'en est une tout autre de dire : « Vous êtes stupides », et même : « Nous sommes stupides. »

– Mon enfant, dit la fée des sables d'une voix ensommeillée, j'ai un seul conseil à vous donner : tâchez de réfléchir avant de parler.

– Mais je croyais que vous ne donniez jamais aucun conseil ?

– Oh, celui-ci compte pour du beurre ! Jamais vous ne le suivrez. En plus, il n'a rien d'original ; on le trouve dans n'importe quel livre.

– Je peux vous poser juste une petite question ? A votre avis, est-ce que ce serait idiot de demander des ailes ?

– Des ailes ? fit la fée. Eh bien, l'idée n'est pas si mauvaise ! A la vérité, je m'attendais à pire. Seulement, en ce cas, prenez garde à ne pas voler trop haut au coucher du soleil comme ce petit garçon de Ninive dont j'ai entendu parler, jadis. C'était un des fils du roi Sennachérib. Un jour, un voyageur lui a apporté une fée des sables, qu'il gardait prisonnière dans une boîte remplie de sable, sur la terrasse du palais. Tu te doutes que, pour une Mirobolante de bonne naissance, il s'agissait là d'une situation terriblement humiliante. Mais bon, ce garçon était le fils du grand roi assyrien. Un beau matin, il a demandé des ailes et, bien sûr, il a eu ses ailes. Mais il avait complètement oublié que les ailes – comme tous les objets des vœux – devaient se changer en pierre au coucher du soleil. Aussi, à l'heure dite, il est tombé droit sur un des lions ailés qui gardaient le majestueux escalier de son père. Catastrophe, bien sûr, tant pour ses ailes de pierre que pour celles du lion ! Bref, ce n'est pas là une histoire très réjouissante. Mais enfin, je crois que, avant sa chute, le jeune prince avait pris grand plaisir à voler.

– Expliquez-moi, demanda encore Anthea, pourquoi de nos jours, les objets des vœux disparaissent au lieu de se changer en pierre comme avant.

– *O tempora, o mores*, répliqua l'étrange créature en latin.

– Est-ce de l'assyrien ? interrogea Anthea qui n'avait encore appris aucune langue étrangère à l'école, sinon… le latin, justement.

– Je voulais dire, poursuivit la Mirobolante, que dans les temps anciens, les gens faisaient des souhaits beaucoup plus raisonnables. Ils ne désiraient que de bonnes choses solides, ordinaires, par exemple des mammouths ou des ptérodactyles qui, si besoin était, se changeaient facilement en pierre. Mais aujourd'hui, c'est à qui formulera le souhait le plus fantaisiste, voire le plus extravagant ! Comment veux-tu transformer en pierre des « choses » aussi impondérables, aussi évanescentes que : « être beau comme le jour » ou « être la coqueluche de tout le monde » ? Tu imagines bien que c'est impossible. Et comme il n'est pas question d'avoir deux règles à la fois (ça ne marcherait jamais !), désormais, l'objet des vœux disparaît purement et simplement après le coucher du soleil. A supposer qu'une « chose » comme « être beau comme le jour » puisse se changer en pierre, le processus de transformation serait horriblement long, beaucoup trop long pour vous. Il suffit de regarder les statues grecques. Crois-moi, la situation actuelle est préférable. Au revoir. J'ai affreusement sommeil.

Sur ce, la fée des sables sauta à bas des genoux d'Anthea, se mit à creuser frénétiquement, et disparut.

Anthea arriva en retard au petit déjeuner. Le plus tranquillement du monde, Robert renversa, à dessein, une cuillerée de mélasse sur la barboteuse du Chérubin, qu'on embarqua aussitôt après le repas pour un nettoyage en règle. Bob avait certes commis là un acte assez répréhensible, mais qui visait deux buts bien précis :

1) faire le bonheur du Chérubin qui n'aimait rien tant que d'être poisseux de la tête aux pieds ;

2) détourner l'attention de Martha pour permettre aux autres de filer à la sablière *sans* le Chérubin.

Les deux objectifs furent atteints. Succès complet ! Dans l'allée, Anthea, essoufflée par sa course, s'arrêta.

– J'ai une proposition à vous faire, déclara-t-elle d'une voix entrecoupée. Si on choisissait à tour de rôle le vœu du jour ? A condition, bien sûr, qu'il ne déplaise pas aux autres ! Vous êtes d'accord ?

– Qui va choisir en premier ? demanda le prudent Robert.

– Moi, si ça ne vous dérange pas, répondit Anthea en manière d'excuse. J'y ai déjà réfléchi : je voudrais des ailes pour voler.

Il y eut un silence. Ses frères et sœur auraient bien voulu trouver quelque chose à redire à son choix, mais c'était difficile, car le mot « ailes » mettait tous les cœurs en émoi.

– Pas mal, déclara généreusement Cyril.

– Décidément, Panthère, tu es moins sotte que tu n'en as l'air, ajouta Robert.

– Oh, ce serait absolument merveilleux ! s'enthou-siasma Jane. Comme un grand rêve fou plein de cou-leurs et de lumière !

Ils trouvèrent sans difficulté la fée des sables.

– Je voudrais que nous ayons tous les quatre de magnifiques ailes pour voler, annonça Anthea.

La Mirobolante enfla, enfla et, un instant plus tard, chacun des enfants éprouvait l'étrange et paradoxale impression d'avoir un poids sur les épaules qui les ren-dait légers, légers...

– Pas si mal, après tout, fit rêveusement la fée des sables. Je dois dire, Cyril, que tu as tout à fait l'air d'un ange – je précise : l'air, car en réalité...

L'ambigu compliment fit presque rougir le garçon.

Les ailes étaient immenses, et d'une splendeur inimaginable : si lisses, si douces, et chaque plume bien à sa place. Ah, si vous aviez vu la ou plutôt les couleurs des plumes ! Des teintes exquises se fondant les unes dans les autres, les teintes moirées et chatoyantes de l'arc-en-ciel, du verre irisé ou de la ravissante écume qu'on voit quelquefois flotter sur l'eau (une eau que, soit dit en passant, il vaut mieux ne pas boire).

– Oh… mais pouvons-nous vraiment voler ? demanda Jane qui se dandinait anxieusement d'un pied sur l'autre.

– Fais donc attention ! s'écria Cyril. Tu marches sur mon aile.

– Ça fait mal ? questionna Anthea avec intérêt.

Il n'y eut pas de réponse. Car Bob, qui s'était aussitôt élancé en déployant ses ailes, s'élevait déjà, lentement, dans les airs. Il semblait gauche et même un peu ridicule avec ses culottes de golf et surtout ses bottines qui paraissaient beaucoup plus grandes qu'au sol et pendouillaient lamentablement. Mais les autres ne se souciaient guère de son apparence ni, du reste, de la leur. Ils étaient bien trop occupés à étendre leurs ailes et à prendre leur essor. Je suis sûre que vous avez une petite idée de ce que les enfants ressentaient là-haut, car tout le monde sans exception a rêvé un jour ou l'autre qu'il volait (le plus facilement du monde, bien sûr !). L'ennui, c'est qu'on n'arrive jamais à se rappeler comment on a fait. De plus, en règle générale, dans les rêves, on vole sans ailes – méthode à la fois plus ingénieuse et plus originale, mais qui présente l'inconvénient d'être difficile à mémoriser.

Revenons-en à nos quatre amis en pleine action. Vous pouvez imaginer la délicieuse sensation qu'ils éprouvaient en offrant leurs visages à la caresse du vent. Le seul petit problème, c'était l'envergure presque démesurée de leurs ailes (une fois dépliées, s'entend), qui les obligeait à voler à une certaine distance les uns des autres de peur de se heurter. Notez qu'ils en vinrent très vite à bout. Il suffisait d'un peu d'entraînement.

Tous les mots du dictionnaire de la langue anglaise et même des lexiques grec et latin étant incapables de vous donner une idée exacte de la sensation qu'on éprouve en volant, je préfère renoncer à tenter de la décrire. Je dirai toutefois que contempler bois et prairies d'en haut est une expérience radicalement nouvelle. C'est à peu près comme si vous regardiez une magnifique carte vivante – une carte où les stupides coloriages habituels seraient remplacés par de *vrais* bois ensoleillés et de *vraies* prairies d'un vert éclatant qui se mettraient à défiler devant vous. Vous voyez la différence ! Comme le dit Cyril (entre nous, je me demande bien où il est allé pêcher une aussi étrange expression) : « Wouah ! C'est génial ! » Bref, c'était – et de loin ! – le vœu le plus merveilleux, le plus réellement magique que la Mirobolante eût exaucé depuis le début. Les enfants volaient, voguaient, planaient entre la terre verte et le ciel bleu. Ils survolèrent d'abord Rochester pour faire demi-tour en direction de Maidstone. Ils commençaient à avoir horriblement faim. Mais le hasard – ou la chance – voulut qu'à ce moment-là, ils volent assez bas, presque en rase-mottes, juste au-dessus d'un verger. Ils virent alors briller à travers les feuilles des prunes bien rouges et manifestement à point, les premières de la saison.

Ils s'immobilisèrent en plein ciel, leurs magnifiques ailes couleur d'arc-en-ciel déployées. Je suis incapable de vous expliquer comment ils s'y prirent, mais j'imagine que ce doit être un peu comme quand on fait du surplace dans l'eau. Les faucons sont de grands spécialistes de ce genre de sport.

– Oui, mais bon…, fit Cyril, bien que personne n'eût parlé. Mais que l'on ait des ailes ou non, un larcin reste un larcin.

– Tu crois vraiment ? demanda Jane avec vivacité. Si on a des ailes, on est un oiseau, et personne n'aurait l'idée de reprocher à un oiseau de ne pas respecter les lois. Et même s'il se trouvait quelqu'un pour le faire, les oiseaux s'en moqueraient ! Ils savent bien qu'on ne va pas les gronder ni les mettre en prison !

Ce n'est pas du tout évident d'aller se percher au sommet d'un prunier quand on a des ailes d'une pareille envergure ! Toutefois, après plusieurs essais peu concluants, nos amis finirent par y parvenir. Les prunes, juteuses à souhait, leur parurent d'autant plus exquises.

Ils s'en étaient déjà plus que rassasiés – Dieu merci ! – quand ils aperçurent un homme corpulent qui avait exactement la tête qu'on prêterait à un propriétaire-de-verger-de-pruniers : armé d'un gros bâton, il était en train de franchir la barrière de sa propriété. Sans même avoir besoin de se concerter, les enfants dégagèrent prestement leurs ailes des branches chargées de fruits et s'envolèrent.

L'homme s'arrêta net et resta planté là, bouche bée. De loin, il avait vu remuer les branches de ses arbres et s'était dit : « Y a quelqu'un qu'est encore à les s'couer ! Les jeunes vauriens de la saison passée qui s'ront rev'nus à la charge ! » Il s'était aussitôt mis en route, les garnements du village lui ayant appris à ses dépens que les prunes ont besoin de surveillance. Mais quand il vit dans le prunier tout un ébrouement d'ailes arc-en-ciel, il crut avoir perdu la tête – ce qui lui fut extrêmement désagréable. Anthea, qui l'observait du haut de l'arbre, le vit s'immobiliser d'un seul coup et ouvrir très lentement la bouche pour ne plus la refermer ; elle vit sa figure virer tour à tour au vert, puis au mauve. Tout en farfouillant à la hâte dans sa poche à la recherche d'une pièce trouée de trois pence qu'elle portait au cou, au bout d'un ruban, en guise d'amulette, elle s'écria : « Ne craignez rien », et se mit à planer autour de lui.

– Nous avons pris quelques-unes de vos prunes, reconnut-elle. Nous ne pensions pas que ce fût du vol, mais je n'en suis pas si sûre maintenant. Aussi voici un peu d'argent pour vous dédommager.

Sur ce, fondant sur le gros homme aux prunes, toujours frappé d'une sainte terreur, elle glissa dans sa poche la pièce de monnaie puis, en quelques coups d'ailes, rejoignit les autres.

Le fermier s'effondra pesamment sur l'herbe.

– Eh bien, pour une bénédiction c'est une sacrée bénédiction ! s'exclama-t-il. Il s'agissait sans doute – du moins, je le suppose – de ce qu'on appelle une hallucination. Mais voilà une pièce de trois pence, ajouta-t-il en la tirant de sa poche et en la mordant. Et impossible de dire qu'elle n'est pas réelle ! A compter de ce jour, je serai un homme meilleur. C'est là le genre d'aventure qui rendrait sobre un ivrogne pour la vie entière ! Dieu merci, c'étaient des ailes. Je préfère infiniment voir des oiseaux, même bizarres, et même doués, semble-t-il, de parole, que d'autres sortes de choses que je n'oserais nommer.

Et lentement, le propriétaire se leva pour rentrer chez lui. Il se montra si gentil avec sa femme ce jour-là que, tout heureuse, elle s'exclama : « Seigneur ! Qu'est-il don' arrivé à mon homme ? », s'empressa de se faire belle, et remplaça son col rigide par un joli nœud de ruban bleu. Elle avait tout à coup l'air si jolie que son mari redoubla d'attentions à son égard. Il n'est donc pas exclu que le vœu de ce matin-là ait eu au moins un effet positif. Quoi qu'il en soit, les bienfaits des ailes s'arrêtèrent là. En vérité, il n'est rien comme ce genre d'accessoires pour vous créer toutes sortes de difficultés. Toutefois, si vous vous trouvez en mauvaise posture – quand un chien féroce se jette sur vous, par exemple –, les ailes sont le meilleur moyen de vous tirer d'embarras.

Nos quatre oiseaux en firent l'expérience. Ils se dirigeaient vers une ferme où ils comptaient demander un croûton de pain et un morceau de fromage (vous pensez bien que leurs ailes, qu'ils avaient pris soin de replier le plus discrètement possible, ne leur avaient ôté en rien l'appétit !), quand un chien féroce noir comme l'enfer s'élança sur eux. Nul doute que, s'ils avaient été des enfants ordinaires, je veux dire sans ailes, le molosse eût donné un bon coup de dents dans le mollet chaussetté de brun de Robert, qui était à la traîne. Mais au premier grognement, il y eut un grand froufrou d'ailes, et le chien resta là à tirer sur sa chaîne, dressé sur ses pattes de derrière comme s'il tentait de s'envoler lui aussi.

Ils essayèrent plusieurs autres fermes, sans aucun succès. Ou bien il y avait un chien de garde et le même scénario se reproduisait, ou bien il n'y en avait pas, mais les gens étaient si effrayés par les « anges » qu'ils prenaient la fuite en poussant des cris. Il était près de quatre heures, et leurs ailes, engourdies de fatigue, ne les portaient plus qu'à peine quand, de guerre lasse, ils atterrirent au sommet d'un clocher, où ils se réunirent en conseil.

– Impossible de rentrer en volant sans avoir pris ni dîner ni thé ! déclara sombrement Robert.

– Et personne ne nous offrira un dîner ou même un simple en-cas, encore moins un thé, ajouta Cyril.

– Sauf peut-être le pasteur, suggéra Anthea. Il doit savoir mieux que personne ce qu'est un ange.

– Le premier venu se rendrait compte à la seconde que nous ne sommes pas de vrais anges, soupira Jane. Il suffit de regarder les bottines de Robert et la cravate écossaise d'Écureuil !

– Eh bien, répliqua Cyril d'un ton ferme, quand un pays refuse de vous vendre de quoi manger, vous vous servez, un point c'est tout ; enfin, je veux dire en temps de guerre. Je suis sûr et certain que les choses se passent exactement comme ça. Dans toutes les histoires que j'ai lues, je n'ai jamais rencontré un frère – un bon frère comme moi, s'entend – qui laissât ses petites sœurs mourir de faim au sein de l'abondance.

– De l'abondance ? questionna Robert avec une espèce d'avidité, tandis que ses frère et sœurs, qui parcouraient du regard la couverture de plomb désespérément nue du clocher, répétaient comme en écho : « Au sein de quoi ? Au sein de quoi ? »

– Oui, dit Cyril d'un ton solennel. Sur le côté du presbytère, j'ai repéré la fenêtre d'un garde-manger bien garni : il y a là de la langue et du poulet froid, des pâtés à la viande, et aussi du jambon, et même un pudding à la crème. La fenêtre est très haute, mais puisque nous avons des ailes...

– Comme tu es malin ! s'exclama Jane.

– Il n'y a rien de malin à ça, répondit modestement Cyril. N'importe quel général-né, Napoléon par exemple, ou bien le duc de Marlborough, l'aurait aussi remarqué et en aurait tiré les mêmes conclusions que moi.

– Je crois que tu te trompes, dit doucement Anthea, ils n'auraient jamais fait ça !

– Absurde ! rétorqua Cyril. Rappelle-toi ce que Sir Philip Sidney a dit quand le soldat refusait de lui payer à boire : « J'en ai plus besoin que lui. »

– En ce cas, déclara Anthea avec une détermination persuasive, on mettra en commun notre argent et on le laissera là pour payer notre dîner, n'est-ce pas ?

Elle était au bord des larmes. Il est très éprouvant en effet de se sentir tout à la fois affamé et dévoré par un sentiment de culpabilité.

– Une partie de notre argent.

Telle fut la prudente réponse.

Et les voilà tous les quatre en train de vider leurs poches sur la toiture de plomb du clocher sur laquelle les visiteurs successifs avaient, au cours des cent cinquante dernières années, gravé au couteau des cœurs entrelacés de leurs propres initiales. La somme réunie se montait en tout à cinq shillings et sept pence et demi, et Anthea elle-même, qui était la probité incarnée, voulut bien convenir que c'était trop. De l'avis de Robert, un dîner pour quatre personnes devait valoir dix-huit pence. Pour finir, ils se mirent d'accord pour une demi-couronne. Cela semblait correct.

Aussi Anthea écrivit-elle un message au dos de son bulletin du dernier trimestre qui se trouvait par hasard dans sa poche et dont elle avait pris la précaution de déchirer l'en-tête portant son nom et celui de l'école.

Mon cher révérend,

En vérité, nous sommes affamés, parce que nous avons voyagé toute la journée à travers les airs, mais nous croyons sincèrement que, lorsqu'on meurt de faim, voler n'est pas voler. Nous n'osons pas vous demander de quoi manger de peur que vous ne refusiez, car même si vous vous y connaissez mieux que personne en matière d'anges, jamais vous ne croirez une seule seconde que nous sommes réellement des anges. Je vous

128

promets que nous ne prendrons que le strict minimum,
et que nous ne toucherons ni au dessert ni aux petits
pâtés à la viande pour bien vous montrer que ce n'est pas
par gourmandise mais par faim que nous cambriolons
votre garde-manger. Seule la faim nous y pousse. Nous
ne sommes pas des brigands de métier.

– Abrège ! s'écrièrent les autres d'une seule voix.
Anthea se hâta d'ajouter :

Je précise que nos intentions sont tout à fait hono-
rables, au cas où vous ne l'auriez pas compris. Vous
trouverez ci-joint une demi-couronne qui vous prou-
vera notre sincère reconnaissance.
Merci pour votre généreuse hospitalité,
Nous quatre.

Puis elle glissa la pièce de monnaie à l'intérieur de
la lettre. Dès qu'il l'aurait lue, le pasteur comprendrait
tout, les enfants en avaient maintenant la conviction.
– Bien entendu, dit Cyril, il y a un risque. Nous
ferions mieux de descendre du clocher par l'autre côté,
ainsi nous pourrons traverser en rase-mottes l'enclos
paroissial avant de nous faufiler à travers le bosquet. Il
ne semble y avoir personne dans le coin. Mais on ne
sait jamais. La fenêtre donne directement sur ce bosquet. Elle est enchâssée dans un berceau de verdure,
comme dans les belles histoires. Je vais aller chercher
les provisions. Il faudra que Robert et Anthea les prennent lorsque je les leur passerai par la fenêtre. Quant à

Jane, qui a des yeux perçants, elle pourra surveiller les opérations et siffler si elle aperçoit quelqu'un. La ferme, Bob ! Jane siffle très convenablement et, de toute façon, il ne s'agit pas de remporter un concours ; mieux vaut au contraire siffler naturellement, comme un oiseau. Et maintenant, en route !

Je n'irai pas jusqu'à affirmer que c'est bien de voler. Je me contenterai de dire que, en ces circonstances précises, les cinq affamés n'eurent pas le sentiment de commettre un vol, et que cet acte *a priori* répréhensible leur apparut comme une simple transaction, aussi honnête que raisonnable. Ils n'avaient encore jamais eu l'occasion d'apprendre qu'il était impossible de se procurer pour une demi-couronne une langue de bœuf – horriblement difficile à découper, soit dit en passant –, un poulet et demi, une grosse miche de pain et un siphon[1] d'eau gazeuse. Cyril estimait n'avoir subtilisé que le strict nécessaire pour le tendre à ses deux complices, après les avoir conduits, *incognito* et sans embûches, jusqu'à cet endroit béni. Il avait l'impression d'avoir accompli un acte héroïque en renonçant à la confiture, aux chaussons aux pommes, au gâteau et même aux zestes de citron et d'orange confits (sur ce point, je suis d'accord avec lui). Il s'enorgueillissait aussi (il n'y avait pourtant pas de quoi, à mon avis) de n'avoir pas pris la crème, de peur d'avoir quelques difficultés à rendre le plat (cela ne viendrait à l'idée de personne, même pas d'un affamé, de dérober un plat en porcelaine de Chine

_____

1. Bouteille contenant une boisson gazeuse sous pression.

décoré de petites fleurs roses). En ce qui concerne le siphon d'eau gazeuse, c'était différent. Ils ne pouvaient se passer de boire. De plus, le nom du fabricant étant inscrit sur la bouteille, ils étaient sûrs et certains que l'objet serait restitué d'une façon ou d'une autre à son propriétaire, où qu'ils le laissent. Les enfants comptaient d'ailleurs le rapporter eux-mêmes s'ils en avaient le temps. Selon toute apparence, l'homme habitait Rochester, et donc à peu près sur leur route, moyennant un petit détour.

Toutes les provisions furent transportées au sommet du clocher et déposées sur une grande feuille de papier absorbant, que Cyril avait dénichée tout en haut du garde-manger. Tandis qu'il la dépliait, Anthea demanda :

– Tu crois vraiment que cette feuille fait partie du « strict nécessaire » ?

– Évidemment, répliqua-t-il. On est bien obligés de poser la viande quelque part pour la découper. L'autre jour, j'ai entendu Père dire qu'on pouvait attraper des maladies épouvantables avec l'eau de pluie à cause des microbes. Or, il doit y avoir des quantités d'eau de pluie ici et, quand elle sèche, les microbes restent au fond et pénètrent à l'intérieur des choses. Si on buvait de cette eau, on mourrait tous de la scarlatine !

– C'est quoi, les microbes ?

– De minuscules petites bêtes remuantes qu'on ne peut voir qu'au microscope, répondit Cyril en prenant son air le plus scientifique. Elles vous transmettent toutes les maladies possibles et imaginables. Je suis absolument certain que le papier était au moins aussi nécessaire que le pain, la viande et l'eau. Allons ! Oh, sapristi, ce que je peux avoir faim !

Je n'ai pas l'intention de raconter en détail le pique-nique qui eut lieu au sommet du clocher. Il n'est pas difficile d'imaginer comment on peut découper un poulet et surtout une langue de bœuf avec un canif à une seule lame qui lâche à peu près à mi-route. Ce ne fut pas une mince affaire, mais ils finirent par arriver au bout de leurs peines. Quant à manger avec les mains, vous savez tous aussi bien que moi que ce n'est guère commode, qu'on s'en met partout et qu'on graisse affreusement ses habits. Vous savez aussi que les assiettes en carton, vite maculées de taches, offrent un affreux spectacle.

Mais il y a une chose que vous ne pouvez sûrement pas vous représenter, c'est le comportement de l'eau gazeuse quand on tente de la boire à même le siphon, surtout quand il est plein. Vous ne voyez pas ? Alors faites-en l'expérience, si du moins vous parvenez à convaincre une grande personne de vous confier un siphon. Je vous conseille de mettre directement l'embout dans votre bouche et d'appuyer d'un coup sec sur le levier : l'effet est garanti. J'ajouterai qu'il vaut mieux procéder à cette expérience quand vous êtes seul et, de préférence, dehors.

Mais quelle que soit votre façon de les manger, la langue, le poulet et le pain frais sont d'excellentes choses, et personne ne songerait à se plaindre d'avoir été éclaboussé d'eau gazeuse par une belle journée chaude et ensoleillée. Aussi nos amis prirent-ils le plus vif plaisir à ce dîner improvisé et mangèrent-ils tout leur soûl : d'abord, parce qu'ils mouraient littéralement de faim, ensuite – je l'ai déjà dit et je le répète –, parce que nul ne saurait résister à la langue de bœuf, au poulet et au pain frais.

Vous l'aurez déjà constaté, je suis sûre, quand on est contraint par les circonstances de prendre son repas à une heure indue, que l'on dîne alors plus confortablement qu'à son habitude et, qui plus est, en plein soleil – que ce soit au sommet d'un clocher ou ailleurs – on

ne tarde pas à avoir étrangement sommeil. C'était précisément le cas d'Anthea, de Jane, de Cyril et de Robert. Une fois qu'ils eurent mangé à satiété et bu jusqu'à la dernière goutte d'eau gazeuse, ils se sentirent la tête lourde, très lourde, surtout Anthea, qui s'était levée de très bonne heure.

Un par un, ils se turent et s'étendirent sur le dos. Un quart d'heure ne s'était pas écoulé qu'ils dormaient tous profondément, la tête repliée sous leurs grandes ailes douces et chaudes. Le soleil sombrait doucement à l'occident (pardonnez-moi cette précision, peut-être inutile, elle est d'usage dans tous les livres), et les enfants continuaient à dormir, d'un sommeil particulièrement délicieux, car je ne connais rien au monde, fût-ce un édredon piqué en duvet d'eider, de plus douillet que des ailes.

A présent, le clocher projetait son ombre géante à travers l'enclos paroissial, le presbytère et, au-delà, le champ. Bientôt, il n'y eut plus d'ombres du tout. Le soleil s'était couché, et les quatre paires d'ailes avaient disparu. Les enfants dormaient toujours, mais ils n'en avaient plus pour longtemps. Le crépuscule est, certes, une très belle heure, mais gare à la température qui baisse d'un seul coup ! Il faisait donc frisquet. L'un des ex-anges se leva, et les trois autres, bien qu'encore très ensommeillés, finirent par se réveiller à leur tour, tout frissonnants – comme si on les avait découverts en tirant sur leur couverture (vous savez ce que c'est !) – pour prendre conscience qu'ils se trouvaient à des kilomètres de leur maison, tout en haut d'un absurde clocher, avec trois shillings et trois pence et demi au fond de leurs poches et une histoire cousue de fil blanc à raconter au cas où quelqu'un les surprendrait avec le siphon d'eau gazeuse. Au-dessus de leurs têtes, ils voyaient maintenant des étoiles bleues s'allumer par dizaines. Ils se regardèrent, effarés. Cyril rompit le silence le premier :

– On ferait mieux de descendre et de se débarrasser de ce maudit truc, dit-il en désignant le siphon. A mon avis, il fait assez nuit pour aller le déposer à la porte d'entrée du presbytère. Venez !

Au coin de la tour, il y avait une petite tourelle percée d'une porte. Ils l'avaient remarquée pendant le dîner mais n'avaient pas cherché à l'explorer, comme vous l'auriez sûrement fait à leur place. Quand on a des ailes et qu'on a la possibilité d'explorer le ciel tout entier, on n'a que faire des portes, elles n'ont tout bonnement aucun intérêt.

A présent, ils étaient bien contents de pouvoir se tourner vers elle.

– Bien entendu, c'est par là qu'on descend, fit Cyril.

Il ne s'était pas trompé. Mais la porte était fermée à clef !

Et pendant ce temps, l'univers devenait de plus en plus sombre. Et ils se trouvaient à des kilomètres et des kilomètres de leur maison. Et, par-dessus le marché, il y avait ce satané siphon d'eau gazeuse.

Je ne vous dirai pas si les enfants ont pleuré ni, le cas échéant, combien d'entre eux ont pleuré, je vous dirai encore moins qui a pleuré. Je préférerais que vous employiez plus judicieusement les ressources de votre esprit et que vous réfléchissiez à ce que vous auriez fait à leur place.

5
Prisonniers !

Que l'un d'entre eux ait versé des larmes ou non, il est certain que pendant un bon moment, la petite bande au complet n'en mena pas large. Quand ils eurent tous les quatre retrouvé leur calme, Anthea fourra son mouchoir au fond de sa poche, entoura Jane de son bras et dit :

– De toute façon, ça ne peut pas durer plus d'une nuit. Demain matin, nous ferons des signaux avec nos mouchoirs, et quelqu'un viendra nous délivrer…

– Et découvrira le siphon ! ajouta Cyril d'un ton lugubre. Et on nous mettra en prison pour vol !

– Mais tu as dit que ce n'était pas du vol. Tu as même dit que tu étais sûr que ce n'était pas du vol.

– Je n'en suis plus si sûr à présent, répondit abruptement le garçon.

– Alors envoyons valdinguer cette maudite bouteille là-bas, loin, dans les arbres, suggéra Bob, et on aura la paix.

– Mais oui, c'est ça, répliqua Cyril avec un petit rire amer, allons-y gaiement ! Frappons un petit gars à la tête et devenons des meurtriers par-dessus le marché !

137

– Mais on ne peut pas rester ici toute la nuit ! se récria Jane. Et d'abord, je veux mon thé.

– Ton thé ! Tu ne peux pas avoir faim, intervint Robert, on vient tout juste de dîner !

– Je veux mon thé, répéta-t-elle. Et j'en ai encore plus envie quand je vous entends raconter qu'on va passer toute la nuit ici. Oh, Panthère, je veux rentrer à la maison ! Je veux rentrer à la maison !

– Chut, chut ! fit Anthea. Calme-toi, Pussy chérie, ne pleure pas. Tout va s'arranger d'une façon ou d'une autre. Ne pleure pas, je t'en prie…

– Laisse donc cette idiote pleurer ! s'écria Robert dans un accès de désespoir. Si elle continue à hurler comme ça, quelqu'un finira par l'entendre et viendra à notre secours…

– Et remarquera le machin d'eau gazeuse ! ajouta vivement Anthea. Robert, tu es une vraie brute ! Quant à toi, Jane, essaye d'être un homme ! Nous sommes tous dans la même situation, tu sais.

La petite Jane s'efforça bravement d' « être un homme » et, petit à petit, hurlements et sanglots firent place à de faibles reniflements.

Il y eut un silence. Puis Cyril prit la parole :

– Écoutez… Je crois que pour le siphon, on devrait risquer le coup. Je vais le cacher sous ma veste que je boutonnerai par-dessus, et personne ne remarquera rien. Quant à vous, mettez-vous devant moi. Il y a des lumières allumées au presbytère. Ils ne sont donc pas encore couchés. On va crier, hurler même, le plus fort possible ! Je compte jusqu'à trois, et on s'y met !

Robert, tu pousses ton fameux cri de locomotive, et moi, j'imiterai le « ohé, laïtou » de Père. Les filles, elles, peuvent faire comme elles veulent. Un, deux, trois !

Un quadruple cri déchira la douce quiétude de cette soirée d'été, et une servante postée à l'une des fenêtres du presbytère s'immobilisa, la main sur le cordon du store.

– Un, deux, trois !

Un nouveau cri hybride, presque monstrueux, d'une insupportable stridence, s'éleva dans les ténèbres. Effrayés, hiboux et sansonnets s'envolèrent à tire-d'aile. La servante s'écarta vivement de la fenêtre du presbytère et prit ses jambes à son cou, dévalant l'escalier du presbytère pour entrer en trombe dans la cuisine du presbytère et raconter au valet, à la cuisinière et au cousin de la cuisinière qu'elle avait vu un fantôme avant de tomber évanouie. Elle mentait, bien entendu, mais je suppose que l'effroyable hurlement lui avait sérieusement ébranlé les nerfs.

– Un, deux, trois !

L'arrivée du pasteur sur le seuil de la porte fut saluée par un nouveau hurlement qui ne le cédait en rien au premier ; il n'y avait pas à s'y tromper.

– Dieu nous protège ! dit-il à sa femme. Je crois bien, ma chère, qu'on est en train d'assassiner quelqu'un dans l'église ! Donne-moi mon chapeau et un bon bâton bien solide, et dis à Andrew de me suivre. Je suppose qu'il s'agit du fou qui a volé la langue de bœuf et le reste.

Les enfants avaient aperçu une vive lueur quand le pasteur avait ouvert la porte d'entrée ; ils avaient aperçu sa silhouette sombre et s'étaient tus, à la fois pour retrouver leur souffle et pour voir ce que le révérend allait faire.

Quand celui-ci se retourna pour prendre son chapeau, Cyril lança à la hâte :

– Il croit qu'il a rêvé. Vous ne criez sûrement pas assez fort. Allons ! Un, deux, trois !

Cette fois, ils n'avaient certes pas crié à moitié : la femme du pasteur jeta les bras autour du cou de son mari et poussa un petit cri qui semblait être un faible écho du leur.

– Tu ne peux pas aller là-bas, déclara-t-elle. Pas seul en tout cas… Jessie !

La servante revint à elle et sortit de la cuisine.

– Jessie, reprit l'épouse du pasteur, va immédiatement me chercher Andrew. Il y a un dangereux fou dans l'église, il faut absolument qu'il aille l'attraper !

« J'espère aussi qu'y va trinquer un bon coup ! » se disait la servante en retournant à la cuisine.

– Écoute, Andrew, fit-elle, y a quelqu'un qui hurle comme un cinglé dans l'église, et madame, al' dit que tu dois aller là-bas tout de suite et mett' la main su' l' toqué.

– Ah ça, non, j'irai pas tout seul ! souffla Andrew d'un air résolu, tandis qu'il ajoutait à voix haute à l'adresse de son maître : Oui, m'sieur.

– Tu as entendu ces cris ?

– J'crois ben avoir remarqué une espèce de quèque chose, répondit Andrew.

– Alors qu'attends-tu ? Viens donc ! s'impatienta le pasteur. Ma chère, il faut que j'y aille, ajouta-t-il à l'adresse de sa femme, qu'il poussa doucement dans le salon.

Après quoi, il claqua la porte et se précipita en direction de l'église, traînant Andrew derrière lui. Une salve de hurlements les accueillit. Une fois le silence rétabli, Andrew cria à son tour :

– Hé, là-bas ! Vous avez appelé ?

– Oui, répondirent de toutes leurs forces quatre voix lointaines.

– On dirait qu'ils sont dans les airs, commenta le révérend. Singulier !

– Où êtes-vous ? s'égosilla Andrew.

– ÉGLISE ! CLOCHER ! TOUT EN HAUT ! s'époumona Cyril (il avait pris sa voix la plus basse et articulait le mieux possible).

– Alors, descendez donc ! lança Andrew.

– Impossible, répondit la même voix. La porte est fermée.

– Miséricorde ! s'écria le pasteur. Andrew, va donc quérir la lanterne à l'étable. Et peut-être serait-il préférable d'aller chercher un autre homme au village ?

– Avec le reste des bandits à mes trousses, que ça ne fait pas un pli ? Non, non, m'sieur. J'parions que c'est un piège. Que j'soyons pendu, si c'en est pas un ! Ah, v'là qu'j'apercevons l'cousin d'la cuisinière à la porte de la cuisine ! L'est garde-chasse et l'a souvent affaire à de fieffés coquins , y sait c'que c'est. En plus, il a sa carabine, m'sieur.

– Hep ! vociférait Cyril du haut du clocher. Hep, vous là-bas ! Montez et sortez-nous de là !

– On vient, on vient ! répondit Andrew. Je m'en allons juste quérir un gendarme et un fusil.

– Andrew, Andrew, ce n'est pas la vérité, mon fils.

– Bah, m'sieur, c'est du pareil au même pour des gredins d'la sorte.

Le dénommé Andrew alla donc chercher la lanterne de l'étable et le cousin de la cuisinière, et la femme du pasteur leur recommanda d'être bien prudents.

A présent, il faisait nuit noire. Tout en traversant l'enclos paroissial, ils discutaient à bâtons rompus. Le révérend était persuadé qu'il y avait un fou au sommet du clocher, celui-là même qui avait écrit la lettre insensée et s'était emparé de la langue de bœuf froide et des autres provisions. Quant à Andrew, il était convaincu qu'il s'agissait là d'un piège. Seul, le cousin de la cuisinière était calme.

– Grand bruit et petite besogne, dit-il, la montagne accouche d'une souris ! Croyez-moi, ajouta-t-il, les types dangereux préfèrent pas s'faire remarquer.

Il n'avait pas peur le moins du monde. C'est vrai qu'il avait un fusil. Raison de plus pour lui demander de prendre la tête de la troupe et de piloter celle-ci dans l'escalier sombre et escarpé, aux marches usées, ce que fit le pasteur. Le garde-chasse ouvrait donc la voie, la lanterne dans une main et le fusil dans l'autre. Andrew suivait, non qu'il fût plus brave que son maître, comme il le prétendit plus tard, mais, où

142

qu'il fût, il ne pouvait s'empêcher d'imaginer toutes sortes de pièges. Aussi, vous vous en doutez, l'idée d'être le dernier de la file ne lui souriait guère. « Supposons, se disait-il, que quelqu'un se glisse tout doucement derrière moi et m'attrape par une jambe dans le noir ! »

Quoi qu'il en soit, l'escouade continuait à avancer. Elle s'engagea dans l'escalier en colimaçon, grimpa, grimpa jusqu'à en avoir le tournis, traversa la tribune des carillonneurs – vous savez, la salle où pendent les cordes des cloches avec leurs douces extrémités pelucheuses pareilles à des araignées géantes –, gravit un autre escalier à l'intérieur du beffroi – domaine des grosses cloches tranquilles –, puis une échelle aux larges barreaux et, enfin, un escalier de pierre très étroit. Au sommet, il y avait une petite porte, fermée à clé.

Le cousin de la cuisinière, qui était, je le répète, garde-chasse, donna un grand coup de pied dans la porte et cria :

– Ohé, là-dedans !

De l'autre côté, les enfants, agrippés les uns aux autres, tremblaient de frayeur. Ils avaient hurlé tant et tant qu'ils étaient tout enroués et pouvaient à peine parler. Cyril parvint tout de même à répliquer, d'une voix très altérée :

– Holà, qui va là !

– Comment êtes-vous montés jusqu'ici ?

Il ne fallait pas songer à répondre : « En volant. » Le garçon se contenta donc de dire :

– Eh bien, par l'escalier ! Au bout d'un moment, ajouta-t-il, on a voulu sortir et on a trouvé la porte fermée, alors on est restés coincés. Laissez-nous descendre, s'il vous plaît !

– Combien êtes-vous ? interrogea le garde-chasse.

– Seulement quatre.

– Êtes-vous armés ?

– Est-ce que nous sommes quoi ?

– J'ai mon fusil sous la main, aussi avez-vous tout intérêt à ne pas broncher. Si j'ouvre la porte, me promettez-vous de descendre tranquillement et de ne pas faire de bêtises ?

– Oui, oh, OUI ! s'exclamèrent les enfants d'une seule voix.

– Mon Dieu ! s'écria le pasteur. Il m'a semblé entendre une voix féminine.

– J'ouvre la porte, monsieur ? demanda le garde-chasse.

Andrew descendit aussitôt quelques marches – mesure de précaution qu'il justifierait après coup en ces termes : « C'était pour faire un peu de place aux autres. »

– Oui, répondit le révérend, ouvre la porte. Rappelez-vous, ajouta-t-il à travers le trou de la serrure, que nous sommes venus vous délivrer et que vous avez promis de vous abstenir de tout acte violent. Tiendrez-vous votre promesse ?

– Ce satané verrou ne veut rien savoir, dit le garde-chasse en s'attaquant au premier. A croire qu'on ne l'a pas tiré depuis six mois !

Il ne croyait pas si bien dire. C'était parfaitement exact.

Quand tous les verrous furent enfin tirés, le cousin de la cuisinière prononça à travers le trou de la serrure un petit discours bien senti :

– Je n'ouvrirai pas avant que vous soyez tous passés de l'autre côté. Et si l'un de vous fait un pas vers moi, j'ouvre le feu ! Allez-y !

– On y est, répliquèrent quatre voix à l'unisson.

Le garde-chasse, fort content de lui, ouvrit la porte toute grande en se félicitant de sa propre audace, fit quelques pas sur la couverture de plomb et commença à braquer sa puissante lanterne sur les malfaiteurs pour s'arrêter net : il n'y avait devant lui, adossé contre le parapet opposé, qu'un groupe de malheureux enfants.

Il abaissa son fusil et faillit laisser tomber sa lanterne.

– Que Dieu me juge, s'écria-t-il, si c'est pas là un ramassis de gosses !

Le pasteur s'avançait maintenant à son tour en direction de la petite troupe.

– Comment êtes-vous arrivés ici ? questionna-t-il d'un ton sévère. Dites-moi toute la vérité.

– Oh, laissez-nous descendre, supplia Jane en s'agrippant à la redingote du pasteur, et nous vous avouerons tout ce que vous voulez. Vous ne nous croirez pas, mais peu importe. Oh, s'il vous plaît, on veut descendre !

Les autres se pressaient autour du révérend avec la même expression suppliante. Tous, sauf Cyril, déjà suffisamment occupé comme ça avec le siphon d'eau gazeuse dissimulé sous sa veste, qui ne cessait de glisser et qu'il était obligé de tenir à deux mains. Mais, au bout de quelques minutes, prenant soin de rester en dehors du cercle de lumière projeté par la lanterne, il finit par dire à son tour :

– Faites-nous descendre, je vous en prie.

On les mena donc en bas. Vous vous en doutez, ce n'est pas une partie de plaisir que de descendre du haut d'un clocher dans le noir. Dieu merci, le garde-chasse leur prêta main-forte. Cyril, lui, était obligé de se débrouiller seul, toujours à cause de ce maudit siphon d'eau gazeuse, qui s'obstinait à ne pas vouloir rester en place. A un moment, à peu près à mi-hauteur de l'échelle, il faillit lui échapper pour de bon. Le garçon le rattrapa de justesse par le goulot, et manqua perdre l'équilibre – à dire vrai, il s'en était fallu d'un cheveu ! Il était livide et tremblait de tout son corps quand ils arrivèrent enfin en bas de l'escalier en colimaçon et débouchèrent sur les dalles du porche.

Alors, sans crier gare, le garde-chasse empoigna Cyril et Robert chacun par un bras.

– Lâchez-nous, dit Cyril. Nous ne prendrons pas la fuite. Nous n'avons fait aucun mal à votre vieille église. Laissez-nous partir.

– Vous me suivez, un point c'est tout, rétorqua le garde-chasse.

Cyril n'osa pas lui faire front : le siphon menaçait à nouveau de glisser à terre.

Ils furent donc conduits dans le bureau du pasteur.

– William, William, es-tu sain et sauf ? s'écria l'épouse du révérend en se précipitant à leur rencontre.

Robert se hâta de l'apaiser.

– Oui, dit-il. Il est sain et sauf, il se porte même comme un charme. Nous n'avons pas touché à un seul cheveu de sa tête. S'il vous plaît, madame, il est très tard et, à la maison, ils doivent être horriblement inquiets. Pouvez-vous nous ramener chez nous ?

– Ou peut-être connaissez-vous près d'ici une auberge où nous pourrions emprunter une voiture attelée ? Martha doit être si anxieuse !

Le pasteur, littéralement assommé par toutes ces émotions, s'était effondré dans un fauteuil.

Cyril, qui avait fini par s'asseoir, lui aussi, était obligé de se pencher en avant, les coudes posés sur les genoux – toujours à cause du siphon d'eau gazeuse, bien entendu !

– Comment se fait-il que vous vous soyez retrouvés enfermés dans le clocher ? demanda le révérend.

– Quand nous sommes arrivés là-haut, énonça lentement Robert, nous étions épuisés, alors nous nous sommes tous allongés pour dormir et, quand nous nous sommes réveillés, nous avons trouvé la porte fermée à clef. Alors on s'est mis à hurler.

– Je pense bien que vous avez hurlé ! s'exclama la femme du pasteur. Terroriser les braves gens comme ça ! Vous devriez avoir honte !

– Nous avons honte, fit doucement Jane.

– Mais qui a fermé la porte ? questionna le pasteur.

– Je ne sais pas du tout, répondit Robert – ce qui était l'exacte vérité. S'il vous plaît, renvoyez-nous à la maison !

– Eh bien, soupira l'ecclésiastique, je suppose que nous n'avons rien de mieux à faire. Andrew, va atteler la voiture, s'il te plaît. Tu ramèneras ces jeunes gens chez eux.

« Ah, non, pas tout seul ! se disait Andrew en son for intérieur. Ça, jamais. »

– Et, continua le pasteur, que ce soit une bonne leçon pour vous !

Il poursuivit son petit discours pendant un bon moment. Les enfants écoutaient d'un air malheureux ; le garde-chasse, lui, n'écoutait pas, car il était occupé à observer le malheureux Cyril. Il en connaissait bien entendu un brin – et même un sacré brin ! – à propos des braconniers, aussi était-il capable de repérer, à leur seule expression, ceux qui dissimulaient quelque chose. Le pasteur expliquait à présent aux enfants qu'en grandissant, ils devaient tâcher d'être pour leurs parents une bénédiction au lieu d'être un fardeau et un sujet de honte quand le garde-chasse lança tout à coup :

– Demandez-lui don' c'qu'y cache sous sa jaquette !

Cyril comprit à la seconde qu'on l'avait démasqué et qu'il était vain de s'obstiner à dissimuler l'objet en question. Il se leva donc, se redressa de toute sa taille, et adopta résolument l'expression sans-peur-et-sans-reproche des héros de romans de chevalerie – vous savez, ces jeunes héros dont on sait, au premier regard, qu'ils sont issus de familles nobles et valeureuses, et seront fidèles jusqu'à la mort – avant de tirer le siphon d'eau gazeuse de sous sa veste et de dire :

– Bon, très bien, je me rends.

Il y eut un silence. Puis :

– Oui, continua Cyril qui, de toute façon, n'avait plus rien à perdre, nous avons pris ça dans votre garde-manger, en plus du poulet, de la langue et du pain. Nous mourions tellement de faim ! Je précise que nous n'avons pas touché à la crème et au jambon. Nous nous sommes contentés du strict nécessaire : le pain, la viande et l'eau – il se trouvait que c'était de l'eau gazeuse, mais on n'avait pas le choix – et nous vous avons laissé une demi-couronne pour vous dédommager avec un petit mot d'explication. Nous sommes vraiment désolés. Mon père paiera une amende ou tout ce que vous voudrez mais, s'il vous plaît, ne nous mettez pas en prison. Mère serait si mortifiée ! Vous vous rappelez, vous nous avez dit tout à l'heure que nous devions être l'honneur de notre famille. Eh bien, n'allez-vous pas précisément nous couvrir de honte ? Nous regrettons amèrement notre acte. Voilà !

– Mais comment avez-vous fait pour atteindre le garde-manger ? interrogea l'épouse du pasteur.

– Je ne peux pas vous le dire, répondit Cyril avec fermeté.

– M'avez-vous dit la vérité, toute la vérité ? questionna le révérend.

La voix de Jane fusa tout à coup :

– Non. Tout ce que Cyril a dit est exact, mais il y a quelque chose qu'il vous a caché. On n'a pas le droit d'en parler. Alors c'est inutile de nous poser des questions. Oh, pardonnez-nous, s'il vous plaît, et ramenez-nous à la maison !

Sur ce, la fillette se précipita vers l'épouse du pasteur et lui jeta les bras autour du cou. La femme serra Jane contre elle, tandis que le garde-chasse chuchotait derrière sa main quelques mots à l'adresse du pasteur :

– Il n'y a rien à leur reprocher, monsieur, mais je croirais volontiers que quelqu'un s'abrite derrière eux.

On les aura incités à faire ça, mais ils n'osent pas moucharder. Une proie rêvée pour les filous que les p'tits gosses !

– Dites-moi, fit le pasteur avec bienveillance, serviriez-vous de paravent à quelqu'un ? Y a-t-il une autre personne mêlée à cette affaire ?

– Oui, répondit Anthea, qui pensait à la Mirobolante, mais ce n'est pas sa faute si on a volé.

– Très bien, mes enfants, répondit le révérend, n'en parlons plus. Je voudrais juste savoir ce que diable signifie votre lettre, elle est si étrange !

– Je ne sais pas, dit Cyril. Vous voyez, Anthea l'a griffonnée à toute vitesse. Et, à ce moment-là, on n'avait pas le sentiment de commettre un vol – pas vraiment. Mais après, quand on a réalisé qu'on était enfermés dans le clocher, on a eu l'impression contraire. Je vous assure, on regrette beaucoup tous les quatre…

– Chut, chut, c'est fini maintenant. Mais la prochaine fois, tâchez de réfléchir avant de dérober la langue de bœuf des autres gens. Prendrez-vous un morceau de gâteau et un verre de lait avant de partir ?

Quand Andrew, qui se demandait s'il était censé affronter seul le piège qu'on n'allait pas manquer de lui tendre, revint avertir que le cheval était attelé, il trouva nos amis en train de manger une tranche de cake, de boire du lait et de rire des plaisanteries du pasteur. Jane était même assise sur les genoux de la dame du lieu.

Soit dit entre nous, je ne suis pas sûre qu'ils eussent mérité pareil traitement de faveur.

Le garde-chasse demanda la permission de profiter de la voiture pour rentrer chez lui, au grand soulagement d'Andrew, trop content de pouvoir compter sur quelqu'un de fiable au cas plus que probable où ils tomberaient dans un traquenard (il ne pouvait s'ôter cette idée de la tête).

Quand la voiture arriva en vue de la maison, entre la carrière de craie et la sablière, nos quatre oiseaux tombaient littéralement de sommeil. Sans un mot, Andrew débarqua ses passagers devant le portail de fer.

– Vous voilà arrivés ! annonça le cousin de la cuisinière (« Un ami pour la vie », se disaient les enfants). Quant à moi, j'emprunterai la jument de Shank pour rentrer chez moi.

Andrew se vit donc contraint de repartir seul au presbytère, ce qui, bien entendu, n'était pas pour lui plaire, et ce fut le garde-chasse qui accompagna les enfants jusqu'à la porte de la maison. Une fois que ces brigands eurent été expédiés au lit sous de rudes volées de reproches, l'homme s'attarda un peu pour raconter à Martha, à la cuisinière et à la servante ce qui s'était exactement passé. Il expliqua si bien toute l'affaire que la gouvernante se montra des plus aimables avec les enfants le lendemain matin.

Par la suite, il vint régulièrement rendre visite à Martha, et pour finir… – mais ceci est une autre histoire, comme dirait ce cher Mr Kipling[1].

En dépit de sa bonne humeur, Martha fut bien obli-

1. Le célèbre auteur du *Livre de la jungle*.

gée de s'en tenir à sa décision de la veille et ne put lever la punition annoncée (de toute la journée, ils n'auraient pas le droit de mettre le nez dehors). Mais, loin d'être désagréable, elle fut presque charmante et consentit même à laisser Robert sortir une petite demi-heure pour aller faire une course très urgente. C'était, bien entendu, le souhait du jour. Je suis sûre que vous aviez deviné !

Robert se précipita donc à la sablière, trouva la Mirobolante, et fit un vœu.

Ceci est encore une autre histoire.

6
Le château des affamés

Ce jour-là, tous les enfants, à l'exception de Robert qui avait obtenu une permission spéciale, étaient consignés à la maison, juste châtiment, selon Martha, de leurs frasques de la veille. Bien entendu, la gouvernante, loin de compatir à leurs malheurs, jugeait qu'ils s'étaient mal conduits, un point c'est tout, et faisait ce qu'elle croyait être son devoir – aussi, ne la blâmez pas. Vous le savez, les grandes personnes disent volontiers qu'elles détestent vous punir et qu'elles ne le font que pour votre bien ; elles disent même qu'elles en souffrent au moins autant que vous – et je puis vous assurer que, dans la plupart des cas, c'est la pure vérité.

Martha se voyait donc contrainte d'infliger une punition qui lui pesait au moins autant qu'aux intéressés. Pour commencer, elle savait qu'elle aurait à souffrir du bruit du matin au soir. Mais ce n'était pas la seule raison.

– Sans blague, confia-t-elle à la cuisinière, ça me semble presque scandaleux de les consigner à la mai-

son par une aussi belle journée ! Mais ils sont tellement intrépides qu'un de ces jours, si j'y mettons pas
une limite, ils finiront par revenir à la maison tout
roués de coups. Faites-leur un gâteau pour le thé de
demain, ma chère. On se s'ra à peine mis au travail
qu'on aura déjà le Chérubin dans les pattes. Il est près
de dix heures, et on n'a encore attrapé aucun lapin (ce
qui signifie, dans le langage des gens du Kent : « On
n'a encore rien fait. »).

Ils étaient donc privés de sortie, mais Robert, comme
je l'ai déjà dit, avait eu la permission de s'échapper une
demi-heure pour aller faire une course absolument
essentielle. C'était, bien entendu, le souhait du jour.

Il n'eut aucun mal à trouver la fée des sables, car il
faisait si chaud, ce jour-là, que pour la première fois de
sa vie, elle était sortie spontanément de son trou pour
aller s'asseoir dans une espèce de piscine de sable tout
doux. La chose était donc là à s'étirer, à se lisser les
moustaches et à rouler sans fin ses yeux d'escargot.

– Ah ! s'exclama-t-elle quand elle eut aperçu Robert
du coin de l'œil gauche. Justement, je vous cherchais.
Où sont les autres ? Ils ne se sont tout de même pas
écrasés au sol comme le fils du roi Sennachérib ?
Enfin, j'espère !

– Non, répondit Robert, mais les ailes nous ont mis
dans un sacré pétrin, comme tous les autres vœux et,
en plus, on a été punis. Les autres sont consignés à la
maison. Je devrais l'être aussi, mais on m'a laissé sortir une petite demi-heure… pour aller faire notre souhait du jour.

– Alors dépêche-toi ! fit la Mirobolante qui commençait à se tortiller dans le sable.

Mais Robert n'arrivait pas à se dépêcher. Il avait oublié toutes les idées qu'il avait eues en chemin, et rien, absolument rien ne lui venait à l'esprit sinon de petits souhaits insignifiants réservés à son seul usage : caramels, album de timbres de tous les pays du monde ou encore canif à triple lame avec tire-bouchon incorporé. Il s'assit pour mieux réfléchir, mais sans aucun succès. Il ne parvenait à imaginer que des choses qui auraient laissé ses frère et sœurs parfaitement indifférents – un ballon de foot ou une paire de jambières, par exemple – ou ne les concernaient en rien (qui, à part lui, avait envie de battre à plates coutures, dès la rentrée, le cadet des Simpkins ?).

– Eh bien, finit par dire la fée des sables, tu ferais mieux de te dépêcher avec ton sacré vœu. Le temps file, le temps file.

– Je sais bien, répondit Robert. Mais je ne vois vraiment pas quoi demander. Oh si, tenez ! J'aimerais que vous exauciez le vœu d'un de mes frère et sœurs sans qu'il ou elle ait besoin de se déplacer jusqu'ici. Non, non, ne faites surtout pas ça !

Il était trop tard. La créature des sables, qui avait triplé de volume, était à présent en train de se dégonfler comme un ballon dans lequel on vient de planter une épine. Avec un grand soupir, elle s'adossa contre le rebord de son espèce de piscine de sable doux ; elle était si épuisée par l'effort qu'elle venait de fournir qu'elle faillit s'évanouir.

– Là, dit-elle d'une voix faible. C'était effroyablement dur, mais j'y suis arrivée ! File tout de suite chez toi, sinon tu peux être sûr qu'ils auront formulé un souhait idiot avant même que tu sois rentré !

Ils allaient le faire, ils l'avaient peut-être déjà fait ! Robert en était intimement persuadé. Tout en courant, il ne cessait de se demander quelles choses tordues ils avaient bien pu désirer : peut-être des lapins ou des souris blanches ou du chocolat ou encore une belle journée ensoleillée. Il se pouvait fort bien aussi que l'un d'eux ait eu la bêtise de s'écrier : « Ah, si seulement Robert se dépêchait ! » Eh bien, il se hâtait à leur rencontre, comme ils l'avaient souhaité, leur vœu était donc exaucé, et la journée gâchée ! Après quoi, Robert tenta de se représenter un jeu amusant, un jeu à quoi on pourrait avoir envie de jouer dans une maison. C'était justement là le problème qui le tracassait depuis le début. Il est si difficile de s'amuser à l'intérieur quand, dehors, le soleil brille de tous ses feux et semble d'autant plus attirant qu'on est privé de sortie !

Robert courait, courait, de toute la vitesse de ses jambes. Mais, une fois le dernier tournant franchi, surpris de ne pas apercevoir, comme à l'ordinaire, ce que leur père appelait « le délire de l'architecte », autrement dit l'affreuse dentelle de ferronnerie qui ornait le toit, il fit des yeux comme des soucoupes et ralentit spontanément l'allure (vous le savez, il est impossible de courir les yeux grands ouverts) avant de stopper net : il n'y avait pas la moindre maison en vue. Les grilles, elles aussi, avaient disparu, et sur l'emplacement de leur ancienne demeure… Bob, incrédule, se frotta les yeux, puis regarda à nouveau. Oui, à n'en pas douter, ses frère et sœurs avaient effectivement formulé un souhait ; il n'était pas difficile de deviner lequel, car c'était bien un château qui se dressait devant lui de toute sa majestueuse hauteur – un vrai château, sombre et imposant, avec des créneaux, des fenêtres à lancette et huit splendides tours. Et à la place du jardin et du verger, il y avait de drôles de petites choses éparses évoquant des champignons. Robert poursuivit lentement son chemin, et se rendit compte, en s'approchant, qu'il s'agissait de tentes, entre lesquelles circulaient une foule d'hommes revêtus d'une armure.

– Mince alors ! s'écria Robert. Je ne rêve pas ! Ils ont vraiment demandé un château et, bien entendu, il faut que ce château soit assiégé ! Ah, ça lui ressemble bien, à cette Mirobolante de malheur ! Maudite créature ! Si seulement nous avions pu ne jamais la rencontrer !

Le garçon crut alors apercevoir quelqu'un posté à la petite fenêtre au-dessus de la grande porte cochère, et ce quelqu'un, semblait-il, agitait dans sa direction une espèce de pâle chiffon couleur de poussière. « Sans doute un des mouchoirs de Cyril », pensa Robert, se souvenant qu'il avait renversé tout un flacon de « teinture avec fixateur incorporé » dans le tiroir où ils étaient rangés et que, à compter de cette date, ils n'avaient plus jamais été blancs. A peine avait-il esquissé, en réponse, un geste de la main qu'il réalisa son imprudence. En effet, l'armée de siège avait immédiatement repéré son signal, et deux hommes casqués d'acier et chaussés de hautes bottes marron s'avançaient déjà vers lui, à si grandes enjambées que Robert, songeant à la petitesse de ses propres jambes, ne tenta même pas de prendre la fuite. Non seulement, il savait que c'eût été en pure perte, mais encore il craignait d'irriter l'ennemi. Aussi préféra-t-il se tenir tranquille. Il avait sans doute sagement agi, car les deux hommes ne semblaient pas d'humeur féroce.

– Par ma foi ! s'écria l'un. Voilà un maraud bien brave !

Robert, tout heureux d'être traité de brave, et qui, du même coup, se sentait devenir brave, passa sur le mot « maraud » – terme d'ailleurs couramment employé dans les romans de cape et d'épée et dépourvu de toute connotation grossière. Il s'inquiétait seulement à l'idée de ne pas bien comprendre les deux soldats car, lorsqu'il lisait ce genre de romans, il lui arrivait souvent de ne pas pouvoir suivre les conversations.

– Son costume est fort étrange, lança l'autre. Comment interpréter pareil subterfuge ?

– Dis-moi, mon gaillard, qu'est-ce qui t'amène ici ?

– S'il vous plaît, répondit-il, je voudrais rentrer à la maison.

– Eh bien, vas-y ! répliqua l'homme chaussé des bottes les plus hautes. Personne ne l'empêche, et rien ne nous oblige à te suivre. Je croirais volontiers qu'il apporte des nouvelles aux assiégés, ajouta-t-il prudemment à mi-voix.

– Où demeures-tu, jeune manant ? interrogea l'homme coiffé du casque le plus grand.

– Ici, fit Robert.

A peine eut-il ouvert la bouche qu'il comprit son erreur. Il aurait évidemment dû dire : « Tout là-bas ! »

– Ah oui, voyez-vous ça ! s'esclaffa Hautes Bottes. Approche un peu, mon garçon. Voilà une affaire que seul notre chef pourra trancher.

Ainsi Robert fut-il dûment empoigné par l'oreille – une oreille fort récalcitrante, comme vous pouvez l'imaginer – et amené devant le chef en personne.

C'était là l'être le plus resplendissant que Robert eût jamais vu. Il ressemblait trait pour trait aux illustrations des romans d'aventures, qu'il avait si souvent admirées. Non seulement, il portait une armure et un heaume, mais encore il avait un cheval, une aigrette, des plumes, un écu, une lance et enfin une épée. Son armure et ses armes étaient – j'en suis quasiment sûre – d'époques très différentes. L'écu – sur lequel figurait un magnifique blason : trois lions rouges courant sur fond bleu – datait manifestement du XIIIe siècle, alors que l'épée semblait sortir tout droit de la guerre d'Espagne. La cuirasse, elle, était du temps de Charles Ier, tandis que le heaume remontait probablement à la deuxième croisade. Quant aux tentes, elles étaient flambant neuves. N'importe qui aurait éprouvé un véritable choc en contemplant un tableau aussi disparate. Robert, lui, était muet d'admiration, et tout lui semblait, au contraire, parfaitement en ordre, sans doute parce qu'il tirait tout ce qu'il savait en science

héraldique et en archéologie de ses chers romans
d'aventures merveilleusement illustrés. En vérité, la
scène qu'il avait sous les yeux lui rappelait exactement
l'image d'un de ces livres. Il était si émerveillé qu'il se
sentait plus brave que jamais.

– Approche, mon garçon, prononça l'éblouissant chef, quand les hommes aux casques d'acier de l'époque de Cromwell lui eurent glissé quelques mots âpres à l'oreille.

Sur ce, il ôta son heaume qui gênait sa vision, découvrant un visage empreint de bienveillance et de longs cheveux blonds.

– N'aie crainte, ajouta-t-il. Personne ne t'écharpera, et tu ne prendras pas la moindre ecchymose.

Robert se réjouit d'entendre ces paroles. Il se demanda toutefois ce que l' « ecchymose » pouvait bien être et si le goût en était encore plus infect que celui de la tisane de séné qu'on l'obligeait parfois à prendre.

– Raconte-moi ton histoire sans peur et sans reproche, dit aimablement le chef. D'où viens-tu ? Et quelles sont tes intentions ?

– Mes quoi ? demanda Robert.

– Que cherches-tu à accomplir ? Quelle est ta mission, et que fais-tu là à errer tout seul au milieu de ces rudes hommes en armes ? Pauvre enfant, le cœur de ta mère saigne pour toi, à l'heure qu'il est, j'en jurerais.

– Je ne crois pas, répliqua Robert. Elle ne sait même pas que je suis sorti.

Le chef essuya furtivement une larme virile, exactement comme l'eût fait un chef dans un roman de chevalerie, et ajouta :

– Ne crains point de dire la vérité, mon enfant. Tu n'as rien à craindre de Wulfric de Talbot.

Robert eut soudain l'obscure intuition que ce resplendissant chef de l'armée de siège – lui-même figure centrale du vœu – serait infiniment plus apte à comprendre l'histoire véridique de la fée des sables que Martha, les gitans, le policier de Rochester ou encore le pasteur. Mais il y avait un petit problème : jamais il ne réussirait à se rappeler suffisamment de mots et d'expressions comme : « Le diable m'emporte » ou « Que nenni ! » pour donner à son récit la couleur exacte des grands romans de chevalerie. Toutefois, non sans audace, il commença son histoire par une citation tirée des aventures de Ralph de Courcy.

– Grand merci pour votre courtoisie, noble sire chevalier. Le fait est que… enfin, c'est ainsi, je veux dire… Puissiez-vous n'être pas pressé, car mon histoire est plutôt longuette. Mon père et ma mère sont partis au loin, et un jour que nous étions allés jouer à la sablière, nous avons trouvé une Mirobolante.

– J'implore ta pitié ! Une *Mirobolante* ? répéta le chevalier.

– Oui, une espèce de… de fée ou d'enchanteur, oui, c'est ça, un enchanteur. Et cet enchanteur a dit que nous pouvions faire un vœu chaque jour, et nous avons d'abord souhaité devenir beaux comme le jour.

– On ne peut pas dire qu'il ait été exaucé ! chuchota un des hommes en armes en jetant un petit coup d'œil oblique à Robert, qui poursuivit son récit comme si de rien n'était, bien qu'il eût trouvé la remarque plutôt blessante.

– Ensuite, on a demandé de l'argent, une sorte de trésor, si vous voyez ce que je veux dire, mais on n'a pas réussi à le dépenser. Et hier, nous avons eu envie d'avoir des ailes, et nous avons eu nos ailes et, au début, c'était vraiment épatant…

– Quel étrange discours ! Tellement barbare ! murmura messire Wulfric de Talbot. Veux-tu me répéter le dernier mot ? C'était vraiment quoi ?

– Épatant. Je veux dire merveilleux, non, je veux dire que nous étions vraiment contents de notre sort. Seulement, après, on est tombés dans un pétrin épouvantable.

– Qu'est-ce que c'est ? Une bataille, peut-être ?

– Non, pas une bataille. C'est une… une situation affreuse : nous étions coincés dans un minuscule endroit.

– Une prison alors ? Pauvre de toi ! Le cœur me fend quand je songe à tes jeunes membres enchaînés ! s'écria le chevalier avec autant de sympathie que de politesse.

– Ce n'était pas une prison. Nous avons seulement eu toutes sortes de gros ennuis que nous ne méritions pas du tout, expliqua Robert, et par-dessus le marché, on nous a punis et, aujourd'hui, nous sommes privés de sortie ! Voilà où j'habite, ajouta-t-il en désignant le château. Les autres sont restés à l'intérieur ; ils n'ont pas le droit d'aller dehors. C'est entièrement la faute de la Mirobolante, je veux dire de l'enchanteur. Je voudrais ne jamais l'avoir rencontrée.

– Est-ce un puissant enchanteur ?

– Oh oui, tout-puissant ! Il est plutôt redoutable.

– Et, d'après toi, c'est aux sortilèges de ce détestable enchanteur que l'armée de siège doit sa vaillance ?

Sache que Wulfric de Talbot n'a besoin de l'aide d'aucun enchanteur pour mener ses hommes à la victoire !

– Non, non, je suis sûr que vous n'en avez pas besoin, répondit Robert avec une courtoisie quelque peu fébrile. Cependant, c'est en partie sa faute. Mais nous sommes les plus coupables. Vous n'auriez jamais rien fait sans nous.

– Que dis-tu, hardi garçon ? demanda messire Wulfric de Talbot avec une certaine hauteur. Ton discours est obscur, et à la limite de l'insolence. Peux-tu m'expliquer cette énigme ?

– Oh, s'écria Robert avec désespoir, vous l'ignorez, bien entendu, mais vous n'êtes pas du tout réels. Si vous vous trouvez ici, c'est uniquement parce que mes frère et sœurs ont été assez idiots pour demander un château. Mais, quand le soleil se couchera, vous disparaîtrez, et tout rentrera dans l'ordre.

Le capitaine et les hommes en armes échangèrent des regards de commisération qui se firent plus sombres et sévères quand Hautes Bottes prit la parole :

– Ne vous fiez pas aux apparences, noble seigneur ! Le galopin feint la folie pour essayer d'échapper à nos griffes. Ne faudrait-il pas le ligoter ?

– Je ne suis pas plus fou que vous, s'insurgea Robert, très en colère, peut-être même moins. Seulement, j'ai été un bel idiot de croire que vous étiez capables de tout comprendre. Laissez-moi partir, je ne vous ai rien fait !

– Où donc ? demanda le chevalier qui avait, semblait-il, accordé foi à l'histoire de l'enchanteur tant qu'il n'y était pas impliqué. Où as-tu l'intention de porter tes pas ?

– Chez moi, évidemment ! répondit Robert en désignant le château.

– Pour apporter aux assiégés des nouvelles des renforts ? Il n'en est pas question !

– Bon, très bien, se résigna Robert qui, en réalité, venait d'avoir une idée lumineuse. Alors laissez-moi partir ailleurs. Messire Wulfric de Talbot jugerait certainement très méprisable de garder prisonnier un petit gars – pardon, un innocent – quand ce…, cette personne est décidée à filer tranquillement, euh… je veux dire à m'en aller sans esclandre.

– Et tu oses me jeter cela à la figure ! répliqua messire Wulfric. Maudit sois-tu, fieffé coquin ! C'est ainsi que tu parles, ajouta-t-il après réflexion (le mouvement d'humeur n'avait pas duré). Eh bien, va où bon te semble, ajouta-t-il encore, non sans noblesse. Tu es libre. Wulfric de Talbot ne se bat pas contre plus faible que lui. Jacquin ici présent t'accompagnera.

– D'accord, fit Robert assez rudement. M'est avis que ce sera une vraie partie de plaisir pour Jacquin. Venez donc, Jacquin. Messire Wulfric, je vous salue.

Sur ce, il lui adressa un salut militaire, tout à fait anachronique, avant de partir au pas de course pour la sablière, suivi par Jacquin qui n'eut aucun mal à le rattraper avec ses grandes bottes.

Il trouva très vite la Mirobolante, creusa le sable, la réveilla et la supplia de lui accorder encore un autre vœu.

166

– Il me semble que j'en ai déjà exaucé deux aujour-d'hui, dont un qui m'a demandé des efforts considé-rables.

– Oh, encore un, encore un, encore un ! S'il vous plaît ! Je vous en prie ! s'écria Robert, tandis que Jac-quin, à la fois médusé et horrifié, regardait, bouche bée, l'étrange bête qui, tout en parlant, fixait sur lui ses yeux d'escargot.

– Eh bien, de quoi s'agit-il ? demanda d'un ton sec la fée qui était mal réveillée et de très mauvaise humeur.

– Je voudrais être avec les autres, implora Robert.

Sur ce, la fée des sables se mit à enfler, enfler. Robert n'avait pas songé à demander la disparition du château et surtout du siège. Il savait évidemment que château et siège sortaient tout droit d'un souhait, mais les épées et les dagues, les piques et les lances lui semblaient beaucoup trop réelles pour pouvoir magiquement se dissiper. Le garçon perdit conscience pendant quelques secondes. Quand il ouvrit les yeux, il vit ses frère et sœurs se presser autour de lui.

— On ne t'a pas entendu rentrer, disaient-ils. C'est vraiment infâme de ta part d'avoir souhaité que notre premier vœu se réalise ! On a immédiatement compris que c'était à toi qu'on devait cette insigne faveur. Mais tu aurais dû nous prévenir. Suppose que nous ayons choisi un vœu idiot !

— Idiot ? répéta Robert d'un ton on ne peut plus désagréable. Vous auriez difficilement trouvé plus idiot ! Si par hasard vous trouvez mieux, mettez-moi au courant ! Un peu plus et, par votre faute, mon compte était bon, c'est moi qui vous le dis !

Il raconta alors son histoire, et les autres voulurent bien admettre que l'expérience avait dû être rude, très rude même. Ils louèrent même tellement son courage et son intelligence que Robert finit par retrouver sa bonne humeur, se sentit plus brave que jamais et consentit à être le capitaine de la troupe assiégée.

— On n'a encore rien fait, expliqua tranquillement Anthea. On t'attendait. On s'était dit qu'on allait se poster chacun devant une meurtrière et tirer sur les soldats avec l'arc et les flèches qu'Oncle Richard t'a offerts. A toi l'honneur de tirer la première flèche !

– Je ne crois pas que je le ferai, répondit le prudent Robert. Vous n'imaginez pas à quel point ils sont proches. En plus, ils ont de vrais arcs et de vraies flèches – d'une longueur terrifiante ! – sans parler des dagues, des piques, des épées, et j'en passe ! Tous ces hommes en armes sont terriblement réels. Ce n'est pas juste une… une image ou une vision ou quelque chose comme ça, non ! Ils nous blesseraient, ou même nous tueraient, que je n'en serais pas étonné. D'ailleurs, j'ai encore l'oreille tout endolorie ! Tenez, est-ce que vous avez exploré le château ? Je crois qu'il vaudrait mieux laisser les assiégeants tranquilles aussi longtemps qu'ils nous laissent tranquilles. J'ai entendu ce Jacquin dire qu'ils n'allaient pas attaquer avant le coucher du soleil. Autant nous tenir prêts pour cette attaque. Y a-t-il des soldats dans le château pour nous défendre ?

– A vrai dire, on n'en sait rien, répondit Cyril. A peine m'étais-je écrié : « Ah, si seulement nous pouvions être dans un château assiégé ! » que toute la maison s'est mise à valser, c'était du moins notre impression, et quand les choses sont rentrées dans l'ordre, on a regardé par la fenêtre et on a vu le camp, les soldats, les tentes et toi aussi. Et, bien entendu, depuis, on a continué à faire le guet. Tu ne trouves pas cette salle de château sensationnelle ? On dirait une vraie de vraie, comme dans les livres !

C'était exact. La salle était carrée, avec des murs de pierres apparentes de quatre pieds d'épaisseur et de grosses poutres au plafond. Dans un angle, une porte basse ouvrait sur une volée de marches. Les enfants descendirent à l'étage inférieur pour se retrouver dans une magnifique salle de garde voûtée dont les énormes portes étaient fermées et même barricadées. Dans une petite pièce au rez-de-chaussée de la tourelle, qui abritait l'escalier à vis, ils repérèrent une fenêtre, plus grande que les autres, et s'approchèrent. Ils virent alors que le pont-levis était levé et la herse abaissée. Quant aux douves, elles semblaient aussi larges que profondes. A l'opposé de la vaste porte qui ouvrait sur les douves, il y en avait une autre, tout aussi vaste, à l'intérieur de laquelle une plus petite était découpée. Nos amis empruntèrent cette dernière et se retrouvèrent dans une grande cour carrée, enserrée entre quatre grands murs gris, sombres et imposants.

C'est alors qu'ils aperçurent Martha. Debout au milieu de la cour, elle bougeait la main droite d'arrière en avant. La cuisinière, qui semblait être penchée en avant, agitait elle aussi les mains, d'une manière pour le moins curieuse. Mais quand ils virent le Chérubin, leur stupéfaction fut à son comble : quoi de plus étrange en effet – et de plus angoissant – qu'un bébé assis dans le vide à trois pieds du sol... et qui rit aux éclats ?

Ses frères et sœurs se précipitèrent vers lui. Anthea tendait déjà les bras pour s'emparer du petit, quand Martha intervint :

– Laissez-le donc tranquille ! dit-elle avec humeur. Ne vous en mêlez surtout pas, pour une fois qu'il est sage !

– Mais que fait-il donc là ?

– Ce qu'il fait là, ce trésor ? Eh bien, il est assis dans sa chaise haute, sage comme une image, à me regarder repasser. Oh, allez-vous-en, bande de poisons ! V'là mon fer qu'a 'core refroidi !

Sur ce, la gouvernante s'avança vers la cuisinière, qui semblait poser une invisible marmite sur un fourneau invisible, et se mit à tisonner – du moins, elle en avait tout l'air – un invisible feu avec un tisonnier invisible.

– Voulez-vous bien vous sauver ! s'écria-t-elle soudain. Je suis affreusement en retard dans mon travail et, si vous continuez à m'embêter comme ça, je vous garantis que vous n'aurez jamais de dîner ! Allez ! Du vent et du balai ! Filez don' tout de suite ou je vous accroche une casserole à la queue !

– Tu es sûre que le Chérubin se porte bien ? demanda Jane d'une voix anxieuse.

– Il se porte comme un charme, à condition que vous ne veniez pas l'embêter. Je croyais que vous seriez contents d'être débarrassés de lui aujourd'hui mais, si vous le voulez, eh bien, prenez-le, pour l'amour du ciel !

– Non, non, répondirent-ils en s'enfuyant en toute hâte.

Il leur fallait à présent défendre le château, et le Chérubin était plus en sécurité dans une (invisible) cuisine, fût-il suspendu entre ciel et terre, que dans la salle de garde d'un château assiégé. Ils s'engouffrèrent dans la première porte ouverte qu'ils rencontrèrent pour se laisser tomber, sans forces, sur l'un des bancs de bois alignés le long des murs d'une pièce qui leur était encore inconnue.

– Quelle horreur, mais quelle horreur ! s'écrièrent Anthea et Jane d'une seule voix.

– J'ai vraiment l'impression d'être dans un asile de fous, ajouta Jane.

– Qu'est-ce que ça peut bien vouloir dire ? soupira Anthea. C'est tellement bizarre… Ça ne me plaît pas du tout. Si seulement nous avions souhaité quelque chose de simple, un cheval à bascule, par exemple, ou bien un âne !

– A quoi bon parler de vœux maintenant ! lança Robert avec amertume.

– Oh, fermez-la, vous autres ! intervint Cyril. J'ai besoin de réfléchir.

Sur ce, il enfouit sa figure dans ses mains, tandis que ses frère et sœurs inspectaient les lieux. Ils étaient dans une très longue pièce, sombre et lugubre, au plafond voûté. Il y avait là des tables de bois toutes disposées dans le sens de la longueur, sauf une, que l'on avait installée sur une espèce d'estrade, tout au fond de la salle, et qui était perpendiculaire aux autres. Le sol était jonché de petites choses sèches de forme cylindrique qui ne sentaient guère bon.

Cyril se redressa brusquement.

– Écoutez-moi : tout va bien. Je crois que j'ai compris. Vous vous rappelez sûrement, on avait demandé à la Mirobolante de s'arranger pour que le Chérubin reste à l'écart de toutes ces histoires de vœux, à moins qu'on ne le souhaite expressément, et que les domestiques ne remarquent jamais rien d'anormal, aussi ne peuvent-ils voir le château. Le problème, c'est que le château se trouve sur l'emplacement de notre ancienne maison, de notre maison, je veux dire, et que les domestiques sont bien obligés d'être toujours dans cette maison, sinon ils s'apercevraient de quelque chose. Mais évidemment, un château mélangé à une maison, ça n'existe pas. C'est pourquoi nous ne pouvons voir la maison, puisque nous voyons le château, tandis qu'ils ne peuvent voir le château, puisqu'ils continuent à voir la maison, et donc…

– Oh, arrête ! dit Jane. Tu me donnes le vertige avec tes explications, j'ai l'impression d'être sur un manège ! Peu importe après tout ! Ce que j'espère, c'est que nous arriverons au moins à voir notre dîner car, s'il est lui aussi invisible, on ne pourra pas non plus le toucher, et encore moins le manger. Mais je suis presque sûre qu'il sera invisible, parce que j'ai essayé de toucher la chaise haute du Chérubin et que je n'ai rien senti : au-dessous de lui, il n'y avait que de l'air. Et on ne peut pas se nourrir d'air, et j'ai l'impression d'avoir pris mon petit déjeuner il y a des années et des années !

– Inutile de se tracasser pour ça, intervint Anthea. Continuons à explorer le château. Peut-être finirons-nous par trouver quelque chose à manger, ajouta-t-elle, ranimant l'espoir dans la troupe.

Les enfants poursuivirent donc leur exploration, le cœur un peu plus léger. Mais le château avait beau être le plus magnifique, le plus extraordinaire qu'on puisse imaginer, il avait beau être meublé à la perfection – et avec quel goût exquis ! – ils ne parvinrent à y trouver ni provisions ni soldats en armes.

– Ah, si seulement vous aviez eu l'idée de demander un château assiégé solidement défendu et bien approvisionné ! lança Jane d'un ton plein de reproches.

– On ne peut pas penser à tout ! expliqua Anthea. Mais pour ma part, je penserais volontiers qu'il doit être à peu près l'heure de dîner.

Ce en quoi elle se trompait. L'heure du dîner était encore loin. Ils n'en restèrent pas moins à traîner dans les parages et à surveiller les étranges allées et venues des domestiques dans la cour, de peur de ne pas pouvoir trouver la salle à manger de leur maison invisible. Ils virent bientôt Martha traverser la cour en portant, semblait-il, un plateau. (En effet, par le plus heureux des hasards, la salle à manger de la maison et la salle de banquet du château paraissaient coïncider.) Mais oh, comme le cœur leur manqua, quand ils réalisèrent que le plateau était invisible !

Tandis que la gouvernante s'affairait à découper, selon toute apparence, un invisible gigot de mouton et à servir des pommes de terre et des légumes invisibles avec une cuillère que nul ne pouvait distinguer, les enfants attendaient misérablement, dans le silence le plus complet. Quand elle eut enfin quitté la pièce, ils jetèrent un coup d'œil à la table vide, puis échangèrent des regards malheureux.

– Rien de pire ne pouvait nous arriver ! soupira Robert qui, pourtant, n'avait pas manifesté, jusque-là, d'intérêt particulièrement vif pour le dîner.

– Après tout, je n'ai pas si faim que ça, déclara Anthea, qui tentait de prendre les choses du bon côté, comme d'habitude.

Cyril, lui, serra ostensiblement la boucle de sa ceinture. Quant à Jane, elle éclata en sanglots.

7
Tout est bien qui finit bien

Nos quatre amis étaient assis dans la lugubre salle de banquet, au bout d'une des longues tables de bois nu. Ils avaient perdu tout espoir. Martha avait apporté le dîner, et le dîner demeurait obstinément invisible, et même impalpable ; ils avaient beau promener leurs mains à tâtons sur la table, ils ne sentaient rien d'autre sous leurs doigts que le bois nu.

– Oh, formidable ! s'écria tout à coup Cyril qui, à tout hasard, venait de tâter sa poche. Regardez ! Des biscuits !

Ils étaient tout cassés, pour ne pas dire écrasés, mais c'étaient tout de même des biscuits. Il y avait là trois rescapés – intacts ! – plus une grosse poignée de fragments et de miettes.

– On me les a donnés ce matin (la cuisinière !) ; je les avais complètement oubliés ! expliqua-t-il tout en les partageant avec une scrupuleuse équité en quatre tas.

Les biscuits furent dévorés dans un silence presque religieux, en dépit de leur goût légèrement bizarre. Il faut dire qu'ils avaient traîné toute la matinée au fond de la poche de Cyril en compagnie d'une pelote de ficelle goudronnée, de quelques cônes de sapin verts et d'une boule de cire grasse.

– Très bien, très bien, Écureuil, mais il y a un petit problème. Toi qui sais si bien expliquer l'invisibilité et tout le reste, peux-tu me dire comment il se fait que les biscuits soient toujours là, alors que le pain, la viande et les légumes ont disparu ?

– Je ne sais pas, répondit Cyril après un moment de réflexion. A moins que… Oui, je crois comprendre. Nous avions déjà ces biscuits. Or, en ce qui nous concerne, rien n'a changé. Tout ce que j'avais ce matin dans ma poche est intact.

– Alors, conclut Robert, si nous avions de la viande de mouton, elle serait tout aussi réelle. Ah, si nous pouvions en trouver !

– Tu sais bien que c'est impossible. Je suppose qu'on ne peut s'approprier aucune nourriture à moins de l'avoir dans la bouche.

– Ou dans nos poches, ajouta Jane qui pensait aux biscuits.

– Qui aurait l'idée de fourrer du mouton dans ses poches, espèce de petite oie ? s'exclama Cyril. Mais, j'ai une idée… En tout cas, je vais essayer !

Sur ce, il se pencha vers la table jusqu'à presque la toucher (à peine y avait-il deux centimètres entre son visage et le bois nu) et se mit à ouvrir et à fermer tour à tour la bouche, comme s'il avalait des bouchées d'air.

– A quoi bon ? gémit Robert, profondément décou- ragé. Tu ne réussiras qu'à… Tiens, tiens !

Cyril se levait avec un sourire de triomphe. Il tenait entre ses dents une tranche de pain carrée. Impossible de douter de sa réalité. Les autres l'avaient bel et bien sous les yeux. Il est vrai que, à peine la première bouchée avalée, le reste du pain disparut ; toutefois, ce n'était pas un problème car, bien qu'il ne pût ni le voir ni même le toucher, Cyril savait qu'il était dans sa main. Il prit entre ses doigts un deuxième morceau de ce pain invisible qui se changea immédiatement en véritable pain au contact de sa bouche. Un instant plus tard, les trois autres, imitant leur aîné, actionnaient sans relâche leurs mâchoires à deux centimètres de la table apparemment nue. Robert attrapa même une tranche de viande, et... – ici, je crois que je vais jeter un voile sur la suite de cette pénible scène. Il me suffira de dire que les enfants eurent leur content de mouton et mangèrent tout leur soûl, et que Martha, lorsqu'elle vint changer les assiettes, s'écria :

– De toute ma vie, j'avons point vu pareil gâchis !

Le dessert du jour était, fort heureusement, un pudding roulé nature et, aux questions de Martha, nos quatre amis répondirent à l'unanimité qu'ils ne voulaient absolument rien dessus, ni mélasse, ni confiture, ni sucre.

– Nature, nature, s'il te plaît, insistèrent-ils.

– Eh bien, fit la gouvernante, j'en croyons pas mes oreilles... Et la prochaine fois, qu'est-ce que vous allez encore inventer ? C'est à s'demander !

Sur ce, elle s'en fut.

Je préfère ne pas m'attarder sur l'épisode suivant. Vous pouvez imaginer à quoi on peut ressembler quand on attrape directement avec la bouche, à même la table – exactement comme un chien ! – des tranches de pudding !

Mais l'important, après tout, c'était qu'ils avaient fini par dîner, que le repas les avait ragaillardis, et qu'ils avaient désormais sinon beaucoup de courage, du moins un peu pour se préparer à l'attaque qui devait être déclenchée peu avant le coucher du soleil. En sa qualité de capitaine, Robert insista pour qu'ils grimpent au sommet d'une des tours afin de faire une reconnaissance, aussi montèrent-ils tous là-haut.

Autour du château, de l'autre côté des douves, l'armée de siège avait dressé une multitude de tentes. Quand les enfants virent que tous les hommes étaient occupés à fourbir et à aiguiser leurs armes, à retendre les cordes de leurs arcs et à astiquer leurs écus, ils sentirent de désagréables petits frissons leur parcourir le dos. Un groupe important de soldats passa sur la route. Ils avaient avec eux des chevaux qui tiraient un énorme tronc d'arbre. Cyril pâlit en le voyant, car il savait qu'il allait servir de bélier pour battre les murailles en brèche.

– Heureusement que nous avons des douves ! s'exclama-t-il. Et, Dieu merci, le pont-levis est levé ! Jamais je n'aurais su l'actionner.

– C'est tout de même logique qu'il soit levé, non ? Après tout, tu as demandé un château *assiégé*. Et,

179

normalement, il aurait dû y avoir des soldats à l'intérieur, tu ne crois pas ? interrogea Robert.

– Le problème, en fait, c'est qu'on ne sait pas depuis combien de temps dure le siège, expliqua énigmatiquement Cyril. Peut-être la plupart des braves défenseurs du château ont-ils été tués au début du siège et toutes les provisions dévorées. Il ne reste donc plus à présent que quelques survivants intrépides – nous en fait ! – et on va le défendre jusqu'à la mort.

– Le défendre jusqu'à la mort ? Mais comment s'y prendre ? s'enquit Anthea.

– Il faudrait qu'on soit armés de pied en cap, qu'on tire sur eux et qu'on leur lance des projectiles quand ils s'avanceront pour donner l'attaque.

– Autrefois, on versait du plomb fondu sur les assaillants, quand ils s'approchaient trop près, dit Anthea. Père m'a montré les trous qui servaient à cela au château de Bodiam. Ici, dans la tour de guet, j'ai repéré exactement les mêmes.

– Je suis contente que ça ne soit qu'un jeu, soupira Jane. C'est seulement un jeu, n'est-ce pas ? ajouta-t-elle.

Il n'y eut pas de réponse.

Les enfants découvrirent dans le château quantité d'armes plus étranges les unes que les autres. Il parut bientôt évident que, s'ils étaient bel et bien armés, ils l'étaient, pour reprendre l'expression de Cyril, « lourdement », au sens propre du terme, car arbalètes, épées et lances pesaient tant qu'ils étaient incapables de les manipuler, même Cyril qui avait pourtant presque atteint sa taille d'homme. Quant aux arcs, les enfants n'arrivaient même pas à les tendre un tant soit peu. Les dagues étaient certes plus maniables, mais la petite Jane espérait de tout son cœur que les assiégeants n'approcheraient pas trop près et qu'ils n'auraient pas l'occasion d'utiliser ces armes.

– Peu importe ! dit Cyril. On peut toujours se servir des épées comme de javelots, ou bombarder nos ennemis avec tout ce qui nous tombe sous la main. Il y a des quantités de pierres de l'autre côté de la cour. Si nous en montions quelques-unes ? Au cas où ils tenteraient de traverser les douves à la nage, on les leur balancera sur le crâne !

Et voilà comment, dans la petite pièce dominant le pont-levis, il y eut bientôt un tas de pierres qui grossissait à vue d'œil. A côté s'élevait un autre tas, étincelant et tout hérissé de pointes, à l'aspect terrifiant : un monceau de dagues et de couteaux.

Tandis qu'Anthea traversait la cour à la recherche d'autres pierres, il lui vint tout à coup une idée de génie (n'ayons pas peur des mots !) et, laissant là les pierres, elle alla voir la gouvernante.

– Martha, demanda-t-elle, peux-tu nous donner des biscuits pour le thé ? Nous allons jouer au château assiégé, et nous aurions besoin d'approvisionner la garnison. Veux-tu mettre les miens dans ma poche, s'il te plaît ? Mes mains sont si sales ! Je vais dire aux autres de venir chercher leur part.

Anthea avait été décidément bien inspirée : grâce à ces quatre (généreuses) poignées d'air, qui se changèrent en biscuits à l'instant même où Martha les fourra dans leurs poches respectives, la garnison au complet avait maintenant de quoi se sustenter jusqu'au coucher du soleil !

Nos amis apportèrent aussi dans la petite pièce des cruchons de fer remplis d'eau froide, qu'ils avaient l'intention de répandre sur les assiégeants, puisque le château ne disposait pas, semblait-il, de réserves de plomb fondu.

L'après-midi passa comme un éclair. C'était tellement excitant d'attendre ainsi l'heure de l'attaque ! En réalité, aucun d'entre eux, sauf Robert, n'avait conscience de vivre là une véritable aventure, très dangereuse, et qui pouvait même leur coûter la vie. Aux yeux de ses frère et sœurs, qui n'avaient vu le camp et les assiégeants que de loin, toute l'affaire semblait être à la fois un jeu pour rire et un splendide rêve clos sur lui-même et donc parfaitement inoffensif. Si Robert partageait parfois cette impression, ce n'était que très fugitivement.

Quand il leur sembla que l'heure du thé avait sonné, ils mangèrent leurs biscuits tout en buvant, dans des cornes, de l'eau tirée au puits de la cour.

Cyril insista pour que l'on gardât huit biscuits en réserve, au cas où l'un d'eux se sentirait mal, quand la bataille ferait rage.

A l'instant même où il rangeait les provisions dans une espèce de petite niche de pierre, le son agressif d'une trompette retentissante le fit sursauter. De saisissement, il lâcha trois de ses biscuits.

– Vous voyez, dit Robert, c'est bien réel. Ils vont attaquer.

Ils se précipitèrent tous les quatre aux petites fenêtres étroites.

– Oui, poursuivit Robert, les voilà tous qui sortent de leurs tentes et qui commencent à s'affairer comme des fourmis ! J'aperçois même Jacquin ! Le voilà qui saute et gambade à l'entrée du pont ! Si seulement il pouvait voir que je lui tire la langue ! Na !

Les trois autres étaient bien trop effrayés pour pouvoir tirer la langue à qui que ce soit. Ils jetèrent à leur frère un regard empreint d'un respect étonné.

– Tu es vraiment courageux, Robert, déclara Anthea.

– Balivernes ! se récria Cyril.

En un clin d'œil, l'extrême pâleur de Cyril avait tourné à l'écarlate.

– Il s'est préparé à être courageux tout l'après-midi, ajouta-t-il, tandis que moi, je n'étais pas prêt, un point c'est tout. Je vous promets que d'ici un quart de seconde, je serai plus brave que lui.

– Oh, mon Dieu ! s'exclama Jane. Quelle importance ! Ça m'est bien égal de savoir qui de vous deux est le plus brave ! Tout ce que je sais, c'est que Cyril a été un parfait idiot de souhaiter un château assiégé, et que je n'ai plus envie de jouer !

– Ce n'est pas…, commença Cyril d'une voix sévère.

Anthea l'interrompit à temps :

– Mais si, mais si, Pussy, tu as envie de jouer à ce jeu ! dit-elle d'un ton enjôleur. Il est tellement amusant ! Et, en plus, nous ne courons aucun danger, vois-tu, car il n'est pas possible à nos ennemis de s'introduire dans le château, et si, par extraordinaire, ils y parvenaient, sache que les armées civilisées épargnent toujours les femmes et les enfants.

– Mais es-tu absolument certaine qu'ils sont civilisés? questionna Jane, toute haletante. Ils ont l'air de venir d'une époque tellement reculée !

– Bien sûr qu'ils sont civilisés ! répondit Anthea en montrant joyeusement du doigt la scène qui se déroulait au-dehors. Regarde donc les bannières accrochées au bout de leurs lances ! Tu vois comme elles brillent ? Et le chef, tu ne le trouves pas magnifique ? Là, sur le cheval gris ! C'est bien lui, n'est-ce pas, Robert ?

Jane consentit à regarder par la fenêtre. Anthea avait raison : comment éprouver de la crainte devant tant de beauté ? Le gazon vert vif, les tentes immaculées, l'éclat des lances à l'extrémité desquelles flottaient des oriflammes, le miroitement des armures, les couleurs vives des écharpes et des tuniques, tout cela formait un tableau aux somptueuses couleurs. Les trompettes retentissaient et, quand elles se taisaient un bref instant, les enfants pouvaient alors entendre le cliquetis des armures et le murmure des voix.

Le héraut d'armes s'avança au bord des douves, qui semblaient à présent beaucoup plus étroites, et emboucha son instrument : il en sortit un son cuivré éclatant, comme ils n'en avaient encore jamais entendu. Quand ce son prolongé se fut évanoui, l'homme qui accompagnait le héraut se mit à crier, manifestement à l'adresse de la garnison regroupée dans la pièce dominant le pont-levis :

– Holà, du château !

– Ohé, vous là-bas ! beugla aussitôt Robert en réponse.

– Au nom de notre seigneur le roi et de notre bon seigneur et loyal chef, messire Wulfric de Talbot, nous sommons ce châtel de se rendre, sous peine d'y mettre le feu, de passer tous ses habitants au fil de l'épée et de ne faire aucun quartier. Consentez-vous à vous rendre ?

– Non, brailla Robert. Bien sûr que non ! Jamais, jamais, JAMAIS !

– Alors, que votre sang retombe sur vos propres têtes ! répondit l'homme.

– Poussons des cris, des vivats, des hourras ! souffla Robert avec une sourde véhémence. Et ferraillons avec nos dagues pour faire encore plus de bruit ! Il faut leur montrer que nous n'avons pas peur. Allons ! Un, deux, trois ! Hip, hip, hip, hourra ! Encore… Hip, hip, hip, hourra !

Les hourras, trop aigus, semblaient bien timides, mais l'entrechoquement des dagues et des poignards leur prêta intensité et puissance.

Un nouveau cri monta du camp dressé de l'autre côté des douves. Alors la forteresse assiégée sut que l'attaque avait été déclenchée.

Il commençait à faire sombre, mais Jane reprit un tout petit peu courage en se disant que, à présent, le coucher du soleil ne pouvait plus tarder.

– Les douves sont horriblement étroites, constata Anthea.

– Même s'ils arrivent à traverser les douves à la nage, ils ne pourront pas s'introduire dans le château, répondit Robert.

A peine avait-il prononcé ces mots qu'il entendit dans l'escalier des pas pesants et un petit cliquetis caractéristique. Ils retinrent tous les quatre leur respiration. Le bruit ne s'interrompit pas. Quelqu'un gravissait les marches de la tourelle. Robert se rua à la porte.

– Attendez-moi ici, chuchota-t-il en ôtant ses souliers.

Sur ce, vif et souple comme un chat, il se faufila à la poursuite des bottes et des éperons d'acier et jeta un regard furtif à l'intérieur de la pièce. L'homme était bien là. C'était Jacquin, tout ruisselant de l'eau des douves ; il était occupé à manipuler le mécanisme qui – Robert en était sûr – commandait le pont-levis.

Le garçon claqua le battant d'un seul coup avant de tourner la grosse clef dans la serrure à l'instant précis où, d'un bond, Jacquin arrivait à la porte. Après quoi, Robert dévala l'escalier en trombe pour pénétrer en coup de vent dans la petite tourelle située au pied de la tour de guet.

– C'est ça que nous aurions dû défendre, cria-t-il à l'adresse de ses frère et sœurs qui s'étaient précipités à sa suite.

Il était temps ! Un autre homme venait de traverser le fossé à la nage, et ses doigts étaient déjà agrippés au rebord de la fenêtre. Robert se demanda comment il avait fait pour se hisser jusque-là au sortir de l'eau. Quoi qu'il en soit, il vit les doigts accrochés à l'appui de fenêtre et les frappa de toutes ses forces à l'aide d'une barre de fer qu'il avait ramassée par terre. Aussitôt, le soldat tomba dans l'eau de la douve avec un grand plouf. Un instant plus tard, Robert avait bondi hors de la petite pièce et claqué la porte.

– Oh, Cyril, viens me donner un coup de main ! appela-t-il, tandis qu'il tentait d'assujettir les énormes verrous de la porte principale.

Ils se tenaient alors dans la salle de garde au plafond voûté. Ils avaient peine à respirer et échangeaient des regards inquiets.

Jane avait la bouche grande ouverte.

– Courage, petite Jane ! dit Robert. Il n'y en a plus pour longtemps.

Tout à coup, au-dessus d'eux, il y eut un grincement suivi d'un bruit de ferraille et d'une forte secousse. Il leur sembla même que les dalles tremblaient sous leurs pieds. Enfin, un grand fracas leur indiqua que le pont-levis était baissé.

– C'est cette brute de Jacquin, s'écria Robert. Il y a encore la herse. Mais je suis quasi certain qu'il faut l'actionner de plus bas.

Le pont-levis résonnait et retentissait à présent du piétinement des hommes en armes et du martèlement des sabots des chevaux.

– Debout… vite ! ordonna Robert. Bombardons-les avec tout ce qui nous tombe sous la main.

A présent, les filles elles-mêmes se sentaient presque braves. Elles suivirent prestement leur frère et, sous ses ordres, se mirent à lancer des pierres par les meurtrières. On entendit alors, en contrebas, une rumeur confuse et quelques gémissements.

– Mon Dieu ! murmura Anthea en reposant la pierre qu'elle était sur le point de lancer. Je crains qu'on ait blessé quelqu'un !

Robert ramassa la pierre avec colère.

– Si c'est le cas, rétorqua-t-il, tu ne crois pas qu'il faudrait plutôt s'en réjouir ? Ah, que ne donnerais-je pour avoir sous la main une bonne petite marmite de plomb fondu ! Se rendre – ah oui, en vérité !

De nouveau, ils perçurent le pas pesant des soldats, qui s'intensifiait et semblait se rapprocher puis, après un bref silence, ce furent les coups lourds et sourds du bélier qui martelait la grand-porte. Et voilà que la petite pièce était maintenant plongée dans une obscurité presque complète !

– Nous avons tenu bon ! s'exclama Robert. Nous ne nous rendrons pas ! Le soleil est sur le point de se coucher. Écoutez, il semble qu'ils recommencent à discuter là-dessous ! Dommage qu'on n'ait pas le temps d'aller chercher d'autres pierres ! Alors, arrosons-les. Je me doute bien qu'ils ne prendront pas la fuite pour autant, mais ils vont détester ça !

– Mon Dieu ! soupira Jane. Tu ne crois pas qu'on ferait mieux de se rendre ?

– Jamais ! s'insurgea Robert. Nous entamerons peut-être des négociations, mais il n'est pas question de se rendre. Oh, je serai soldat quand je serai grand, vous verrez ! Je refuse d'incorporer le service civil, qu'on le veuille ou non.

– Je t'en prie, agitons un mouchoir et entrons en pourparlers avec eux, supplia Jane. J'ai peur que le soleil ne se couche pas du tout ce soir.

– Commencez donc par les arroser, ces brutes ! ordonna Robert le sanguinaire.

Anthea s'agenouilla au bord du trou-à-plomb-fondu le plus proche, inclina la cruche et se mit à verser l'eau. Ils perçurent bien une espèce de *splash*, mais personne ne semblait avoir été arrosé. A nouveau, le bélier s'acharna sur la grand-porte. Anthea s'arrêta.

– Quels idiots nous faisons ! dit Robert qui, étendu à plat ventre par terre, avait mis son œil contre le petit trou. Là-dessous, c'est la salle de garde. On ne verse évidemment pas de plomb fondu sur l'ennemi tant que celui-ci n'a pas franchi la herse et que tout espoir n'est pas perdu. C'est l'ultime recours en quelque sorte. Passe-moi donc la cruche, Anthea.

Robert rampa jusqu'à la fenêtre percée au milieu de la muraille et s'empara du pot de fer.

Tandis qu'il commençait à verser l'eau, le choc assourdissant du bélier qui tentait d'ébranler le portail, le piétinement des hommes en armes et leurs cris (« Rendez-vous ! », « Wulfric de Talbot pour toujours ! ») s'arrêtèrent net. En une seconde, ils avaient disparu comme la flamme d'une chandelle qu'on mouche. Les enfants eurent l'impression que la petite pièce sombre où ils avaient passé tout l'après-midi chavirait et tourbillonnait autour d'eux. Quand ils revinrent à eux, ils se retrouvèrent sains et saufs dans la grande pièce de devant de leur propre maison, la maison dont le toit était orné d'une dentelle de ferronnerie délirante.

Nos amis se pressèrent à la fenêtre et regardèrent au-dehors. Les douves, les tentes, l'armée de siège – tout, absolument tout avait disparu. A la place, il y avait le jardin avec son charmant fouillis de dahlias, de soucis, de reines-marguerites et de roses d'arrière-saison, la haute grille hérissée de pointes de fer et la tranquille route blanche.

Ils poussèrent tous les quatre un profond soupir.

– Tout est bien qui finit bien ! conclut Robert. Je vous l'avais dit ! Et par-dessus le marché, on ne s'est pas rendus ! Fichtre !

– Finalement, ajouta Cyril, vous n'êtes pas fâchés que j'aie souhaité un château.

– Je crois que je suis contente maintenant, répondit Anthea en choisissant ses mots. Mais je crois aussi, mon cher Écureuil, que je ne voudrais pas que cela se reproduise.

– Oh, c'était tout simplement merveilleux ! s'exclama Jane contre toute attente. Je n'ai pas eu peur du tout.

– Pas possible ! commença Cyril, mais Anthea l'interrompit aussitôt :

– Écoutez-moi, je viens d'y penser à l'instant ! Vous avez vu que, jusqu'ici, tous les souhaits qu'on a pu faire nous ont mis dans le pétrin. Eh bien, c'est la première fois qu'on s'en tire sans y laisser la moindre plume. Personne pour rager et tempêter en bas ; on est sains et saufs ; on a passé une rudement bonne journée – ou plutôt non, pas bonne, ce n'est pas le mot, mais vous voyez ce que je veux dire. En plus, on a eu l'occasion d'admirer la vaillance de Robert, et de Cyril aussi, bien entendu, ajouta-t-elle précipitamment. Et de Jane… Et on ne s'est querellés avec aucun adulte.

A ce moment précis, la porte de la chambre s'ouvrit avec violence.

– Vous devriez avoir honte, disait Martha (à sa seule intonation, ils devinaient qu'elle était dans une colère noire). J'avions pas tort de penser qu'il vous était impossible de passer une journée entière sans me jouer un seul mauvais tour. On peut don' pas aller prendre l'air sur le seuil de la porte sans être sûr de recevoir le contenu d'un broc à eau sur la tête ! Allez, au lit, et en vitesse ! Tâchez d'vous lever du bon pied demain matin et d'être de bons enfants obéissants ! Et maintenant – ne m'obligez surtout pas à vous l'répéter –, si dans dix minutes je vous trouve pas tous au lit, vous aurez d'mes nouvelles, c'est moi qui vous le dis ! Un chapeau tout neuf, si c'est pas malheureux !

Sur ce, dans un mouvement de dignité blessée, elle quitta brusquement la pièce sans même prêter attention au chœur d'excuses et de regrets.

Les enfants étaient certes profondément désolés mais ce n'était vraiment pas leur faute si le chapeau était gâché. Comment auraient-ils pu faire autrement, je vous le demande ? Imaginez, vous êtes occupés à répandre de l'eau sur la tête des ennemis qui assiègent votre château, quand celui-ci disparaît sans crier gare pour laisser place à votre propre maison – où tout est différent, sauf l'eau, évidemment – et, comble de malchance, cette eau tombe sur un chapeau tout neuf ? J'aurais bien voulu vous y voir !

– Je ne comprends pas pourquoi l'eau, elle, n'a pas changé, dit Cyril.

– Pourquoi aurait-elle dû se transformer ? demanda Robert en haussant les épaules. Dans le monde entier, l'eau, c'est l'eau, un point c'est tout.

– Je suppose que le puits du château correspondait à celui de notre cour.

Jane ne se trompait pas.

– J'étais sûr et certain qu'il était impossible de passer un jour entier de vœu sans le moindre ennui, déclara Cyril. C'était beaucoup trop beau pour être vrai ! Allez, viens, Bob, mon beau héros militaire, si nous filons au lit séance tenante, Martha sera moins furibonde, peut-être même nous montera-t-elle un petit souper. J'ai rudement faim, en tout cas ! Bonne nuit, les petites !

– Bonne nuit. J'espère que le château ne va pas réapparaître sans prévenir pendant la nuit, dit Jane.

– Bien sûr que non ! répliqua Anthea avec vivacité. Martha, en revanche, va sûrement revenir, pas cette nuit mais dans moins d'une minute. Là, tourne-toi. Les cordons de ton tablier sont tout emmêlés, je vais défaire le nœud.

– N'aurait-il pas été humiliant pour messire Wulfric de Talbot d'apprendre que la moitié de la garnison assiégée portait des tabliers ? murmura rêveusement Jane.

– Et l'autre moitié des pantalons de golf ! ajouta Anthea. Oui, horriblement humiliant. Mais reste donc tranquille ! En gigotant comme ça, tu ne fais que resserrer le nœud !

8
La raison du plus fort

– Hé ! j'ai une idée, annonça Cyril.

– Ça fait mal ? s'enquit Robert avec une feinte sympathie.

– Arrête de te moquer ! Je ne plaisante pas.

– Ferme ton bec, Bob ! gronda Anthea.

– Je réclame le silence, lança Robert. L'Écureuil va prononcer son discours.

Ils se trouvaient tous les quatre dans l'arrière-cour, et l'orateur était assis en équilibre instable sur le bord de la citerne d'eau de pluie.

– Amis, Romains, concitoyens… et, j'allais oublier, femmes, commença-t-il, nous avons donc trouvé une Mirobolante et nous avons formulé différents souhaits qui ont tous été exaucés. Nous avons eu des ailes, nous avons eu la beauté… et quelle beauté ! Beaux comme le jour, tu parles ! Beurk ! Une belle horreur, oui ! Après quoi, nous avons disposé d'une fortune extravagante, nous avons eu des châteaux, et… ah, il y a eu aussi cette lamentable histoire de gitans voleurs d'enfant ! Pour autant, nous ne sommes guère plus avan-

194

cés. Nous n'avons pas encore été capables de faire un seul vœu intelligent et utile.

– Nous avons eu beaucoup d'aventures, corrigea Robert. C'est déjà quelque chose.

– Oui, mais ça ne suffit pas, insista Cyril avec fermeté. Tant que nous n'aurons pas demandé quelque chose de valable, je ne serai pas content. Je réfléchissais justement...

– Ah oui, vraiment ? persifla Robert à mi-voix.

– ... dans le silence de... Comment dit-on déjà ? ... de la nuit. Eh bien, voilà ! Vous savez, c'est comme quand quelqu'un vous pose tout à trac une question d'histoire, par exemple, la date de la conquête de l'Angleterre par Guillaume le Conquérant. Vous avez beau connaître parfaitement la réponse (1066, soit dit en passant) et même l'avoir toujours connue, il suffit qu'on vous interroge pour qu'elle vous sorte de la tête. Mesdames et messieurs, vous en faites souvent l'expérience, quand nous jouons à nos jeux habituels, il nous vient toujours des tas de choses à l'esprit, et c'est alors seulement que des idées de vœux solides, sérieux et sensés germent dans les petites têtes de l'assistance ici présente...

– Écoute ! Écoute !

– ... je disais donc : de l'assistance ici présente, si stupide qu'elle puisse être parfois, poursuivit Cyril. Je crois même que, dans ces circonstances, Robert lui-même serait capable d'imaginer un vœu réellement utile, si du moins il cessait de torturer ses pauvres petites méninges. La ferme, Bob ! Je t'ai prévenu. Il faut que tu écoutes mon discours jusqu'au bout.

Il est sûrement très excitant de se battre au bord d'une citerne d'eau de pluie, mais à condition de ne pas craindre l'humidité. Une fois la bagarre terminée et les garçons à moitié secs, Anthea déclara :

– C'est toi qui as commencé, Bobby. Maintenant que tu as pu venger ton honneur, laisse l'Écureuil finir son discours. Tu ne vois donc pas qu'on est en train de gâcher toute notre matinée ?

– Bon, très bien, dit Cyril, toujours occupé à essorer les pans trempés de sa veste. On fait la paix, enfin… si Bob accepte.

– Eh bien, d'accord pour la paix, répondit son frère d'un ton maussade. Mais j'ai au-dessus de l'œil une bosse de la taille d'une balle de cricket.

La douce et patiente Anthea lui tendit aussitôt un mouchoir couleur de poussière avec lequel Robert tamponna ses blessures sans souffler mot.

– Nous t'écoutons, Écureuil.

– Je propose donc que nous jouions aux bandits, aux soldats ou à n'importe quel autre de nos jeux habituels. Je suis absolument sûr et certain que, si nous essayons de ne plus penser à ces histoires de vœux, il nous viendra une bonne idée. C'est toujours comme ça !

Les autres acceptèrent sa proposition. On se décida, en toute hâte et presque au hasard, pour le jeu des bandits.

– Pourquoi pas ? fit Jane d'un ton lugubre. Il en vaut bien un autre.

Reconnaissons-le, Robert ne mit pas, au moins au début du jeu, beaucoup de conviction dans son person-

nage de bandit. Mais tout changea quand Anthea eut
emprunté à Martha le mouchoir à pois rouges qui avait
servi à envelopper les champignons apportés ce matin-
là par la gardienne, et l'eut artistement noué autour de
la tête de son frère. Bob, qui pouvait maintenant jouer
à la perfection le rôle du héros-blessé-pour-avoir-
sauvé-la-vie-de-la-femme-du-capitaine, avait retrouvé
son entrain. Il avait même l'air radieux. Bientôt, ils
furent tous équipés de pied en cap. Les arcs et les car-
quois qu'ils portaient en bandoulière faisaient merveille ; quant aux parapluies et aux piquets de cricket
qu'ils avaient suspendus à leurs ceintures, ils donnaient
l'impression que les enfants étaient armés jusqu'aux
dents. Et j'ai déjà remarqué qu'il suffit de piquer
quelques plumes d'autruche dans un de ces petits cha-
peaux de toile blanche qu'aujourd'hui les hommes por-
tent volontiers à la campagne pour avoir un air « bri-
gandissime ». Dernier détail : la charrette d'enfant du
Chérubin, une fois habillée d'une nappe à carreaux
rouges et bleus, fit un magnifique chariot de brigands.
Le bébé, qui dormait tranquillement à l'intérieur, ne
posait pas le moindre problème. Aussi les bandits prirent-ils sans remords le chemin de la sablière.

– On devrait rester près du trou de la fée, avait sug-
géré Cyril, au cas où une idée de génie nous viendrait
brusquement à l'esprit.

Prendre la décision de jouer aux bandits (ou aux
échecs ou au ping-pong ou à n'importe quel jeu amusant) est une chose, au demeurant excellente, mais
jouer avec entrain quand vous n'avez qu'un mot à dire

pour voir se réaliser vos souhaits les plus extravagants, même ceux que vous n'avez jamais osé imaginer, c'est une tout autre chose (je vous mets d'ailleurs au défi de faire mieux que nos amis) ! Le jeu battait donc de l'aile et, déjà, un ou deux bandits – que je ne nommerai pas – ne laissaient pas de suggérer, en toute candeur, qu'ils commençaient à trouver les autres insupportables quand le petit mitron vint à passer sur la route avec un panier rempli de miches de pain. C'était une occasion à ne pas manquer.

– Haut les mains ! s'écria Cyril.

– La bourse ou la vie ! s'exclama Robert.

Les deux frères encadraient le garçon boulanger qui, malheureusement, ne semblait pas du tout saisir qu'il s'agissait d'un simple jeu. Or, c'était un « petit » mitron d'une taille pour le moins imposante.

– Fermez ça maint'nant, en voilà assez à la fin ! M'avez entendu ou non ? s'énerva-t-il.

Il ne trouva rien d'autre à dire. Avec un irrespect ou plutôt une grossièreté sans bornes, il écarta brutalement les « bandits ».

Alors Robert, empruntant la corde à sauter de Jane, lança autour des épaules du mitron son lasso de fortune, qui manqua son but et vint s'enrouler autour des pieds de l'ennemi. Celui-ci trébucha, son panier se renversa et les belles miches de pain toutes fraîches tombèrent par terre pour rebondir et s'éparpiller sur la route crayeuse et poussiéreuse. Les fillettes couru-rent les ramasser, mais elles n'en eurent pas le temps car Robert et le garçon boulanger avaient décidé de régler leur querelle en combat singulier, avec Cyril pour arbitre. La corde à sauter enroulée autour de leurs jambes à tous les deux était comme un serpent qui aurait souhaité jouer le rôle de conciliateur, mais sans y parvenir car, à vrai dire, la façon dont les poignées en buis de la corde sautaient en l'air pour frapper les deux combattants aux chevilles et aux tibias n'avait rien de particulièrement conciliateur.

Je sais bien que c'est la seconde bataille (faut-il plutôt dire bagarre ?) de ce chapitre, mais je n'y peux rien. Il y a des jours comme ça. Des jours où les querelles, les problèmes et les ennuis semblent vouloir s'enchaîner indéfiniment, sans qu'on y soit pour rien. Si j'écrivais des récits d'aventures comme ceux que nous offraient les auteurs de *Boys of England* – un recueil de récits de ma jeunesse, spécialement destiné aux garçons –, je serais évidemment capable de décrire la bagarre de Robert et du petit mitron. Mais ce n'est certes pas le cas. Je ne vois jamais ce qui se produit au cours d'un combat, fût-ce un combat de chiens. En outre, si j'avais écrit un texte du style de *Boys of England*, j'aurais bien entendu fait de Robert mon héros. Or, je suis exactement comme George Washington, je ne peux pas et ne sais pas mentir, fût-ce à propos d'un cerisier et, à plus forte raison, d'une bataille. Il m'est donc impossible de vous dissimuler que Robert, pour la seconde fois de la journée, essuya une sévère défaite. Non content de lui faire un autre œil au beurre noir, le garçon boulanger, qui ignorait manifestement les règles les plus élémentaires de la courtoisie et du savoir-vivre, lui tira aussi les cheveux et lui flanqua par-dessus le marché un méchant coup de pied au genou. Robert a toujours soutenu que, n'eussent été les filles, il aurait été capable de le battre à plates coutures. Je n'en suis pas si sûre. Quoi qu'il en soit, la vérité c'est qu'il fut vaincu, et que son orgueil en souffrit beaucoup.

Cyril était en train d'enlever son manteau pour se porter au secours de son frère, comme il convenait, quand Jane se jeta à ses pieds, lui enlaça les jambes et se mit à le supplier en pleurant de ne pas y aller, sans quoi il allait se faire battre lui aussi. Vous pouvez imaginer comme ce « lui aussi » sonna agréablement aux oreilles de Robert, mais ce n'était qu'un début. Son humiliation fut à son comble lorsque Anthea se précipita pour s'interposer entre le garçon boulanger et lui, et attrapa le premier par la taille en l'implorant d'arrêter immédiatement la bagarre.

– Oh, je vous en supplie, arrêtez de faire mal à mon frère ! s'écria-t-elle en pleurant à chaudes larmes. Il n'avait pas l'intention de vous attaquer, ce n'était qu'un jeu. Et je suis sûre qu'il est désolé…

« C'est trop injuste », pensait Robert. Il était révolté et il n'avait pas tort, vous allez comprendre pourquoi. A supposer que le « petit mitron », avec un minimum d'instinct chevaleresque, eût cédé aux supplications d'Anthea et accepté ses pauvres excuses, Robert se serait trouvé dans l'impossibilité de se venger, honneur oblige. Toutefois, ses craintes – s'il en eut jamais – furent bientôt dissipées. L'esprit de chevalerie était en effet totalement étranger au garçon boulanger qui, sans lui répondre, repoussa brutalement Anthea pour poursuivre Robert avec force quolibets et coups de pied tout le long de la route qui menait à la sablière avant de l'ensevelir, d'un ultime coup de pied, sous une montagne de sable.

– Ça t'apprendra, sale vaurien ! conclut-il.

Sur ce, il alla ramasser les miches de pain éparpillées et s'en retourna vaquer à son travail.

Cyril, toujours entravé par Jane, ne pouvait strictement rien faire, sous peine de la blesser, car elle s'agrippait à ses jambes avec l'énergie du désespoir. Il fut donc bien obligé de laisser partir le « petit mitron » avec sa figure toute rouge et humide de sueur et de subir jusqu'au bout ses grossières injures. Car juste avant de disparaître au tournant, il fallut encore que ce déloyal, cet indigne adversaire les traitât une dernière fois de « bande d'abrutis ». Alors seulement Jane desserra son étreinte. Cyril, drapé dans sa dignité blessée, lui tourna le dos sans un mot pour emboîter le pas à son frère, suivi des deux filles qui ne pouvaient retenir leurs larmes.

Ce fut une petite troupe bien misérable qui s'affala sur le sable à côté d'un Robert tout en pleurs. Car notre Robert sanglotait bel et bien, de rage plus que de chagrin, à vrai dire. Vous allez m'objecter – et vous n'aurez pas tort – que les garçons réellement héroïques ont toujours les yeux secs au terme d'un combat. Je vous répondrai que, en général, ils en sortent toujours vainqueurs, ce qui n'était pas le cas de Robert.

Cyril était donc en colère contre Jane, Robert furieux contre Anthea, et les filles horriblement malheureuses ; et, bien entendu, ils en voulaient tous terriblement au « petit mitron ». Le silence régnait, un « silence chargé d'émotion », comme disent les écrivains français.

Robert enfonça rageusement ses doigts et ses orteils dans le sable.

– La brute ! Le lâche ! tempêtait-il. S'en prendre à plus petit que lui ! Une rosse, voilà ce qu'il est ! Je le hais ! Mais il ne perd rien pour attendre. Il va voir ce qu'il va voir quand je serai grand ! Un jour, je lui revaudrai ça... et comment !

– Je te rappelle que c'est toi qui as commencé, intervint Jane, très ingénument.

– Je sais, espèce de petite oie, mais c'était pour rire. Et il m'a flanqué un sacré coup de pied. Regarde-moi ça !

Et, baissant brutalement une de ses chaussettes, il montra à sa sœur une superbe ecchymose pourpre rehaussée de rouge.

– Si seulement je pouvais être aussi grand que lui ! Je ne demande pas autre chose.

Sur ce, il enfonça une de ses mains un peu plus profondément dans le sable et sursauta, car il venait d'effleurer quelque chose de doux comme de la fourrure. C'était, vous l'aurez deviné, la fée – « toujours aux aguets et toujours prête à les ridiculiser », comme Cyril le fera remarquer par la suite. Un instant plus tard, Robert vit effectivement son souhait exaucé au-delà de toutes ses espérances : il était plus grand que le garçon

boulanger, et même
beaucoup, beaucoup
plus grand. Encore plus
grand que le policier géant
qu'autrefois on voyait toujours
posté au carrefour, face à Mansion
House[1], et qui aidait si gentiment les vieilles
dames à traverser (de toute ma vie, je n'ai jamais rencontré un homme aussi costaud et aussi gentil). Personne n'ayant songé à se munir d'un mètre – et pour cause ! – on ne put mesurer Robert. Mais je puis vous

1. La résidence officielle du lord-maire de Londres.

assurer qu'il aurait été plus grand que votre père si, par extraordinaire, celui-ci avait eu la cruelle fantaisie de se tenir debout sur la tête de votre mère. Notre ami devait donc mesurer à peu près dix ou onze pieds, c'est-à-dire plus de trois mètres. A vous maintenant d'imaginer le gabarit d'un garçon de cette taille ! Mais son costume, me direz-vous ? Eh bien, fort heureusement, le costume avait grandi en même temps que lui ! Ah, si vous l'aviez vu se lever dans cet accoutrement, avec une de ses (énormes) chaussettes roulée jusqu'à la cheville et, bien visible sur son (colossal) mollet, un gigantesque bleu ! Sur sa figure de géant toute rouge perlaient encore de grosses, grosses larmes de fureur. Il avait l'air si ahuri, si ridicule aussi avec son grand col rabattu d'écolier que les trois autres ne purent s'empêcher de rire.

– Cette maudite Mirobolante nous a encore joué un sale tour, dit Cyril.

– Pas à nous, à moi ! corrigea Robert. Si vous aviez pour votre frère de véritables sentiments, vous tenteriez d'obtenir de la fée des sables la même « faveur ». Vous n'imaginez pas à quel point on se sent ridicule quand on est aussi grand.

– C'est bien pour ça que je n'y tiens pas du tout, mais alors pas du tout ! J'ai pas envie d'avoir l'air idiot, commençait déjà Cyril.

– Oh, ça suffit ! intervint Anthea. Je ne sais vraiment pas ce que vous avez aujourd'hui, les garçons ! Écoute, Écureuil, soyons beaux joueurs ! Et puis tu ne penses pas que tu pourrais avoir un peu pitié de ce pauvre vieux Bob, perché là-haut tout seul, au lieu d'être odieux avec lui ? Peut-être la Mirobolante acceptera-t-elle d'exaucer un second souhait ? En ce cas, je crois vraiment qu'il faudrait lui demander d'être tous de la taille de Robert.

Les autres acquiescèrent – sans enthousiasme, il faut bien l'avouer. Mais quand ils trouvèrent la fée des sables, elle refusa tout net.

– Il n'en est pas question, déclara-t-elle d'un ton courroucé en se frottant la figure avec les pieds. Robert est un garçon violent et brutal, et ça lui fera le plus grand bien d'être un absurde géant pendant quelques heures. Et qu'est-ce qu'il lui a pris de venir me déterrer avec ses sales pattes toutes mouillées ? Il a failli me toucher ! Un vrai sauvage ! Un garçon de l'âge de pierre aurait eu plus de délicatesse.

Il était exact que Robert avait les mains trempées (de larmes) quand il les avait enfoncées dans le sable.

– Allez-vous-en, et laissez-moi tranquille, voulez-vous ! continua la fée. Je n'arrive décidément pas à comprendre pourquoi vous ne faites jamais de vœu raisonnable. Pourquoi ne pas demander, par exemple, quelque chose de bon à manger ou à boire, ou – mieux encore ! – de bonnes manières ou un bon caractère ? Allez, ouste ! Je ne veux plus vous voir.

La Mirobolante montra presque les dents en agitant ses moustaches. Après quoi, elle leur opposa résolument un dos brun et maussade. Même la plus confiante de la petite bande comprit qu'il était parfaitement inutile d'insister.

En désespoir de cause, ils se tournèrent vers leur géant de frère.

– Et maintenant, qu'est-ce qu'on va faire ? questionnèrent-ils tous les trois.

– Pour commencer, répondit Robert d'un ton sinistre, je vais faire entendre raison à ce satané garçon boulanger. Je vais aller le retrouver au bas de la côte.

– Ah non, mon vieux ! s'écria Cyril. Tu ne vas pas frapper plus petit que toi.

– Frapper ce vermisseau ? Tu m'as bien regardé ? rétorqua Robert avec mépris. Mais voyons, réfléchis un peu, d'une simple petite chiquenaude, je le tuerais ! Non, non, je veux simplement lui laisser un souvenir mémorable. Attendez un peu que j'aie remonté ma chaussette !

Il remonta donc sa chaussette, qui évoquait plutôt une housse de traversin, et partit à grandes enjambées. Comme il progressait de deux mètres environ à chaque pas, ce ne fut pour lui qu'un jeu d'enfant d'atteindre le pied de la colline au moment précis où le « petit mitron » descendait en balançant son panier vide à la rencontre de la carriole de son patron, qui avait terminé sa distribution de pain dans les chaumières alentour.

Robert alla s'accroupir derrière une meule de foin dans la cour d'une ferme voisine et, dès qu'il entendit siffloter le « petit » gars, il sortit de sa cachette, bondit sur lui et le saisit au collet.

– Et maintenant, déclara-t-il d'une voix quatre fois plus forte qu'à l'ordinaire (ce qui me semble logique,

étant donné que son corps avait
quadruplé), je vais t'apprendre à
botter des garçons plus petits que toi !
Sur ce, il souleva le mitron et le déposa au sommet
de la meule de foin, qui avait près de cinq mètres de
haut, avant de s'asseoir sur le toit de l'étable et de lui
dire exactement le fond de sa pensée. Je doute fort
que le garçon boulanger ait entendu grand-chose de
ce discours, car la terreur l'avait plongé dans une
sorte de transe. Quand Robert eut enfin terminé sa

longue diatribe (il faut dire qu'il s'était un peu répété), il secoua le malheureux en lui déclarant tout de go :

– Et maintenant, débrouille-toi pour redescendre !

Et il le planta là.

J'ignore comment le petit mitron redescendit de sa meule de foin, mais je sais en tout cas qu'il manqua la carriole de livraison et qu'il eut droit à une fameuse volée de bois vert quand il fit enfin son apparition à la boulangerie. Je suis vraiment désolée pour lui mais, après tout, ce n'était que justice qu'il apprît à ses dépens que les garçons anglais ne doivent pas se battre avec leurs pieds mais seulement avec leurs poings. Il eut beau tenter de se justifier auprès de son patron en lui racontant l'histoire du géant grand comme une église, ce fut en pure perte. Ce conte – auquel, vous m'avouerez, il est presque impossible de croire – n'arrangea évidemment en rien ses petites affaires, bien au contraire. A dire vrai, le lendemain, le boulanger fut bien obligé d'accorder foi à la fable de son apprenti, mais c'était trop tard pour le « petit mitron » : il avait déjà reçu sa raclée… et quelle raclée !

Quand Robert retrouva ses frère et sœurs, ils étaient dans le jardin. Anthea avait eu l'excellente idée de demander à Martha la permission de dîner dehors. La salle à manger étant plutôt petite, la présence dans cette pièce d'un frère aussi gigantesque que Robert aurait été, lui semblait-il, trop incongrue. De plus, le Chérubin, qui avait paisiblement dormi durant toute cette matinée de tempête, s'était mis à éternuer, et Martha, craignant un rhume, avait décrété qu'il serait beaucoup mieux à l'intérieur.

– C'est vraiment beaucoup mieux ainsi, déclara Cyril. A mon avis, il n'aurait plus arrêté de hurler s'il avait seulement entraperçu ta terrible stature, Robert !

Robert était, à la vérité, ce qu'un drapier (ou un tailleur) aurait appelé un « hors-série ». Quand je vous aurai dit que, pour entrer, il avait tranquillement enjambé la grille du jardin, alors vous comprendrez vraiment la signification de cette expression.

Martha servit donc le dîner dehors. Il se composait de veau froid et de pommes de terre au four, suivis de sagou[1] au lait et de compote de prunes.

Bien entendu, elle ne remarqua pas que Robert n'avait pas sa taille normale ; elle lui donna donc sa ration ordinaire de viande et de pommes de terre, sans le moindre supplément. Vous ne pouvez évidemment imaginer combien la part habituelle paraît ridiculement mesquine quand vous êtes un garçon dont la taille a quadruplé du jour au lendemain.

Robert se plaignit et réclama, à plusieurs reprises, davantage de pain. Mais Martha n'avait pas l'intention de lui en donner indéfiniment. En outre, elle était très pressée, car le garde-chasse ayant annoncé qu'il se rendait à la foire de Benenhurst et qu'il lui ferait une petite visite en passant, elle voulait se pomponner avant son arrivée.

---

1. Bouillie sucrée à base de fécule.

– Si seulement nous pouvions aller à la foire ! soupira Robert. J'en ai tellement envie !

– Tu ne peux aller nulle part avec une taille pareille ! s'écria Cyril.

– Et pourquoi pas ? répliqua Robert. Il y a toujours des géants dans les foires, et même beaucoup plus grands que moi !

– Beaucoup, sûrement pas ! commençait déjà Cyril quand Jane poussa un « oh » si soudain et si déchirant qu'ils lui demandèrent tous les trois d'une seule voix si elle avait avalé un noyau de prune et, sans même attendre sa réponse, se mirent à la taper énergiquement dans le dos.

– Non, non ! se récria-t-elle, tout essoufflée après ce rude traitement. Ce… ce n'est pas un noyau, c'est une idée. Et si on emmenait notre géant à la foire ? On pourrait le montrer aux gens contre un peu d'argent ! Et comme ça, on aurait enfin réussi à obtenir quelque chose de cette vieille Mirobolante à la gomme.

– M'emmener à la foire, ah bien, oui ! s'écria Robert avec indignation. Ce serait plutôt à moi de vous y emmener !

Et c'est ce qui arriva.

L'idée de Jane paraissait merveilleuse à tous les enfants, sauf à Robert, et ce, bien qu'Anthea fût parvenue à le décider en lui laissant entendre qu'il aurait une part double de l'argent qu'ils récolteraient. Il y avait justement dans la remise une de ces petites charrettes à deux roues qu'on appelle « paniers » et qui sont généralement tirées par un poney. Comme il importait

d'arriver à la foire le plus vite possible, Robert, qui pouvait à présent faire des pas gigantesques et donc, se déplacer très vite, se laissa convaincre – sans grand enthousiasme, vous vous en doutez – de promener ses frère et sœurs dans cette voiture. Ce n'était pas plus difficile pour lui que de rouler dans sa petite charrette, comme il l'avait fait le matin même, un Chérubin que seul son rhume empêchait d'être de la partie.

C'était une très étrange sensation que d'être promené en carriole par un géant. Ce voyage insolite enchanta chacun, sauf Robert et quelques rares passants. A la vue du géant, la plupart d'entre eux étaient

pétrifiés sur-le-champ par une « espèce d'attaque »,
pour reprendre l'expression d'Anthea.

Aux abords de la petite ville de Benenhurst, Robert
alla se cacher dans une grange, tandis que les autres se
rendaient à la foire. Il y avait là des balançoires, un
manège qui cornait et claironnait à tue-tête, un stand
de tir et des jeux de massacre. Résistant vaillamment à
une méchante envie de gagner une noix de coco, ou du
moins de tenter sa chance, Cyril alla droit à la femme
occupée à recharger de petits fusils devant un chapelet
de bouteilles de verre suspendues au fond de son stand.

– Pst ! Tenez, mon petit monsieur. Un coup pour un
penny.

– Non, merci, répondit Cyril. Nous sommes ici pour
affaires et non pour notre plaisir. Qui est le maître ici ?

– Le quoi ?

– Le maître, le directeur, je veux dire le patron de la
foire.

– Là-bas, fit-elle en montrant du doigt un solide
gaillard en jaquette crasseuse qui dormait au soleil.
Mais j'te conseille pas d'le réveiller d'un seul coup.
L'est toujours d'une humeur de chien, surtout par c'te
chaleur ! Tu f'rais mieux de tirer un coup d'carabine
en attendant.

– Mais c'est important, insista Cyril, et ça peut lui
rapporter gros. A mon avis, s'il laisse échapper cette
affaire, il s'en mordra les doigts.

– Ah, répondit la femme, s'y s'agit d'argent à
s'mettre dans la poche, alors ça change tout. Sans
blague, hein ? C'est quoi ?

– C'est un géant.

– Tu plaisantes ?

– Venez donc voir, intervint Anthea.

La femme leur jeta un regard sceptique avant de se décider. Elle avisa alors une petite fille misérable qui portait des bas rayés et un sarrau brun d'où dépassait un jupon blanc d'une propreté douteuse, et lui cria de garder le stand de tir, après quoi, se tournant vers Anthea :

– Eh bien, dépêchons-nous ! s'exclama-t-elle. Mais si c'est une plaisanterie, tu ferais bien de le dire tout de suite. Moi, j'suis douce comme une colombe, mais mon Bill, que c'est une vraie terreur, et…

Anthea la conduisit à la grange.

– C'est vraiment un géant, expliquait-elle en chemin. Un petit garçon géant avec un pantalon de golf comme celui de mon frère, là-bas. On ne l'a pas emmené à la foire, parce que les gens n'arrêtent pas de le dévisager. On dirait même qu'ils sont pétrifiés par une espèce d'attaque, dès qu'ils le voient. Mais on a pensé que vous aimeriez peut-être le montrer à la foire et gagner ainsi un peu d'argent. Évidemment, si vous vouliez nous donner quelque chose, ce serait bien. Seulement, il faudrait que ce soit tout de même plutôt beaucoup, parce que nous avons promis au géant qu'il aurait une part double de l'argent récolté.

La femme murmura des paroles indistinctes dont les enfants ne perçurent que quelques mots – Tudieu ! Maboul… marteau – qui ne leur évoquaient rien de précis. Elle avait pris la main d'Anthea et la tenait très serrée ; et la fillette ne pouvait s'empêcher de se demander ce qui se passerait si Robert était parti à l'aventure ou avait repris sa véritable taille dans l'intervalle. Mais elle savait bien que les dons de la fée des sables duraient jusqu'au coucher du soleil, si embarrassant que cela pût être parfois, et il était tout à fait improbable que Robert ait eu envie d'aller se promener tout seul dans son état.

Ils atteignirent enfin la grange.

– Robert ! appela Cyril.

Il y eut du remue-ménage dans la masse mouvante du foin, puis Robert commença à émerger. D'abord la main et le bras, ensuite un pied et une jambe. Quand la femme aperçut la main, elle s'exclama « Ça, par exemple ! », mais en voyant le pied, elle s'écria : « Dieu du ciel ! » Et lorsque Robert, étape par étape, avec des mouvements lents et lourds, eut enfin extrait du foin sa masse prodigieuse, et que celle-ci lui apparut d'un seul bloc, elle poussa un long soupir et se mit à débiter toutes sortes de choses bizarres, en comparaison desquelles « maboul » et « marteau » semblaient très ordinaires. Après quoi, elle en revint à une langue à peu près compréhensible.

– Combien que vous en d'mandez ? questionna-t-elle, tout excitée. Tout c'que vous voulez, dans la m'sure du raisonnable, ben sûr. Dans l'passé, on avait un camion spécial… enfin, j'sais où qu'on pourrait en trouver un d'occase qu'on pourrait l'r'mettre à neuf. C'était pour un bébé éléphant qu'est mort, comme qui dirait. Bon, alors, combien qu'vous prenez ? L'est tout doux, vot' géant, pas vrai ? La plupart du temps, ces géants, c'est du doux, mais jamais, j'en avons 'core vu – non, jamais ! Alors combien qu'vous prenez ? Rubis sur l'ongle, pas d'problèmes. Et on l'traitera comme un roi, promis juré, et on lui donnera un manger d'première classe et un pieu qu'a l'air fait pour un duc tout c'qu'y a d'rupin. Combien qu'vous prenez pour lui ?

– Ils ne prendront rien du tout, répliqua Robert d'un ton sévère. Je ne suis pas plus doux que vous, plutôt moins, ça ne m'étonnerait pas. Je veux bien faire un numéro aujourd'hui, si vous me donnez – il hésita devant le prix colossal qu'il allait demander –, si vous me donnez quinze shillings.

– Tope là, répondit la foraine, avec une telle promptitude que Robert comprit qu'il s'était sous-évalué, et regretta amèrement de ne pas en avoir demandé trente. Allons voir mon Bill à présent, et nous fixerons un prix pour la saison. M'est avis qu'tu pourrais gagner quèque chose comme deux livres par semaine. Viens don', et fais-toi aussi p'tit qu'tu peux, pour l'amour du ciel !

Robert avait beau se faire tout petit, il l'était si peu en vérité qu'une foule ne tarda pas à se rassembler autour d'eux. Ce fut donc à la tête d'un cortège enthousiaste que Robert entra dans le pré tout piétiné où se tenait la foire et franchit l'étendue d'herbe jaune poussiéreuse et piquante comme du chaume qui le séparait de la plus grande tente. Il se faufila à l'intérieur, tandis que la femme allait chercher son Bill.

C'était bien le gros homme qu'on avait surpris endormi et qui, effectivement, ne semblait pas du tout content d'avoir été réveillé. Cyril, qui observait la scène par une petite fente, le vit froncer les sourcils, remuer une tête ensommeillée et agiter un gros poing menaçant. La femme continuait à parler à toute vitesse. Cyril perçut quelques mots : « force… la plus grosse attraction que t'as jamais… non, mais des fois ! », et il commença à se ranger à l'avis de son frère et à se dire que quinze shillings, ce n'était vraiment pas grand-chose. Bill finit par se diriger en traînant les pieds vers la tente. A peine y était-il entré que la vue de la stature colossale de Robert lui ôta presque la voix.

– Pince-moi ! Je rêve !

Telles furent sinon ses seules paroles, du moins les seules que les enfants purent se rappeler par la suite. L'homme n'en sortit pas moins de sa poche quinze shillings en petite monnaie, qu'il tendit à Robert.

– On s'mettra d'accord su' c'que tu dois toucher c'soir, quand l'show s'ra terminé, ajouta-t-il avec une espèce de rude bonhomie. J'ai une veine de pendu ! Tu s'ras si heureux avec nous, mon gars, qu'tu voudras plus jamais nous quitter. Peux-tu nous chanter un p'tit air à c't'heure ou quand t'auras fait une pause ?

– Pas aujourd'hui, répondit Robert, qui se voyait très mal entonner *Au mois de mai, la rose…*, la chanson préférée de sa mère et la seule qui, sur le moment, lui venait à l'esprit.

– Va chercher Levi et ôtez-moi d'là ces sacrées photos. Débarrassez la tente. Collez-y un rideau ou quèque chose, continua l'homme. Seigneur ! Quel malheur qu'on ait pas d'maillots collants à sa taille ! Mais on les aura, sûr, avant qu'la semaine se soit terminée ! Jeune homme, ta fortune est faite. T'as été ben inspiré d'venir me voir au lieu d' t'adresser à des gars sur lesquels j'pourrais t'en raconter de bien belles. J'en ai connu des gonzes qu'y battaient leurs géants, quand c'est qu'y les affamaient pas par-d'ssus l'marché ! Aussi, j'te l'dis tout net, aujourd'hui, t'as d'la veine, même si t'en as jamais eu avant, cause que j'suis un agneau, oui, et qu' moi, au moins, j'vais pas t'rouler dans la farine.

– Je ne crains pas d'être battu, répliqua Robert en baissant les yeux sur le soi-disant agneau. Personne ne peut me battre.

Il avait beau être agenouillé – la hauteur de la tente ne lui permettant pas de s'y tenir debout –, il pouvait toujours regarder de haut la plupart des gens.

– J'ai horriblement faim, ajouta-t-il. Pouvez-vous me donner quelque chose à manger ?

– Hé, Becky ! fit le rude Bill. Amène-lui de la becquetance. Attention ! c'que tu peux trouver d'mieux !

Suivirent d'autres chuchotements, à peine perceptibles, cette fois, à l'exception d'une bribe de phrase :

– … En noir et blanc. On commence par ça demain.

La femme alla alors chercher de quoi manger. Quand elle revint, au bout d'un long moment, elle apportait seulement un peu de pain et de fromage dont se régala tout de même le vaste Robert au ventre vide. Pendant ce temps, le patron avait pris soin de poster des sentinelles autour de la tente pour donner l'alerte au cas où « son » géant tenterait de s'enfuir avec ses quinze malheureux shillings.

– Comme si nous n'étions pas honnêtes ! s'indigna Anthea lorsqu'elle saisit la raison d'être des sentinelles.

Alors commença un long après-midi à la fois étrange et merveilleux.

Bill était un homme qui connaissait bien son affaire. En un clin d'œil, les daguerréotypes, les lunettes à travers lesquelles on les regarde et qui donnent l'impression d'être dans la réalité, ainsi que les petites lumières spéciales qui les éclairent furent emballés et rangés. Un rideau, ou plutôt le vieux tapis rouge et noir qui en tenait lieu, fut tendu en travers de la tente. Robert se cacha derrière la tenture, tandis que Bill, debout sur une table à tréteaux à l'entrée de la tente, prononça un discours – fort habile, ma foi. Il commença par dire que le géant qu'il avait le privilège et l'insigne honneur de présenter au public ce jour-là était le fils aîné de l'empereur de San Francisco. A la suite d'une malheureuse histoire d'amour avec la grande-duchesse des îles Fidji, il avait été contraint d'abandonner son pays et de trouver refuge en Angleterre, terre d'asile où chaque homme, si énorme qu'il fût, avait droit à la liberté. Il termina en annonçant que les vingt premières personnes qui se présenteraient à l'entrée de la tente pourraient admirer le géant pour seulement trois pence chacune.

– Après, ajouta Bill, ça s'ra point l'même prix, mais j'peux pas vous dire de combien ça va augmenter ! Aussi faut en profiter !

Le premier à s'avancer fut un jeune homme qui escortait sa tendre amie de sortie cet après-midi-là. Pour l'occasion, il était bien décidé à se comporter comme un prince : pas question de regarder à la dépense, au diable la raison ! Sa bonne amie voulait voir le géant ? Très bien, elle verrait le géant, quand même il lui faudrait débourser la coquette somme de six pence (toutes les autres attractions ne coûtaient qu'un penny par personne).

On releva le rabat de la tente, et le jeune couple entra. Une seconde plus tard, un cri féminin perçant faisait frissonner toute l'assistance.

Bill se frappa la cuisse.

– Ça marche ! murmura-t-il à l'oreille de Becky.

Et en vérité, c'était là une splendide réclame pour les charmes de Robert.

Quand la fille sortit, pâle et frissonnante, ce fut pour trouver une véritable foule rassemblée à l'entrée de la tente.

– Il est comment ? demanda un régisseur.

– Oh, absolument horrible ! Vous n'en croiriez pas vos yeux. Il est grand et gros… tenez, comme une grange, et il a l'air affreusement sauvage. Rien qu'à l'voir, j'ai senti mon sang se glacer dans mes veines. Mais j'aurais pas voulu manquer ça pour rien au monde !

La prétendue sauvagerie de Robert avait une cause précise : ses tentatives quasi désespérées pour réprimer un irrépressible fou rire. Toutefois, cette envie de rire fut de courte durée. Quand l'heure du coucher du soleil fut proche, il était même beaucoup plus près des larmes que du rire, et il avait surtout une irrésistible envie de dormir. Vous le comprendrez aisément, il y avait eu tout l'après-midi dans la tente un défilé ininterrompu de gens, entrés seuls ou par groupes de deux ou trois, et Robert s'était vu contraint de serrer la main de ceux qui le souhaitaient et surtout de se laisser palper et pincer, pousser et tirer, tapoter et caresser : il fallait bien qu'on pût vérifier qu'il était vraiment réel.

Pendant ce temps, son frère et ses sœurs assis sur un banc attendaient impatiemment le coucher du soleil en regardant ce qui se passait autour d'eux. A la vérité, ils s'ennuyaient terriblement. Il leur semblait que le travail de Robert était le pire moyen de gagner sa vie qui eût jamais existé. Et tout ça, pour quinze misérables shillings ! Bill avait déjà gagné au moins quatre fois cette somme, car la nouvelle qu'il y avait à la foire un vrai géant s'était répandue à la ronde et, de partout, affluaient charrettes de commerçants et voitures attelées de gens du monde. Un gentleman portant monocle et arborant une énorme rose jaune à la boutonnière s'approcha de Robert et, avec une discrétion, ma foi, très obligeante, lui proposa dix livres par semaine pour se produire au Crystal Palace. Le garçon fut bien entendu obligé de refuser.

– Impossible, répondit-il à regret. A quoi bon faire une promesse qu'on ne peut tenir ?

– Ah, mon pauvre ami, je suppose que vous êtes lié par contrat pour une durée déterminée. Eh bien, prenez ma carte. Dès que vous serez libre, venez me voir.

– Je viendrai, si du moins je suis toujours de la même taille, ajouta Robert en toute franchise.

– Si vous grandissez encore un peu, ce n'en sera que mieux ! répondit le gentleman.

Après son départ, Robert fit signe à Cyril.

– Explique-leur qu'il faut absolument que je prenne un moment de repos, et que je veux mon thé.

Il eut son thé.

« Fermé pour une demi-heure. Le géant prend son thé », disait un papier épinglé en toute hâte sur la tente.

Pendant la récréation du géant, les enfants improvisèrent un conseil d'urgence.

– Comment vais-je m'y prendre pour m'enfuir ? questionna Robert. J'y ai réfléchi tout l'après-midi… en vain.

– Eh bien, est-ce si compliqué ? Tu n'as qu'à aller te promener un peu dehors au coucher du soleil, et tu retrouveras ta taille normale. Que veux-tu qu'ils nous fassent ?

Robert ouvrit de grands yeux.

– Mais voyons, ils pourraient nous tuer ! Non, on doit trouver une autre solution. Il faut absolument qu'on s'arrange pour être seuls quand le soleil se couchera.

– Je sais ! s'exclama alors Cyril.

Sur ce, il sortit trouver Bill, assis devant la tente à fumer sa pipe d'argile en discutant à voix basse avec Becky. Toutefois, Cyril l'entendit dire : « Ça fait sacrément du bien, une petite fortune comme ça qui vous tombe dessus ! »

– Écoutez, lança Cyril. Vous ne pouvez pas laisser les gens entrer dans la tente tout de suite. Le géant a presque fini son thé. Mais il doit à tout prix rester seul au moment où le soleil se couche. Il a toujours un comportement très étrange à cette heure de la journée, et si par hasard il est pris d'une crise d'angoisse, je ne répondrai pas des conséquences.

– Voyons, qu'est-ce que tu veux dire ? Quel genre de choses ?

– Je ne peux pas vous expliquer. Disons que, brusquement, il change, répondit le garçon en toute sincérité. Il n'est plus tout à fait lui-même, et c'est à peine si vous le reconnaîtriez. Il est vraiment très bizarre, vous savez. Si on ne le laisse pas seul à cette heure-là, il y a de fortes chances pour qu'il y ait des blessés.

Cyril disait vrai.

– Mais une fois qu'y fait nuit, y r'devient comme avant, j'suppose ?

– Oh, oui ! Environ une demi-heure après le coucher du soleil, il aura retrouvé ses esprits.

– Mieux vaut pas l'contrarier, dit la femme.

Et voilà pourquoi, trente minutes avant le coucher du soleil (si l'on en croit les estimations de Cyril), la tente se trouva de nouveau fermée. « Le géant prend son souper », disait le papier qui tenait lieu d'écriteau.

La foule s'amusait beaucoup à l'idée des repas du géant, d'autant qu'ils étaient étonnamment rapprochés.

– Eh bien, convint Bill, c'est son droit d'manger un morceau, pas vrai ? Vous comprenez, vu sa taille, faut qu'y mange de bon appétit.

A l'intérieur de la tente, les quatre enfants, qui osaient à peine respirer, préparaient un plan d'évasion.

– Vous, les filles, déclara Cyril, vous partez tout de suite et vous courez à la maison aussi vite que vous le pouvez. Oh, c'est vrai, il y a cette maudite carriole, j'avais oublié ! Tant pis ! On ira la chercher demain. Robert et moi, on est habillés de la même façon et on va trouver un truc à la Sydney Carton[1] pour nous tirer de là – mais à condition que vous, les filles, vous sortiez immédiatement de la tente. Sans quoi rien ne marchera. Nous, les garçons, on peut courir, mais vous, vous en êtes incapables, quoi que vous en pensiez. Non, Jane, il est parfaitement inutile que Robert aille assommer les gens. La police le suivrait jusqu'à ce qu'il recouvre sa véritable taille et l'arrêterait alors en un rien de temps. Allez, filez ! Vous n'avez pas le choix ! Si vous ne m'obéissez pas, je ne vous parlerai plus jamais ! Et après tout, c'est toi, Jane, qui nous as fourrés dans ce pétrin en t'accrochant à mes jambes pour m'empêcher de me défendre ce matin. Allez, ouste ! Je vous l'ordonne, un point c'est tout.

Anthea et Jane se décidèrent enfin à partir.

– Nous rentrons à la maison, expliquèrent-elles à Bill. Nous vous laissons le géant. Soyez gentil avec lui.

Cette dernière phrase – Anthea l'admit elle-même par la suite – était plutôt mensongère, mais qu'y pouvaient-elles donc ? Qu'auriez-vous fait à leur place ?

Après leur départ, Cyril alla voir Bill.

– Écoutez, dit-il, le géant voudrait du maïs. J'en ai vu dans le deuxième champ à partir d'ici et je vais aller

1. Héros du roman de Dickens *Un conte de deux villes* (*A Tale of Two Cities*).

lui en chercher en vitesse. Oh, il demande aussi si vous ne pourriez pas entrouvrir un peu, juste un petit peu, la tente à l'arrière. Il dit qu'il étouffe et qu'il a besoin d'air. Je veillerai à ce que personne n'aille jeter sur lui un petit coup d'œil en douce. Je vais le couvrir entièrement, et il pourra faire un petit somme pendant que j'irai chercher le maïs. De toute façon, son maïs, il faut qu'il l'ait. Il n'y a pas moyen de le retenir, quand il est comme ça.

On improvisa une couche relativement confortable pour le géant avec une pile de sacs et de la toile à bâche. Puis on releva le rideau, et les deux frères restèrent seuls. Ils pouvaient maintenant se concerter à voix basse. Dehors, le manège, dont la sirène mugissait de temps à autre pour attirer l'attention du public, continuait à déverser son flot de rengaines criardes.

Trente secondes après le coucher du soleil, un garçon en pantalon de golf sortit de la tente et passa devant Bill.

– Je pars chercher le maïs, dit-il, et très vite, il se fondit dans la foule.

Au même moment, mais du côté opposé, un autre garçon sortait de la tente et passait devant Becky, postée en sentinelle à l'arrière de la tente.

– Je pars chercher le maïs, dit également le garçon qui, lui aussi, s'éloigna tranquillement et se perdit à son tour dans la foule.

Vous l'aurez compris, le premier était Cyril, le second, Robert qui, à l'heure dite, avait retrouvé sa véritable taille. A pas pressés, Cyril traversa le champ avant de longer la route, bientôt rattrapé par Robert. Alors ils se mirent à courir, si vite qu'ils arrivèrent à la maison presque en même temps que les filles. Le chemin était pourtant long, et même très, très long, comme ils en firent la cuisante expérience le lendemain, quand ils allèrent rechercher la charrette à deux roues et qu'ils furent bien obligés de la tirer eux-mêmes. Robert le colosse n'était plus là pour les promener, l'air de rien, comme une gigantesque nurse roulant des bébés dans un chariot d'enfant.

Je suis dans l'incapacité, hélas ! de vous rapporter les paroles de Bill et de Becky quand ils s'aperçurent de la disparition de « leur » géant. D'abord, je ne les connais pas.

9
Une insupportable
grande personne

Cyril avait déjà remarqué que, dans la vie, on a très souvent l'occasion de se dire : « Ah, si seulement je pouvais faire un vœu ! » Un matin – le surlendemain du jour mémorable où Robert avait entamé une fulgurante mais fort brève carrière de géant –, cette pensée l'éveilla de très bonne heure.

Ce matin-là, donc, Cyril renonça à prendre son bain habituel dans le tub d'étain, de peur de faire du bruit et de réveiller Robert. Après s'être habillé à la diable il se faufila dehors, comme Anthea l'avait fait quelques jours plus tôt, et courut à la sablière dans la rosée de l'aube. Et là, il déterra la Mirobolante avec d'infinies précautions et, je dois dire, beaucoup de gentillesse : il commença même par lui demander si elle se ressentait encore des effets néfastes de l'incident de l'avant-veille (Robert l'avait arrosée de ses larmes, or, on s'en souvient, les fées des sables sont allergiques à toute espèce d'humidité).

– Que puis-je faire pour toi ? s'enquit-elle, visiblement d'excellente humeur. Je suppose que tu n'es pas venu me voir d'aussi bonne heure sans raison précise. Tu as sans doute l'intention de me demander d'exaucer un souhait personnel, à l'insu de tes frère et sœurs ; est-ce que je me trompe ? Permets-moi de te donner un excellent conseil. Et si tu demandais un bon gros mégathérium ? Tu ne le regretterais pas, je t'assure.

– Non, merci. Pas aujourd'hui en tout cas, répondit prudemment Cyril. Je voulais vous parler de tout autre chose. Voyez-vous, au beau milieu d'un jeu, il arrive souvent qu'on ait soudain envie de quelque chose...

– Il m'arrive très rarement de jouer, répliqua froidement la fée des sables.

– Bon, mais vous comprenez sûrement ce que je veux dire, poursuivit Cyril sur un ton impatient. Ne serait-il pas possible que vous exauciez notre vœu quotidien juste au moment où nous le formulons, où que nous nous trouvions ? Comme ça, nous n'aurions plus à vous déranger, ajouta le rusé garçon.

– Je te préviens, ça finira mal, rétorqua la Mirobolante en étirant ses longs bras bruns et en bâillant. Un jour ou l'autre, toi ou tes frère et sœurs, vous demanderez quelque chose dont vous n'aurez pas vraiment envie. Ça ne te rappelle rien, l'histoire du château ? Depuis que les gens ont cessé de désirer des nourritures vraiment substantielles, c'est toujours la même histoire. Néanmoins, fais comme tu l'entends. Au revoir.

– Au revoir, répondit poliment Cyril.

– Attends un peu, j'ai oublié de te dire quelque chose, fit tout à coup la fée des sables en dardant ses yeux télescopiques. Je commence à en avoir plus qu'assez de toi, de vous tous. Aussi dépourvus de bon sens que des huîtres, voilà ce que vous êtes ! Va-t'en à présent.

Cyril obéit.

– Oh, pourquoi faut-il que les bébés restent aussi longtemps des bébés ? C'est trop affreux ! s'écria-t-il un peu plus tard.

Profitant d'un instant d'inattention de son frère, le Chérubin, avait extrait d'une des neuf poches de Cyril sa précieuse montre et en avait ouvert le boîtier avec des roucoulements d'extase et des cris de sombre ravissement, puis s'en était servi comme d'une bêche de jardin. Cyril avait eu beau plonger

longuement la malheureuse montre dans une cuvette pleine d'eau pour en nettoyer le mécanisme, c'avait été en pure perte : elle ne voulait pas se remettre en marche. Sous le coup de la colère, le garçon avait explosé.

A présent, il s'était calmé. Ayant réussi à convaincre toute la petite bande d'aller chercher des châtaignes dans les bois en attendant d'avoir une bonne idée de vœu, il avait même consenti à porter ce diable de Chérubin une bonne partie du chemin. Les enfants étaient donc assis tous les cinq sur l'herbe moussue, à l'ombre d'un châtaignier. Le bébé s'amusait à arracher la mousse par grosses poignées, et Cyril contemplait d'un air sombre ce qui restait de sa belle montre.

– Il grandit, déclara Anthea. N'est-ce pas, mon petit bonhomme ?

– Moi, g'and ga'çon, répondit joyeusement le Chérubin, moi, veux des fusils et des souris et… et…

Ici, l'imagination – ou le vocabulaire – fit brusquement défaut. Quoi qu'il en soit, c'était là la plus longue phrase que leur petit frère eût jamais prononcée, et tous furent charmés et séduits, même Cyril qui, renversant le bébé, le fit rouler dans la mousse, tandis que celui-ci poussait des cris de délice.

– Je suppose qu'un jour, il deviendra une grande personne, disait Anthea en regardant rêveusement le bleu du ciel qui apparaissait entre les longues feuilles raides du châtaignier.

A ce moment précis, le Chérubin, qui se battait toujours joyeusement avec Cyril, envoya une de ses petites bottines en plein dans la poitrine de son frère, et l'on entendit un méchant craquement ! L'enfant venait de briser le verre de la montre de gousset de leur père – une de ses deux préférées – que Cyril avait empruntée sans permission.

– Une grande personne ! s'écria amèrement Cyril en posant sans plus de façons le bébé sur l'herbe. J'imagine qu'il grandira effectivement un jour… mais alors on s'en moquera. Ah, mon Dieu, si seulement il pouvait…

– Oh, attention, Cyril ! s'écria Anthea, en proie à une affreuse appréhension.

– ... devenir grand tout de suite !

Trop tard ! Anthea et Cyril avaient parlé exactement en même temps, en chœur, comme les paroles et la musique d'une chanson.

La Mirobolante tint sa promesse. D'un seul coup, et d'une manière assez spectaculaire, le Chérubin se mit à grandir, grandir. Ce fut le moment le plus terrible de tous. Toutefois, le changement ne fut pas aussi brusque que d'habitude. Ce fut d'abord la figure du bébé qu'ils virent se transformer. Elle s'allongea, s'affina. De fines ridules apparurent sur le front, les yeux, plus sombres, semblèrent s'enfoncer, les lèvres s'amincirent. Mais surtout une fine moustache brune apparut au-dessus de la lèvre supérieure. Et le pire, c'est que, à l'exception de son visage, sa petite personne – bébé de deux ans en barboteuse de lin et socquettes blanches ajourées – n'avait pas changé d'un pouce.

– Oh, non, qu'il ne grandisse pas ! lança Anthea. Je ne veux pas qu'il grandisse ! Souhaitez aussi ça de toutes vos forces, les garçons !

Ils se mirent donc à souhaiter de toutes leurs forces que le bébé s'arrêtât enfin de grandir, car le spectacle qu'ils avaient sous les yeux avait de quoi affliger le cœur le plus impassible. Et ils le firent tant et si bien, en déployant une telle énergie qu'ils en eurent le tournis et faillirent perdre connaissance. En vain. Quand ils cessèrent enfin de sentir le bois tourbillonner autour d'eux, ce fut pour poser un regard troublé sur un jeune homme très comme il faut en costume de flanelle et chapeau de paille – un jeune homme qui portait la même petite moustache noire qu'ils venaient de voir pousser, pour de vrai, au-dessus de la lèvre supérieure de leur petit frère, et dont ils ne pouvaient détacher les yeux. C'était donc leur bébé, version adulte ! Le bébé de leur cœur ! Ce fut un rude moment. Le nouveau Chérubin se releva, non sans grâce, et alla s'adosser contre le tronc du châtaignier, après quoi il rabattit son chapeau de paille sur ses yeux. Il était manifestement fatigué et sur le point de s'endormir. Le Chérubin, version originale – leur poison de Chérubin chéri, bref, le « vrai » –, avait l'habitude de s'endormir d'un seul coup à des heures indues et en des endroits pour le moins inattendus. Ce Chérubin n° 2 en costume de flanelle grise et nœud papillon vert pâle était-il la copie conforme du premier ? Ou bien son esprit s'était-il développé en même temps que son corps ?

Telle était la grave question que débattaient ardemment les enfants au milieu des fougères jaunissantes, à quelques pas du dormeur. Une fois de plus, ils avaient dû improviser d'urgence un conseil de guerre.

– Quoi qu'il en soit, ce sera de toute façon affreux, conclut Anthea. S'il est devenu un véritable adulte, il ne supportera pas qu'on le surveille. Et s'il a gardé un esprit de bébé, comment diable allons-nous pouvoir nous y prendre ? Vous rendez-vous compte que c'est bientôt l'heure de déjeuner ?

– Et en plus, on n'a pas de châtaignes.

– Oh, la barbe avec tes châtaignes ! Ce n'est pas un repas ! Figurez-vous que je n'ai pas eu droit à un seul repas digne de ce nom depuis hier ! Ne pourrions-nous pas attacher le Chérubin à cet arbre, aller déjeuner à la maison et revenir ici après ?

– Tu peux être sûr qu'on aura droit à un fameux repas si on s'amène sans lui ! rétorqua Cyril, exaspéré. Et ce ne sera guère mieux si on se présente à Martha avec le Chérubin n° 2 ! Oui, oui, je sais que c'est entièrement ma faute, n'en rajoutez pas, s'il vous plaît ! Je sais bien que je suis un âne bâté, une brute épaisse, un propre à rien, tenez-vous-le pour dit, et trêve de discussions ! Le problème reste entier. Qu'allons-nous faire ?

– Réveillons-le et emmenons-le à Rochester ou à Maidstone. Nous achèterons de quoi manger dans une pâtisserie quelconque, suggéra Bob, soudain plein d'espoir.

– L'emmener ? répéta Cyril. Eh bien, faites-le ! C'est entièrement ma faute – je ne le nie pas –, mais essayez donc un peu d'emmener ce jeune homme où que ce soit, et vous vous verrez bien vite contraints d'y renoncer. Le Chérubin a toujours été horriblement gâté mais, maintenant qu'il a grandi, c'est un vrai démon. Ça se voit, vous n'avez qu'à regarder sa bouche !

– Bon, dit Robert. Alors, laissons-le se réveiller tout seul et attendons de voir sa réaction. Peut-être nous emmènera-t-il de son propre chef à Maidstone et nous régalera-t-il à ses frais ? A mon avis, il doit y avoir plein d'argent dans les poches de ces extraordinaires sacoches ! ajouta-t-il à mi-voix. De toute façon, il faut bien qu'on dîne.

H. R. MILLAR_1902

Ils tirèrent au sort avec de petits morceaux de fougère. C'est à Jane qu'échut la délicate mission de réveiller Sa Majesté Chérubin II.

Elle s'y prit très doucement, se contentant de lui chatouiller le bout du nez avec un brin de chèvrefeuille sauvage.

– Au diable les mouches ! s'écria-t-il à deux reprises.

Ouvrant les yeux, il fit d'une voix nonchalante :

– Tiens, c'est vous, les enfants ! Encore là ?

Puis il se redressa brusquement.

– Ah, mais bon sang ! Quelle heure est-il ? Vous allez être en retard pour la soupe !

– Je sais bien, répondit amèrement Robert.

– Alors filez à la maison par le plus court chemin ! ordonna le grand Chérubin.

– Mais, et toi ? Qu'est-ce que tu vas manger ? questionna Jane.

– Ah, oui ! A votre avis, à quelle distance la gare se trouve-t-elle ? Je crois que je vais aller en ville et m'offrir un déjeuner à mon club.

Tel un drap funéraire, un découragement profond s'abattit sur les enfants. Chérubin II avait donc l'intention de se rendre seul en ville et de déjeuner dans un club. Peut-être aurait-il envie d'y rester pour le thé. Peut-être le coucher de soleil le surprendrait-il dans le luxe du monde fastueux des clubs, bébé ensommeillé, grognon et sans défense égaré au milieu de serveurs hostiles. Anthea le voyait déjà appeler sa chère Panthère en pleurant depuis les profondeurs de son fauteuil club, et cette vision pathétique lui arracha presque des larmes.

– Oh, non, Chérubin, mon joli mignon, ne fais surtout pas ça ! s'écria-t-elle sans réfléchir.

Le jeune homme à la petite moustache fronça les sourcils.

– Ma chère Anthea, commença-t-il, combien de fois ne t'ai-je pas répété mes trois prénoms de baptême : Hilary, Saint-Maur, Devereux ? J'autorise mes chers petits frères et sœurs à m'appeler indifféremment par l'un ou l'autre de ces prénoms, mais il n'est pas question de m'appeler encore Chérubin, stupide survivance d'une enfance bien lointaine.

C'était horrible. Voilà qu'il était à présent leur frère aîné ! Il l'était forcément puisque, contrairement à eux, c'était un adulte. Ainsi chuchotaient à voix basse Robert et Anthea.

Toutefois, les mésaventures quasi quotidiennes des enfants depuis leur rencontre avec la fée des sables leur avaient donné en contrepartie une sagesse qui n'était pas de leur âge.

– Cher Hilary, commença Anthea – ce qui ne manqua pas de choquer ses frères et sœur –, tu sais bien que Père ne veut pas que tu ailles à Londres. Il veut que tu t'occupes de nous, et il ne serait pas très content de nous voir ainsi abandonnés à nous-mêmes.

« Oh, quelle affreuse menteuse je fais ! » ajouta-t-elle à part soi.

– Dis, si tu es bien notre frère aîné, intervint Cyril, pourquoi ne pas jouer jusqu'au bout ton rôle, c'est-à-dire nous emmener à Maidstone et nous offrir un bon petit repas ? Après quoi, nous pourrions faire un tour sur la rivière…

– Je suis votre obligé, répondit fort courtoisement le jeune homme à la petite moustache, mais je préférerais être seul. Rentrez donc dîner à la maison. Je viendrai peut-être vous rendre une petite visite à l'heure du thé. A moins que je ne rentre beaucoup plus tard, quand vous serez déjà au lit.

Au lit ! Nos malheureux amis échangèrent des coups d'œil éloquents : s'ils rentraient sans leur frère, ils avaient toutes les chances d'être envoyés au lit *illico* !

– On a promis à Mère de ne pas te quitter des yeux quand tu viendrais en promenade avec nous, dit Jane avant que les autres n'aient pu l'interrompre.

– Écoute-moi, Jane, déclara Chérubin II (les mains dans les poches, il regardait sa sœur d'un air condescendant), les petites filles n'ont pas à prendre la parole. Vous feriez bien d'apprendre à ne pas importuner les autres ! A présent, filez ! Demain, si du moins vous avez été bien sages, je vous donnerai peut-être un penny à chacun.

– Où vas-tu, mon vieux ? demanda alors Cyril, adoptant résolument un ton « d'homme à homme ». Si tu ne veux pas des filles, tu pourrais juste nous emmener, Bob et moi.

De la part de Cyril, c'était là un geste qui ne manquait pas de noblesse, car le garçon n'aimait pas beaucoup se montrer en public en compagnie d'un bébé

– ce que leur dandy de frère était censé redevenir après le coucher du soleil.

Le ton « d'homme à homme » eut les résultats escomptés.

– Je vais faire un petit saut à bicyclette jusqu'à Maidstone, déclara le nouveau Chérubin sur un ton désinvolte en tripotant sa petite moustache noire. Je pourrais déjeuner, mettons, à l'*Auberge de la Couronne*, et peut-être irai-je ensuite canoter sur la rivière. Mais comment voulez-vous que je vous embarque tous les deux sur ma machine ? C'est impossible, vous voyez bien. Allons, soyez gentils et dépêchez-vous de rentrer à la maison !

La situation semblait sans issue. Robert et Cyril échangèrent des coups d'œil désespérés. Alors Anthea détacha de sa ceinture une épingle – ce qui laissa un grand vide entre sa jupe et son corsage – et, avec une petite grimace significative, la tendit furtivement à Bob. Celui-ci, ni vu ni connu, fila aussitôt jusqu'à la route. Effectivement, il y avait là, comme il s'y attendait, une magnifique bicyclette toute neuve. Le garçon avait tout de suite saisi que le Chérubin version adulte avait forcément une bicyclette car si, pour sa part, il avait jamais désiré grandir, c'était précisément pour cette raison. Mais, trêve de rêveries, il fallait agir, et vite ! Et voilà notre Bob qui se met à planter son épingle dans les pneus de la bicyclette flambant neuve : onze fois dans le pneu arrière et sept fois dans le pneu avant. Il aurait même fait vingt-deux trous en tout, si le bruissement des feuilles de noisetier jaunies par la chaleur ne l'avait averti de l'approche de ses frères et sœurs. Il se hâta de poser une main sur chacun des pneus, et le petit chuintement de l'air qui s'échappait des dix-huit trous d'épingle bien nets le récompensa amplement de ses efforts.

– Tu as crevé, annonça Robert qui se demandait comment il avait pu apprendre aussi vite à mentir.

– En effet, renchérit Cyril.

– C'est à cause des ronces, expliqua Anthea qui se baissa pour se relever aussitôt avec une épine qu'elle avait préparée à dessein. Regardez-moi ça !

S'emparant de sa pompe à bicyclette, Chérubin II (je devrais dire Hilary) tenta de regonfler le pneu. En vain, bien entendu !

– Il doit bien y avoir dans les parages quelque chaumière où l'on pourrait trouver un seau d'eau ? demanda Hilary.

Effectivement, il y en avait une. Quand la plongée des deux chambres à air dans le seau d'eau eut confirmé aux enfants, si besoin était, le nombre – impressionnant – de crevaisons, ceux-ci réalisèrent – chance extraordinaire qui tenait du miracle ! – que la chaumière en question proposait des « collations pour les cyclistes ». L'infortuné cycliste et ses frères et sœurs virent bientôt arriver devant eux une espèce de repas bizarre à base de thé et de jambon. Ce furent les quinze shillings gagnés par Robert le jour où il avait été changé en géant qui permirent de régler l'addition. En effet, à la surprise et à la déception générales, il se trouva que Chérubin II n'avait pas d'argent sur lui. Ce sont, hélas ! des choses qui arrivent, même aux plus adultes d'entre nous. Reste que Robert avait de quoi manger à sa faim, ce qui n'était pas rien.

Avec une douce obstination, chacun des membres du malheureux quatuor entreprit, à tour de rôle, de convaincre l'ex-bébé (je veux dire Saint-Maur) de passer dans les bois la fin de l'après-midi. Celui-ci était d'ailleurs déjà fort avancé, quand Saint-Maur, qui venait de coller la dix-huitième et dernière rustine, leva les yeux de son ouvrage avec un grand soupir de soulagement. Mais, au lieu de répondre, le voilà soudain qui rectifie la position de son nœud papillon et s'écrie avec entrain :

– Voilà une jeune dame ! Pour l'amour du ciel, partez ! Rentrez à la maison, cachez-vous, mais disparaissez d'une façon ou d'une autre ! Je ne veux pas qu'on me voie en compagnie d'une tripotée de gosses crasseux.

Ses frères et sœurs étaient effectivement plutôt crasseux – par sa faute, du reste ou, du moins, celle de sa version originale qui, quelques heures plus tôt, s'était permis de leur lancer de la terre à pleines poignées. Quoi qu'il en soit, à cet instant précis, la voix de Chérubin II avait un accent si tyrannique – comme le ferait observer Jane un peu plus tard – que les enfants battirent effectivement en retraite dans le jardin de derrière, laissant seul à ses rêveries l'absurde jeune homme à la petite moustache et au costume de flanelle.

Une jeune femme remontait effectivement l'allée principale en poussant sa bicyclette devant elle. Devereux – alias Saint-Maur – ne manqua pas de soulever son chapeau à son passage. La propriétaire de l'auberge apparut sur le seuil, et la dame s'entretint un moment avec elle. Les enfants cachés derrière la maison, près du seau aux eaux grasses, eurent beau tendre désespérément le cou et écouter de toutes leurs oreilles, ils ne perçurent pas un mot de cette mystérieuse conversation. Il leur semblait cependant « parfaitement justifié » – pour reprendre l'expression de Robert – d'espionner leur frère, étant donné l'état de ce malheureux Chérubin.

Quand celui-ci se mit à parler d'une voix traînante et obséquieuse, rien ne leur échappa ou presque.

– Une crevaison ? disait-il. Ne puis-je vous être utile ? Permettez-moi, je vous prie…

Derrière le seau, il y eut une explosion de rires aussitôt étouffée. Chérubin le Grand (autrement dit, Devereux) jeta dans leur direction un regard chargé de colère.

– C'est très gentil à vous, répondit la demoiselle.

Elle avait l'air plutôt timide, mais semblait avoir toute sa tête, comme le déclarèrent les garçons.

– Eh bien, chuchota Cyril, toujours dissimulé derrière le seau, j'aurais plutôt pensé qu'il en avait par-dessus la tête de réparer des bicyclettes et que, en tout cas, il avait eu sa dose pour la journée. Ah, si seulement la dame savait qu'en fait, il n'est qu'un stupide petit bébé piailleur et pleurnicheur !

– C'est tout le contraire, murmura Anthea avec colère, un amour ! Si du moins on veut bien le laisser tranquille. Il est et sera toujours notre cher petit Chérubin, quels que soient les changements que peuvent lui faire subir de stupides idiots comme toi, n'est-ce pas, Pussy ?

Jane voulut bien l'admettre mais elle avait l'air sceptique.

A présent, Chérubin II – que j'oublie tout le temps d'appeler Saint-Maur, comme il le faudrait – était occupé à examiner la bicyclette de la jeune femme, à laquelle il s'adressait sur un ton on ne peut plus adulte. A le voir et à l'entendre, personne n'aurait jamais pu supposer que, le matin même, c'était encore un bébé potelé de deux ans qui s'amusait à casser en série les montres de toute la famille.

Quand il eut terminé de réparer la bicyclette de la jeune femme, Devereux (comme il devait s'appeler à l'avenir) sortit de sa poche une montre à gousset en or massif. Alors les petits observateurs dissimulés derrière le seau poussèrent tous les quatre en même temps un grand « Oh ! ». Il leur semblait si injuste, pour ne pas dire révoltant, que le bébé qui avait, le matin même, détruit deux montres relativement modestes mais solides et de bonne qualité eût à présent entre les mains une véritable montre en or massif avec une chaîne !

Hilary (comme je m'efforcerai de le désigner désormais) foudroya du regard ses frères et sœurs avant de dire à la jeune dame – avec laquelle il semblait avoir noué une relation des plus amicales :

– Si vous le permettez, je vous accompagnerai à bicyclette jusqu'au carrefour ; il se fait tard, et je crains qu'il n'y ait beaucoup de rôdeurs dans le coin.

Nul ne saura jamais la réponse que la jeune femme avait l'intention de donner à cette galante proposition, car à peine Anthea eut-elle entendu le dénommé Hilary qu'elle se rua sur lui, bousculant au passage le seau qui déborda, inondant le sol d'un ruisseau trouble, et l'attrapa par le bras. Le reste de la petite troupe hirsute et crasseuse suivit aussitôt. Ce que redoutait tant le jeune homme à la petite moustache était arrivé.

– Ne l'écoutez surtout pas ! lança Anthea à la dame avec le plus grand sérieux. Il n'est pas en état d'accompagner quiconque !

– Va-t'en, petite fille ! gronda Saint-Maur (comme nous l'appellerons désormais) d'une voix terrible. Rentre tout de suite à la maison.

– Vous feriez mieux de rester sur vos gardes, continua Anthea sur sa lancée. Il ignore qui il est. Ne vous fiez surtout pas aux apparences, il ne ressemble en rien à l'idée que vous pouvez vous faire de lui.

– Que voulez-vous dire ? demanda la jeune femme d'un ton assez naturel, tandis que Devereux tentait de repousser son insupportable sœur.

En vain ! Soutenue par les trois autres, elle tint bon et resta là, solide comme un roc.

– Eh bien, puisque vous semblez y tenir, laissez-le donc vous accompagner, et vous comprendrez très vite ce que je veux dire ! A la vérité, je ne crois pas que vous apprécierez de voir tout à coup un pauvre bébé désemparé dévaler la colline à vos côtés, les pieds sur le guidon d'une bicyclette dont il aura perdu le contrôle !

La dame avait pâli.

– Qui sont ces enfants si sales ? demanda-t-elle à Hilary, alias Saint-Maur, alias Devereux.

– Je ne sais pas, mentit-il lamentablement.

– Oh, Chérubin, comment *oses*-tu ? s'écria Jane, choquée. Tu sais pourtant parfaitement que tu es notre cher petit frère adoré ! Nous sommes ses frères et sœurs aînés, expliqua-t-elle en se tournant vers la jeune femme – qui poussait à présent sa bicyclette en direction de la grille, les mains tremblantes –, et nous sommes chargés de veiller sur lui. Il faut absolument que nous le ramenions à la maison avant le coucher du soleil, sinon je ne sais ce qu'il adviendra de nous. Vous comprenez, notre frère est victime d'une espèce d'en-chantement… ensorcelé, en somme, vous voyez ce que je veux dire !

A plusieurs reprises, Devereux avait, en vain, essayé d'arrêter le flot de paroles de Jane. Robert et Cyril le tenaient solidement, chacun par une jambe, et toutes ses tentatives d'explication furent réduites à néant. La jeune femme s'éloigna en toute hâte sur sa bicyclette. Je veux bien vous parier que le soir même, au dîner, elle a électrisé son auditoire en racontant comment elle avait fui une tribu de dangereux aliénés. Je l'entends d'ici : « Vous auriez vu les yeux de la petite fille ! De vrais yeux de folle ! Je ne comprends vraiment pas comment on peut laisser en liberté des individus pareils ! »

Quoi qu'il en soit, quand la bicyclette eut disparu au bas de la côte, Cyril prit la parole. Il avait l'air grave.

– Hilary, vieille branche, commença-t-il, tu as sans doute été victime d'une insolation ou de quelque chose de ce genre. Seigneur ! Que de bêtises tu as pu dire à cette dame ! Je peux t'assurer que si demain matin, une fois que tu auras retrouvé tes esprits, je te répète toutes ces paroles insensées, non seulement tu n'en comprendras pas un mot, mais tu ne voudras pas me croire ! Je ne plaisante pas, mon vieux. Il faut que tu rentres immédiatement à la maison et que tu te reposes. Et, si tu ne vas pas mieux demain matin, nous demanderons au laitier d'aller chercher le médecin.

Le pauvre Chérubin semblait à présent beaucoup trop perdu pour manifester la moindre résistance.

– Étant donné que vous m'avez tous l'air de travailler sérieusement du chapeau, je suppose que je ferais mieux de vous ramener à la maison. Mais n'allez surtout pas vous imaginer que je vais oublier tout ça de sitôt. J'aurai deux mots à vous dire demain matin.

– Oui, oui, mon Chérubin, répondit Anthea à voix très basse, mais ce sera quelque chose de bien différent de ce que tu crois.

Dans le secret de son cœur, elle entendait la jolie petite voix, si douce et affectueuse, de son petit frère bien-aimé, une voix qui n'avait absolument rien à voir avec celle, si traînante et affectée, de l'horrible Hilary-Devereux-Saint-Maur, et qui disait : « Aime beaucoup, beaucoup Tite Panthère. Veux sauter dans les bras de ma Panthère à moi ! »

– Rentrons donc, pour l'amour du ciel, poursuivit Anthea. Demain matin, tu nous diras tout ce que tu veux. Enfin, si tu le peux, ajouta-t-elle dans un murmure.

Tandis qu'elle parlait, Robert n'avait pu résister au plaisir de jouer perfidement avec son épingle. Mais cette fois, le Chérubin en avait vraiment assez, semblait-il, de réparer des crevaisons. Aussi la bicyclette fut-elle poussée à la main.

Ce fut une petite troupe bien morose qui reprit le chemin du retour. Quand ils arrivèrent à la Maison Blanche, le soleil était sur le point de se coucher. Vous vous en doutez, nos amis auraient bien voulu s'attarder encore un peu dans la grande allée, le temps que Chérubin II (dont je ne me fatiguerai plus à répéter les trois prénoms de baptême) se change en leur poison de petit frère bien-aimé. Mais lui, en insupportable grande personne qu'il était toujours, insista pour continuer sa route. C'est ainsi que Martha le croisa dans le jardin de devant.

On s'en souvient, la fée des sables, accordant aux enfants une petite faveur supplémentaire, avait fait en sorte que les domestiques ne perçoivent aucun des effets de sa magie. Martha ne vit donc, outre nos quatre brigands, qu'un bébé trottant aux côtés d'Anthea sur ses petites jambes potelées, et dont l'absence prolongée lui avait causé tout l'après-midi les plus vives inquiétudes. Elle se précipita à sa rencontre et le serra contre elle en s'écriant :

– Allons, petit bonhomme de mon cœur, saute dans les bras de ta chère Martha !

Bien entendu, Chérubin II (dont les trois prénoms de baptême allaient sombrer pour longtemps dans l'oubli) se débattait furieusement. Si vous aviez vu son expression, à la fois horrifiée et suprêmement ennuyée ! Mais Martha était la plus forte. Elle souleva le bébé adulte, si j'ose dire, et l'emporta comme un paquet de linge sale à la maison. Jamais les enfants ne pourraient oublier cette vision hilarante d'un jeune homme comme il faut avec costume-de-flanelle-grise-et-petite-moustache-noire se débattant dans les robustes bras de Martha (Dieu merci, il était svelte) qui l'implorait de se tenir tranquille et d'être sage s'il voulait avoir son petit pain et son petit lait !

Par bonheur, le soleil se coucha précisément au moment où ils franchissaient le seuil de la maison. Alors la bicyclette disparut comme par enchantement, et l'on vit Martha entrer dans la maison avec le vrai Chérubin de deux ans bien vivant mais tout ensommeillé. Son horrible double avait disparu pour toujours.

– Oui, pour toujours, dit Cyril, car dès qu'il sera en âge d'être réprimandé, il ne faudra pas s'en priver, dans son propre intérêt. Imaginez un peu qu'il devienne une grande personne aussi insupportable que ça !

– Pas question de le rudoyer ! déclara résolument Anthea. En tout cas, pas en ma présence !

– C'est par amour qu'on veut essayer de l'éduquer, répliqua Jane.

– Voyez-vous, ajouta Bob, s'il grandit à un rythme normal, on aura tout le temps de le corriger au fur et à mesure. Ce qui était horrible aujourd'hui, c'est qu'il s'est mis à grandir d'un seul coup. On n'a vraiment pas eu le temps d'améliorer son caractère.

– Il n'a pas besoin d'être amélioré, trancha Anthea, tandis que la voix du Chérubin leur parvenait à travers la porte ouverte, toute pareille à celle qu'elle avait entendue cet après-midi-là dans le secret de son cœur : « Panthère, aime beaucoup Tite Panthère ! »

10
La danse du scalp

La journée aurait peut-être été réussie, cette fois, si Cyril n'avait pas eu la fâcheuse idée de lire *Le Dernier des Mohicans*. Au petit déjeuner, l'histoire lui trottait dans la cervelle et, tandis qu'il prenait sa troisième tasse de thé, il laissa échapper d'une voix rêveuse :

– Ah, si seulement il pouvait y avoir des Peaux-Rouges en Angleterre, pas les vrais grands Indiens bien sûr, mais des petits, juste à notre taille, pour qu'on puisse se battre avec eux !

Aucun de ses frère et sœurs n'était de son avis, et tout le monde oublia aussitôt l'incident.

Mais quand ils descendirent tous les quatre à la sablière pour demander à la fée des sables cent livres sterling en pièces de deux shillings avec la tête de la reine Victoria dessus (précision indispensable !), ce fut pour découvrir qu'il était trop tard : à leur insu, ils avaient déjà formulé un vœu et, qui plus est, un vœu parfaitement insensé.

– Oh, fichez-moi la paix ! s'impatienta la Mirobolante qui, encore tout ensommeillée, était de fort méchante humeur. J'ai déjà exaucé votre souhait du jour.

– Ah, bon ! répondit Cyril. Je ne vois pas.

– Tu ne te rappelles donc pas ? fit la fée des sables sur un ton encore plus désagréable. Hier matin, tu m'as prié d'exaucer vos vœux, au moment où vous les formuliez et où que vous vous trouviez, et j'ai dit oui. Eh bien, tu as émis un souhait, ce matin, il me semble ?

– Oh, vraiment ? interrogea Robert. Qu'est-ce que c'est ?

– Vous avez tous oublié ? s'étonna-t-elle en commençant à s'enfouir dans le sable. Peu importe d'ailleurs ! Vous le saurez bien assez tôt. Et amusez-vous bien ! Vous auriez tout de même pu réfléchir un peu à quoi vous vous engagiez ! Une fameuse idée que vous avez eue là !

– C'est comme ça tous les jours ! remarqua Jane tristement.

Chose étrange, nul n'arrivait à se rappeler que l'un d'entre eux eût exprimé un désir quelconque ce matin-là. L'imprudent « Ah si seulement… » de Cyril à propos des Peaux-Rouges n'avait laissé aucune trace dans les esprits. Ce fut une matinée très agitée. L'inquiétude était à son comble. Chacun essayait en vain de se rappeler qui avait souhaité quoi, et s'attendait à ce qu'une catastrophe épouvantable se produise d'une minute à l'autre. A en croire les paroles de la Mirobolante, le choix du jour n'avait pas été très judicieux, il s'en fallait de beaucoup. Les enfants passèrent donc plusieurs heures à se ronger les sangs, dans une incertitude torturante. Il était déjà presque l'heure de dîner quand Jane trébucha sur *Le Dernier des Mohicans* qui traînait par terre. Anthea se précipita pour relever sa petite sœur et ramasser le livre. Elle étouffa bientôt un cri :

– Oh, Pussy, c'est horrible ! Je me rappelle maintenant. Des Peaux-Rouges ! C'est ça qu'il a souhaité ! Oui, tu te souviens, Cyril, pendant le petit déjeuner ! Il a dit : « Si seulement il pouvait y avoir des Peaux-Rouges en Angleterre ! » Et maintenant, ils sont là, et il y a de fortes chances pour qu'ils se mettent à scalper les gens à travers tout le pays !

– Peut-être qu'il y en aura seulement dans le Northumberland et dans le comté de Durham, fit doucement Jane.

Vous l'aurez sûrement remarqué, plus les gens vivent loin de vous, plus leur souffrance semble irréelle. Eh bien, dans l'esprit de la petite Jane, être scalpé aux confins de l'Angleterre ne pouvait faire bien mal.

– Tu n'y crois donc pas ? s'exclama Anthea. La Mirobolante a pourtant bien dit que nous nous étions engagés dans une vilaine affaire... Ce qui signifie qu'ils vont venir ici. Suppose qu'ils scalpent le Chérubin !

– Peut-être les cheveux repousseront-ils au coucher du soleil ? suggéra Jane, sur un ton toutefois moins confiant qu'à l'ordinaire.

– Sûrement pas ! répliqua Anthea avec vivacité. Les produits de nos vœux ne s'envolent pas en fumée. Rappelle-toi les quinze shillings ! Ils n'ont pas disparu. La guinée du vieil homme qui nous avait emmenés à

Rochester non plus. Écoute, Pussy, je vais tenter quelque chose… Il faut que tu me donnes jusqu'à ton dernier penny. Tu ne comprends donc pas que les Indiens vont venir ici ? Cette méchante fée des sables l'a laissé entendre. Allons, viens ! Tu as deviné mon plan ?

Jane n'avait pas la moindre idée de ce que sa sœur racontait, mais elle la suivit docilement jusqu'à la chambre de leur mère.

Il y avait là un broc très lourd décoré d'un motif de cigognes et d'herbes aquatiques, qui devait rester à jamais gravé dans la mémoire d'Anthea. La fillette descendit le pot à eau de son perchoir, l'emporta dans le cabinet de toilette et le vida soigneusement dans le tub. Après quoi, revenue dans la chambre, elle le jeta à terre. Vous l'avez déjà sûrement constaté, quand un broc de faïence tombe accidentellement, en général, il se brise. Il en va tout autrement si on le laisse tomber *exprès*. A trois reprises, Anthea flanqua le pot à eau par terre. En vain ! Il ne voulait pas se casser. Aussi finit-elle par se résoudre à prendre un des embauchoirs de son père et à en frapper le broc – froidement et sans le moindre état d'âme – jusqu'à le démolir.

Ensuite, à l'aide du tisonnier, elle ouvrit le tronc pour les missions étrangères qui y était dissimulé. Jane, bien entendu, lui fit remarquer que c'était très mal, mais Anthea, les lèvres serrées, rétorqua :

– Ne sois donc pas stupide ! C'est une affaire de vie ou de mort.

Il n'y avait pas grand-chose dans le tronc : seulement sept shillings et quatre pence. Mais les deux sœurs possédaient, à elles deux, près de quatre shillings, ce qui faisait en tout plus de onze shillings, comme vous pouvez le vérifier.

Anthea noua l'argent dans un coin de son mouchoir et se précipita à la ferme, toujours suivie de Jane. Elle savait que le fermier se rendait cet après-midi-là à Rochester. En fait, il était convenu entre eux qu'il emmènerait les enfants en ville contre la somme de deux shillings par personne. A vrai dire, ce projet était né dans une heure de gloire, quand ils espéraient encore tous les quatre obtenir de la fée des sables cent livres sterling en pièces de deux shillings. A présent, il fallait qu'Anthea explique au fermier qu'à la suite d'un empêchement imprévu ils ne pourraient venir, mais acceptait-il, en échange, de prendre dans sa carriole Martha et le bébé ? L'homme y consentit, bien que passablement contrarié de ne recevoir qu'une couronne et demie au lieu des huit shillings escomptés.

Après quoi, les filles rentrèrent en toute hâte à la maison. Bien que très agitée, Anthea était étonnamment lucide. Quand, plus tard, il lui arriverait de repenser à cette histoire, ce serait toujours pour constater qu'elle avait décidément fait preuve de la clairvoyance et de la rapidité d'action d'un vrai général des armées. Notre héroïne alla donc droit à son tiroir secret, y prit une petite boîte et s'en fut trouver Martha qui, occupée à mettre le couvert, ne semblait pas de très bonne humeur.

– Bon, Martha, je voulais te dire…, commença-t-elle. J'ai cassé le pot à eau qui se trouvait dans la chambre de Mère.

– Ça vous ressemble bien, toujours à manigancer quelque mauvais tour ! maugréa Martha en envoyant promener brutalement une salière.

– Ne te fâche pas, ma bonne Martha, implora Anthea. J'ai assez d'argent pour en acheter un autre… si seulement tu voulais bien être un amour et le faire à ma place ! Tu m'as bien dit que tes cousins tenaient un magasin de porcelaine à Rochester, n'est-ce pas ? J'aimerais bien que tu ailles le chercher aujourd'hui, au cas où Mère reviendrait à la maison demain. Tu te souviens ? Elle nous a écrit que ce n'était pas impossible.

– Je croyais que vous deviez aller tous les quatre en ville cet après-midi, rétorqua Martha.

– On n'en a plus les moyens, puisqu'on doit acheter un nouveau pot à eau, expliqua Anthea. Mais si tu emmènes le Chérubin avec toi, on payera ton aller-retour en carriole, on a juste assez. Écoute, Martha, si tu veux bien aller à Rochester, je te promets que je te donnerai ma boîte de chez Liberty. Je suis sûre que tu n'en verras jamais d'aussi jolie – elle est tout incrustée d'argent, d'ivoire et d'ébène comme le temple du roi Salomon.

– J'vous vois v'nir, répliqua Martha. Non, non, je ne veux pas de votre belle boîte, mam'zelle. En fait, vous n'avez qu'une idée en tête : vous débarrasser du Chérubin pour l'après-midi ! N'allez tout de même pas vous imaginer que je ne lis pas dans vos pensées !

C'était si vrai qu'Anthea eut envie de le nier sur-le-champ. Une domestique n'était pas censée en savoir autant sur ses petits maîtres. Toutefois, la petite fille préféra tenir sa langue.

Martha posa – ou plutôt flanqua – le pain sur la table avec une telle brusquerie que le couteau-scie sauta en l'air.

– Il me faut le pot à eau aujourd'hui, insista doucement Anthea. Tu iras l'acheter, n'est-ce pas ?

– Bon, j'irai, maugréa Martha. Va pour cette fois-ci ! Mais gare à vous si vous profitez de mon absence pour faire encore une de vos abominables bêtises. Tenez-vous-le pour dit !

– Le fermier part plus tôt que je ne pensais, reprit Anthea avec impatience. Tu ferais mieux de te dépêcher, Martha. Va vite mettre ta belle robe violette, ton chapeau orné de centaurées roses et ton col de dentelle jaune ! Pendant ce temps, Jane finira de mettre le couvert et, moi, je ferai la toilette du Chérubin et je l'habillerai.

Tout en débarbouillant le Chérubin, qui s'y prêtait de bien mauvaise grâce, et en lui enfilant à la hâte ses plus beaux habits, Anthea jetait de temps à autre un petit coup d'œil par la fenêtre. Dieu merci, pour l'instant, tout se passait bien : pas le moindre Peau-Rouge en vue, semblait-il !

Quelques minutes plus tard, Martha et le bébé quittaient la maison, avec tant de hâte et de précipitation que le teint déjà vermeil de la gouvernante en avait presque viré au pourpre ! Anthea poussa un grand soupir de soulagement.

– Il est sauvé ! s'écria-t-elle avant de se jeter à terre et d'éclater en sanglots, au grand effroi de Jane.

Celle-ci ne parvenait pas à comprendre comment une personne ayant fait preuve d'une bravoure aussi héroïque que sa sœur pouvait ainsi s'effondrer d'un seul coup et se dégonfler en quelque sorte comme un ballon de baudruche qui vient de crever. Bien entendu, il aurait mieux valu qu'elle ne s'effondre pas, mais vous noterez tout de même qu'Anthea ne se laissa aller qu'une fois son objectif atteint. Maintenant que le Chérubin était hors de danger (elle en était certaine, car la carriole du fermier ne rentrerait pas avant le coucher du soleil, et les Peaux-Rouges – qui ne manqueraient pas d'encercler la maison – auraient alors disparu), elle pouvait se permettre de pleurer un peu. D'ailleurs, c'était aussi des larmes de joie qu'elle versait, devant le sentiment du devoir accompli. Elle pleura pendant près de trois minutes. Pendant ce temps, Jane la couvrait de pitoyables baisers en répétant toutes les cinq secondes :

– Ne pleure plus, ma chère petite Panthère !

Après quoi, Anthea sauta sur ses pieds, se frotta si fort les yeux avec le coin de son tablier qu'ils restèrent rouges jusqu'à la fin de la journée, et elle s'en fut tout raconter à ses frères. A peine avait-elle ouvert la bouche qu'on sonna la cloche du dîner. Bon gré, mal gré, l'impatiente fillette dut remettre son récit à plus tard. Il lui fallut attendre que la cuisinière ait quitté la pièce après les avoir servis tous les quatre de hachis pour pouvoir reprendre la parole. Mais, sachez-le, c'est une grave erreur de raconter une histoire palpitante à des auditeurs occupés à manger du hachis et des pommes de terre bouillies. Était-ce le simple fait de manger ? Était-ce le prosaïsme de la nourriture ? Reste que, dans ce contexte, la seule idée des Peaux-Rouges semblait stupide, voire inconcevable. Les garçons ne firent qu'en rire et traitèrent même Anthea de petite sotte.

– En fait, déclara Cyril, je suis presque sûr que Jane a prononcé un vœu *avant* moi. Elle a dit : « Je voudrais que la journée soit belle. »

– J'ai dit ça *après*, répliqua sèchement Jane.

– Voyons, si le vœu, c'était des Indiens…, continua Cyril. Je voudrais du sel, s'il vous plaît, et aussi de la moutarde. J'ai absolument besoin de quelque chose pour faire passer cette infâme mixture… Si c'était des Indiens, donc, ils auraient envahi la région depuis un bon bout de temps, vous le savez aussi bien que moi. Je suis sûr que c'est le vœu de Jane qui a été exaucé. La journée est belle, non ?

– Alors pourquoi la Mirobolante aurait-elle dit qu'on s'était embarqués dans une bien vilaine affaire ? demanda Anthea, au comble de l'agacement.

Elle savait qu'elle avait agi avec autant de noblesse que de discrétion et trouvait d'autant plus rude de se voir traitée de petite sotte. Sans compter que l'effraction de la tirelire et le vol des sept shillings et quatre pence en pièces de deux sous pesaient lourd sur sa conscience.

Cyril n'eut pas le temps de répondre : la cuisinière venait d'entrer. Tandis qu'elle débarrassait la table, emportait à la cuisine les assiettes de hachis, et revenait avec le pudding à la mélasse, les enfants gardèrent le silence. Mais à peine se fut-elle retirée que Cyril reprit son discours :

— Bien entendu, admit-il, je ne veux pas dire que c'était une mauvaise idée de mettre Martha et le bébé à l'abri mais, pour en revenir aux Peaux-Rouges, vous savez parfaitement que la fée des sables exauce toujours nos vœux sur-le-champ. S'il devait y avoir des Indiens, ils seraient là depuis longtemps.

— Je pense qu'ils sont là, répliqua Anthea. Ils doivent être tapis quelque part dans le sous-bois, et tu le sais mieux que personne. Si tu veux mon avis, tu es le frère le plus infâme qui ait jamais existé !

— Les Indiens font presque toujours ça, n'est-ce pas ? Ils aiment bien se cacher ? intervint Jane, soucieuse de rétablir la paix.

— Non, pas du tout, répondit Cyril sur un ton revêche. Et je n'ai rien de désagréable, encore moins d'infâme, je dis seulement la vérité. J'affirme, oui, j'affirme que c'était nul de casser le pot à eau. Quant au tronc pour les missions étrangères, je crois bien, Anthea, que tu as commis là un crime de haute trahison. On te pendrait pour ça que je n'en serais pas étonné. Mais rassure-toi, va, aucun de nous trois ne te dénoncera !

– Ferme ton clapet ! lui intima Robert.

Cyril en était incapable. Voyez-vous, il sentait bien tout au fond de lui que, si les Indiens débarquaient, il en porterait l'entière responsabilité, aussi trouvait-il plus commode de ne pas y croire. Mais quand on s'efforce de nier l'existence de choses ou d'êtres dont on sait pertinemment qu'ils existent, on n'est pas très enclin à la bonne humeur, c'est le moins qu'on puisse dire.

– Cessez donc de parler des Indiens, c'est tout bonnement idiot ! Vous voyez bien que la fée des sables a exaucé le vœu de Jane. Il fait vraiment un temps splendide ! … Oh !

Cyril venait de se tourner vers la fenêtre pour montrer aux autres le bleu – à vrai dire, irréprochable – du ciel, quand il se pétrifia littéralement sur place dans un silence qu'aucun de ses frère et sœurs n'osa briser. Parmi les feuilles rouges de la vigne vierge avait surgi un visage très brun, avec un long nez, une petite bouche cruelle et des yeux étincelants qui semblaient bel et bien les épier. Ce visage, encadré d'une longue chevelure noire piquée de plumes, était peinturluré de différentes couleurs.

Les quatre enfants restèrent bouche bée. Sur les assiettes le pudding à la mélasse refroidissait. Personne ne bougeait.

Tout à coup la tête coiffée de plumes disparut. L'enchantement était rompu. Je suis désolée d'être obligée de dire que les premières paroles d'Anthea furent moins des paroles de général en chef que des paroles de fille :

– Vous voyez ! s'écria-t-elle. Je vous l'avais bien dit !

Dès lors, le pudding à la mélasse avait perdu tout attrait. Après avoir enveloppé leurs parts respectives dans des feuilles de papier journal – en l'occurrence, un numéro de *Spectator* vieux de deux semaines –, les enfants les dissimulèrent derrière la garniture du poêle, et filèrent à l'étage pour reconnaître le terrain et tenir conseil.

– Je veux faire la paix, déclara généreusement Cyril quand ils se retrouvèrent dans la chambre de leur mère. Panthère, pardonne-moi si je me suis comporté avec toi comme une brute.

– Bon, d'accord, je te pardonne. Mais tu vois le résultat !

Cependant, des fenêtres de l'étage, ils ne distinguaient aucune autre trace de la présence des Indiens.

– Eh bien, lança Robert, qu'allons-nous faire ?

– J'ai une idée, répondit Anthea, désormais tacitement reconnue comme l'héroïne du jour. Si on se déguisait, le mieux possible, en Indiens ? On pourrait se montrer à la fenêtre ou même carrément sortir dehors, et peut-être que les Peaux-Rouges s'imagineraient que nous sommes les chefs tout-puissants d'une importante tribu du voisinage et... et n'oseraient pas toucher à un seul cheveu de nos têtes, par crainte d'une terrible vengeance !

– Mais Élisa ? Et la cuisinière ? demanda Jane.

– Tu as encore oublié ? Elles ne peuvent rien remarquer. Même si on les scalpait ou qu'on les faisait rôtir à petit feu, elles ne s'apercevraient de rien.

– Mais est-ce qu'elles garderaient des traces de leurs blessures ?

– Évidemment, répondit Cyril, on ne peut pas être scalpé ou brûlé vif impunément, même si on n'a rien senti sur le coup. Mais sois tranquille, Jane, de toute façon, elles guériraient au coucher du soleil. Je crois que l'idée d'Anthea est excellente, mais il nous faudrait une énorme quantité de plumes.

– Je vais aller au poulailler, annonça résolument Robert. J'ai remarqué qu'une des dindes était un peu malade. Je crois que je pourrai lui couper les plumes sans qu'elle s'en rende vraiment compte. Elle ne va pas bien du tout, elle a l'air indifférente à tout ce qui peut lui arriver. Passez-moi les ciseaux de jardin, s'il vous plaît.

Une petite mission de reconnaissance, rondement menée, les convainquit tous qu'il n'y avait pas d'Indiens dans la basse-cour. Robert entra dans le poulailler pour en revenir cinq minutes plus tard, tout pâle, mais les bras chargés de plumes.

– Écoutez-moi, l'heure est grave. J'ai donc coupé les plumes de la dinde mais, quand j'ai voulu sortir du poulailler, j'ai vu un Indien qui m'espionnait, tapi sous la vieille cage à poules. J'ai brandi mes plumes en hurlant et je me suis enfui avant même qu'il ait pu s'extraire de sa cachette. Panthère, prends toutes les couvertures de couleur de nos lits, et vite !

Il suffit vraiment de peu de choses pour vous transformer en Peaux-Rouges : quelques couvertures bariolées, des écharpes de couleur vive, une belle provision de plumes... et le tour est joué ! Évidemment, aucun des quatre enfants n'avait de longs cheveux noirs, mais le calicot noir qui servait à recouvrir les livres de classe et qu'ils trouvèrent en abondance fit parfaitement l'affaire. Ils y découpèrent de larges bandes qu'ils attachèrent autour de leurs têtes à l'aide des rubans jaunes empruntés aux robes du dimanche des filles, prenant soin de laisser dépasser une espèce de frange, ma foi très réussie. Après quoi, ils fixèrent les plumes sur les rubans avec de la colle. Le tissu imitait vraiment bien les cheveux, surtout quand les bandes découpées commencèrent à onduler un peu.

– Mon Dieu ! Nos figures ! s'écria alors Anthea. Elles n'ont pas du tout la couleur qu'il faut ! Nous sommes tous les quatre plutôt pâles, en particulier Cyril qui a vraiment un teint de papier mâché, on se demande pourquoi...

– C'est pas vrai, rétorqua-t-il.

– Les vrais Indiens qu'on a vus dehors, se hâta d'intervenir Robert, semblent avoir la peau brune. Mais, à mon avis, il vaudrait mieux que nous soyons carrément rouges. Quand on est indien, c'est un signe de supériorité d'avoir la peau rouge.

Il semblait difficile de trouver dans la maison un rouge plus rouge que l'ocre rouge utilisée par la cuisinière pour le sol de briques de la cuisine. Les enfants la mélangèrent donc dans une soucoupe à un peu de lait, comme ils l'avaient déjà vu faire, après quoi ils s'enduisirent mutuellement les mains et le visage de cette solution. A la fin de la séance, ils étaient au moins aussi rouges qu'un Peau-Rouge digne de ce nom, peut-être même plus rouges encore.

Ils purent tout de suite vérifier que leur déguisement était très réussi, car la première personne qu'ils croisèrent dans le couloir poussa un hurlement de frayeur en les apercevant, hommage spontané qui les enchanta littéralement.

– Ne sois pas bête, Élisa ! s'écrièrent-ils sans ralentir leur allure. Ce n'est qu'un jeu !

Et voilà nos quatre brigands, drapés dans des couvertures bariolées et plumetés à souhait – plus Peaux-Rouges que nature ! –, qui se précipitent avec une belle audace dehors, à la rencontre de l'ennemi ! « Avec une belle audace », ai-je dit mais, en fait, c'était uniquement parce que cela sonnait bien. Bon, bref, quoi qu'il en soit, ils sortirent.

Ce fut pour découvrir, le long de la haie qui séparait le jardin proprement dit du parc à l'état sauvage, une longue rangée de têtes sombres hérissées de hautes plumes !

– A mon avis, chuchota Anthea, il ne faut surtout pas attendre qu'ils nous attaquent froidement. Faisons plutôt comme si nous étions les plus forts, c'est peut-être notre seule chance d'en sortir. Vous vous rappelez ce jeu de cartes où l'on fait semblant d'avoir des as quand on n'en a pas. On appelle ça « bluffer », je crois. Eh bien, bluffons ! Allons-y ! Whou ! whou ! whou !

Et, poussant quatre sauvages cris de Sioux – c'était en tout cas la copie la plus convaincante que pouvaient en donner, au pied levé, des enfants anglais –, nos quatre têtes brûlées, franchissant la grille au grand galop, s'immobilisèrent dans une posture de guerriers en face des Peaux-Rouges. Ces derniers étaient tous à peu près de la même taille, celle de Cyril.

– J'espère au moins qu'ils savent parler anglais ! soupira le garçon, toujours figé sur place.

Anthea n'avait aucun doute à ce sujet, bien qu'elle ignorât parfaitement d'où lui venait cette certitude. Une serviette de toilette blanche attachée à l'extrémité d'une canne lui tenait lieu de drapeau parlementaire, et elle agitait ce drapeau dans l'espoir que les Indiens comprendraient son message. Apparemment, ils le comprenaient, car l'un d'eux – le plus brun du groupe – s'avança vers eux.

– Voulez-vous que nous nous réunissions pour discuter ? demanda-t-il dans un anglais impeccable. Je suis Aigle d'Or, de la puissante tribu des Kwakiutis.

– Et moi, répondit Anthea, sous le coup d'une soudaine inspiration, je suis Panthère Noire, chef de la… la… la… tribu des Mazawettis. Mes frères… enfin non… enfin si… je veux dire ma tribu est embusquée au pied de la colline, là-bas…

– Et qui sont ces puissants guerriers ? interrogea Aigle d'Or en se tournant vers les autres.

Cyril se présenta comme le grand chef Écureuil de la tribu des Micmacs et, voyant que Jane suçait son pouce et ne saurait manifestement pas se trouver un nom, il ajouta :

– Ce grand guerrier est Chat Sauvage, plus couramment appelé Pussy Ferox, chef de la grande tribu des Phiteezis.

– Et toi, valeureux Peau-Rouge ? questionna Aigle d'Or en s'adressant soudain à Robert qui, pris au dépourvu, ne put que répondre qu'il était Bob, chef de la police montée.

– Et maintenant, dit Panthère Noire, sachez que nos tribus surpassent de beaucoup en nombre vos misérables effectifs. Au plus petit signal de notre part, elles accourront. Aussi toute résistance est-elle inutile. Par conséquent, retournez sur les terres de vos ancêtres, ô frères, allez fumer le calumet de la paix dans vos wigwams avec vos squaws et vos guérisseurs, mettez vos plus beaux habits, et régalez-vous joyeusement de juteux bisons fraîchement tués !

– N'importe quoi, marmonna Cyril avec colère.

Mais Aigle d'Or se contenta de lui jeter un regard interrogateur.

– Vos coutumes sont différentes des nôtres, ô Panthère Noire, répondit-il. Fais venir ceux de ta tribu pour que nous puissions tenir conseil en leur présence, comme les grands chefs ont coutume de le faire.

– Nous les ferons venir bien assez tôt avec leurs arcs et leurs flèches, leurs tomahawks et leurs couteaux, et tout ce que vous pouvez imaginer – du moins, si vous ne partez pas sur-le-champ.

Anthea avait beau faire montre d'un certain courage, les enfants, maintenant encerclés, sentaient leur cœur battre plus violemment et leur respiration devenir plus saccadée, à mesure que les Peaux-Rouges se rapprochaient dans un murmure menaçant : ils se trouvaient désormais au milieu d'une foule de visages sombres et cruels.

– Ça ne marche pas, chuchota Robert. Je savais bien que ça ne marcherait pas. Il faut absolument qu'on essaye de filer jusqu'à la sablière. La fée pourrait nous aider et, si elle ne veut pas ou ne peut pas, eh bien, je suppose qu'on ressuscitera tout de même au coucher du soleil, avec ou sans cuir chevelu. A propos, je me demande si ça fait aussi mal qu'on le dit d'être scalpé.

– Je vais agiter à nouveau le drapeau, dit Anthea. S'ils s'arrêtent, on en profitera pour nous enfuir.

Sur ce, elle agita la serviette qui faisait office de drapeau parlementaire et, comme elle l'escomptait, le grand chef ordonna à ses compagnons d'armes de stopper leur avancée. Alors les enfants, repérant l'endroit où les Indiens étaient les moins nombreux, chargèrent, renversèrent sur leur passage une demi-douzaine d'Indiens et enjambèrent leurs corps enveloppés de couvertures pour filer tout droit à la sablière.

Cette fois-ci, vu l'urgence de la situation, il était hors de question qu'ils empruntent le chemin habituel, plus commode et plus sûr – celui qu'utilisaient les carrioles. Seigneur ! Si vous les aviez vus dévaler les pentes comme des sauvages, écrasant les fleurs jaunes et mauves et les herbes sèches, déboulant sans vergogne devant les petites portes d'entrée des petites maisons des petites hirondelles de mer… Et que j'saute, et que j'm'accroche, et que j'bondis, et que j'trébuche, et que j'm'étale, et pour finir, roule, roule, roule… jusqu'en bas !

Aigle d'Or et ses compagnons d'armes les rattrapèrent à l'endroit précis où, le matin même, ils avaient rencontré la fée des sables. Vaincus et hors d'haleine, les enfants attendaient de connaître leur sort. Autour d'eux étincelaient des couteaux et des haches aiguisés. Mais la cruelle lumière qui brillait dans les yeux d'Aigle d'Or et des siens les terrorisait davantage encore.

– Tu nous as menti, ô Panthère Noire de la tribu des Mazawettis. Et toi aussi, Écureuil de la tribu des Micmacs ! Ceux-là aussi, ajouta Aigle d'Or, en désignant Pussy Ferox de la tribu des Phiteezis et Bob de la police montée. Vous avez tous menti en vous abritant derrière le drapeau parlementaire des Visages-Pâles. Vous n'avez pas de compagnons d'armes. Vos tribus sont loin, très loin d'ici, sans doute sur le sentier de la chasse. Comment doivent-ils périr ? conclut-il en se tournant avec un sourire mauvais vers les autres Peaux-Rouges.

– Allumons un feu ! s'exclamèrent ces derniers.

Aussitôt, une douzaine de volontaires se mirent en quête de combustible. Pendant ce temps, les enfants, chacun dûment encadré par deux solides petits Indiens, lançaient autour d'eux des regards désespérés. Ah, si seulement la fée des sables pouvait apparaître !

– Avez-vous l'intention de nous scalper avant de nous brûler vifs ? demanda Anthea.

– Bien entendu, c'est la coutume, répliqua le Peau-Rouge en la regardant bien en face.

Les Indiens, qui entre-temps avaient encerclé les enfants, s'étaient assis pour contempler leurs prisonniers dans un silence lourd de menaces.

Ce fut alors que nos quatre malheureux amis virent revenir, très lentement, par groupes de deux ou de trois, les Indiens partis à la recherche de combustible. Ils avaient les mains vides. Ils n'avaient pu trouver un seul petit morceau de bois pour allumer le feu. Et je défie quiconque de faire mieux dans cette partie du Kent.

Les enfants poussèrent un grand soupir de soulagement… qui s'acheva en cri de terreur. Tout autour d'eux, on brandissait des couteaux étincelants. Quelques minutes plus tard, ils se sentirent empoignés chacun par un Indien. Ils fermèrent les yeux et se firent violence pour ne pas crier, dans l'attente d'une douleur fulgurante qui ne venait pas. Elle ne vint jamais. Un instant plus tard, on les relâcha. Ils tombèrent les uns sur les autres, petit troupeau tremblant. Étrangement, leur tête ne les faisait pas souffrir, ils avaient seulement un peu froid. De sauvages cris de guerre résonnaient toujours à leurs oreilles. Quand ils se risquèrent à rouvrir les yeux, ils virent quatre de leurs ennemis danser, sauter, bondir, hurler en brandissant une longue chevelure noire flottant au vent : leur scalp ! Ils portèrent leurs mains à leur tête : leur propre chevelure était toujours là, miraculeusement intacte ! Ces pauvres naïfs les avaient bien scalpés, mais ils leur avaient seulement arraché, si l'on peut dire, leurs perruques de calicot noir !

Nos quatre amis tombèrent dans les bras les uns des autres, riant et sanglotant tout à la fois.

– Leurs scalps sont à nous, chantait le chef. Mal implantées, leurs infortunées chevelures sont tombées entre les mains des vainqueurs. Sans lutter, sans résister, ils ont cédé leurs scalps aux grands conquérants de la tribu des Kwakiutis ! Bien faible est la valeur d'un scalp aussi facilement gagné !

– Ils vont s'emparer de nos vrais scalps d'ici quelques minutes. Vous allez voir, je vous le parie ! s'écria Robert, tentant d'ôter l'ocre rouge qui lui barbouillait le visage et les mains.

– Nous avons été frustrés d'une juste et féroce revanche, continuait de chanter le chef, mais il est d'autres tourments que le couteau et le feu. Être brûlé vif à petit feu est pourtant le châtiment qui convient. O étrange pays contre-nature où un homme ne peut trouver le moindre morceau de bois pour brûler son ennemi ! Ah, comme j'aspire aux immenses forêts de ma terre natale qui fournissent en abondance le combustible nécessaire ! Ah, si nous pouvions nous retrouver une fois encore dans la forêt de nos pères !

A peine le chef indien s'était-il tu qu'en un éclair, les sombres silhouettes avaient fait place au gravier étincelant de la sablière. Tous les Indiens avaient disparu. La Mirobolante avait dû rester là toute la journée. Et elle avait exaucé le chef indien.

Martha rapporta de son expédition à Rochester un pot à eau orné du même motif de cigognes et d'herbes aquatiques que le précédent. Et par-dessus le marché, elle rendit à Anthea la totalité de l'argent que celle-ci lui avait confié.

– Ma cousine, al' m'a donné la cruche pour rien. L'a dit qu'c'était un modèle dépareillé invendable, cause que la cuvette assortie s'est cassée en mille morceaux.

– Oh, Martha, tu es un amour ! s'écria Anthea en lui jetant les bras autour du cou.

La gouvernante eut un petit rire sous cape.

– Oui, oui, vous avez raison, ma jolie, profitez ben d'moi tant qu'je suis là. Car dès que vot' m'man s'ra d'retour, j'lui donnerai mon congé.

– Oh, Martha, on n'a tout de même pas été abominables à ce point avec toi, n'est-ce pas ? demanda Anthea, consternée.

– C'est point ça, mam'zelle, répondit-elle en gloussant de plus belle. J'allons marier un gars. C'est Beale, le garde-chasse. Y m'a fait une demande en règle le jour que vous êtes rentrés du presbytère après avoir passé la nuit enfermés dans la tour de l'église et, d'puis ce temps-là, l'est rev'nu sans cesse à la charge. Aujourd'hui, j'avons prononcé l'mot et fait d'lui un homme heureux.

II

L'ultime souhait

Le lecteur qui vient de prendre connaissance du titre de mon onzième (et dernier) chapitre a évidemment compris qu'il sera question ici du vœu de la dernière chance.

Ce n'était certes pas le cas de nos amis. Ils ne s'en doutaient pas le moins du monde ; ils avaient même la tête remplie de perspectives on ne peut plus souriantes. Si, les jours précédents, il leur avait semblé extraordinairement difficile d'imaginer ce qu'il pouvait y avoir de plus souhaitable au monde, à présent quantité d'idées toutes plus magnifiques – et plus raisonnables ! – les unes que les autres se pressaient dans leur cerveau bouillonnant. « C'est toujours comme ça ! » ferait observer Jane par la suite.

Ce matin-là, ils s'étaient levés beaucoup plus tôt que de coutume, et la cloche du petit déjeuner n'avait pas encore sonné qu'ils étaient déjà dans le jardin à discuter de leurs projets avec un entrain plein de confiance. La vieille idée des cent livres en pièces ayant cours était toujours la favorite, mais elle était maintenant concurrencée par d'autres, en particulier l'idée baptisée : « A chacun son poney », qui avait le mérite d'être très économique. Ils pourraient en effet monter leurs poneys toute la journée jusqu'au coucher du soleil et les redemander le lendemain matin, sans avoir à débourser quoi que ce soit pour le fourrage et l'écurie.

Or, pendant le petit déjeuner, il arriva une lettre qui suscita des acclamations enthousiastes et balaya sur-le-champ les idées de vœux d'avant-le-thé-du-matin. C'était une lettre de leur mère annonçant que, la santé de Grand-Mère s'étant rétablie, elle espérait être de retour dans l'après-midi. Il leur sembla évident à tous les quatre qu'il fallait cette fois imaginer un souhait répondant aux désirs de leur mère et non aux leurs.

– Je me demande ce qui lui ferait le plus plaisir, dit pensivement Cyril.

– Elle aimerait qu'on soit tous sages et obéissants, répondit Jane d'une voix de petite fille sage-et-obéissante.

– Oui, sans doute, renchérit Cyril, mais quel ennui ! En outre, a-t-on vraiment besoin d'une fée des sables pour ça ? Ce serait tout de même dommage, vous ne croyez pas ? Non, non, Jane, ce n'est pas une bonne idée. Il faut que ce soit quelque chose de magnifique, quelque chose qu'il soit impossible d'obtenir sans l'intermédiaire de la Mirobolante…

– Attention ! avertit Anthea. Tu as déjà oublié ce qui s'est passé hier ? Rappelle-toi, il suffit maintenant qu'on dise « Je veux » pour que nos vœux soient exaucés, où que nous nous trouvions. N'allons pas nous embarquer une fois de plus – aujourd'hui en particulier ! – dans une histoire insensée !

– Bon, très bien, fit Cyril. Mais tu n'as pas à nous faire la morale.

Martha entra alors avec un pot d'eau chaude pour le thé et, pour les enfants, un air pénétré d'importance.

– Une vraie bénédiction qu'on soit tous en vie pour manger nos p'tits déjeuners ! déclara-t-elle d'un air sombre.

– Qu'est-ce que tu racontes ? Que s'est-il passé ?

– Oh, rien, répondit négligemment Martha, sauf que de nos jours, personne peut dormir su' ses deux oreilles sans être sûr de pas être assassiné dans son lit.

– Mais enfin, dit Jane, tandis qu'un délicieux frisson d'horreur lui parcourait le dos, puis les jambes pour aller lui chatouiller les orteils, est-ce que quelqu'un a vraiment été assassiné dans son lit ?

– Ma foi, pas exactement, répliqua la gouvernante, mais ils auraient aussi bien pu l'être. Paraît qu'y a eu des cambrioleurs – Beale vient tout juste de m'raconter ça – au manoir de Peasmarsh. Figurez-vous qu'ils ont pris tous les diamants, les bijoux et les trésors de Lady Chittenden, et que la malheureuse va de pâmoison en pâmoison. L'a pas plutôt retrouvé ses esprits qu'elle soupire : « Ciel, mes diamants ! » et s'évanouit à nouveau. Et Lord Chittenden qu'est loin, à Londres, vous pensez !

– Lady Chittenden, murmura Anthea. On l'a croisée une fois. Elle porte une robe de dentelle blanche, elle n'a pas d'enfants et elle ne peut pas souffrir ceux des autres.

– Oui, c'est elle, commenta Martha. Y a qu'la richesse qui l'intéresse et, comme vous le voyez, on peut pas dire qu'elle soit mal lotie sous c'rapport. Paraît qu'les diamants, les perles et tout l'fourbi y valaient des milliers et des milliers de livres. Y avait entre autres un collier, une rivière – peu importe c'que c'est ! – et des bracelets à l'infini, et même une tare, et des bagues en pagaille ! Mais bon, j'arrête, faut tout d'même pas que j'restons là à bavarder quand j'avons toute la maison à briquer avant l'retour de vot' m'man !

– Je ne vois pas du tout pourquoi cette Lady Chittenden devrait avoir autant de diamants ! s'exclama Anthea après le départ précipité de la gouvernante. C'est une dame plutôt déplaisante, je trouve. Et Mère, elle, n'a pas de diamants du tout et très peu de bijoux… Attendez, je réfléchis : le collier de topazes, la bague de saphir que Papa lui a offerte pour leurs fiançailles, l'étoile de grenat et le petit camée en perles qui contient une mèche de cheveux de notre arrière-grand-père. C'est tout, je crois.

– Quand je serai grand, annonça Robert, j'achèterai à Mère des diamants à n'en plus finir… enfin, si elle le désire. Je gagnerai tant d'argent comme explorateur en Afrique que je ne saurai plus qu'en faire.

– Ne serait-ce pas fabuleux, fit Jane d'une voix rêveuse si, en rentrant ici, Mère pouvait trouver toutes ces ravissantes choses, colliers, rivières de diamants, tares…

– Ti-ares, rectifia Cyril.

– Ti-ares – si tu veux –, bagues, bracelets, etc.

Les autres la fixèrent avec des yeux horrifiés.

– Eh bien, Mère va effectivement avoir tout ça. Je te signale que tu viens de faire un vœu, ma chère Jane, et que notre seule chance de nous en sortir maintenant, c'est de trouver la Mirobolante. Si elle n'est pas de trop mauvaise humeur, elle acceptera peut-être de nous accorder un autre vœu à la place. Sinon, eh bien, Dieu sait dans quel pétrin on sera ! On aura évidemment la police à nos trousses, et… Oh, ne pleure pas, petite idiote ! On te soutiendra. Père nous a souvent répété que nous n'avions rien à craindre du moment que nous ne faisions rien de mal et que nous disions toujours la vérité.

Cyril et Anthea n'en échangeaient pas moins des regards sombres. Ils n'avaient pas oublié leurs tentatives désespérées pour convaincre la police de l'authenticité de l'histoire de la Mirobolante.

C'était décidément un jour de malchance. La fée s'avéra bien entendu introuvable, les bijoux aussi, bien que les enfants eussent fouillé, à plusieurs reprises, et jusque dans les plus petits recoins, la chambre de leur mère.

Robert se frappa tout à coup le front.

– Que n'y ai-je pas pensé plus tôt ? Nous ne pouvons pas trouver les bijoux. Ce sera Mère, et Mère seulement, qui les découvrira. Peut-être se dira-t-elle qu'ils sont dans la maison depuis des années et ne s'interrogera-t-elle pas sur leur provenance ?

– Oh, oui ! s'écria Cyril d'un ton méprisant. En ce cas, Mère sera une receleuse de marchandises volées, et tu sais bien qu'on peut difficilement faire pis !

De nouvelles recherches, pourtant très approfondies, à la sablière se révélèrent tout aussi infructueuses : la Mirobolante restait introuvable. A pas lents, les enfants reprirent tristement le chemin de la maison.

– Ça m'est égal, affirma résolument Anthea, on dira la vérité à Mère, elle rendra les bijoux, et tout s'arrangera.

– Ah, c'est ce que tu imagines ? soupira Cyril. Sérieusement, Anthea, tu t'imagines qu'elle va nous croire ? Personne au monde ne pourrait croire à cette histoire de fée des sables, à moins d'en avoir déjà vu une. Mère pensera qu'il s'agit d'un jeu ou, pire, elle se dira qu'on est devenus fous, et elle nous enverra à l'asile. Ça te plairait, ajouta-t-il en se tournant vers la malheureuse Jane, d'être enfermée dans une cage en fer avec des barreaux et des murs capitonnés, et rien d'autre à faire toute la journée que de te piquer des brins de paille dans les cheveux et d'écouter les hurlements et les délires des autres fous ? Mettez-vous bien ça dans la tête tous les trois : il est inutile d'en parler à Mère.

– C'est pourtant vrai, répliqua Jane.

– Oui, mais pas assez pour que les grandes personnes y croient, expliqua Anthea. Cyril a raison. Mettons des fleurs dans tous les vases et tâchons de ne plus penser aux diamants. Après tout, vous l'avez bien vu, les choses finissent toujours par s'arranger.

Ils garnirent donc de fleurs tous les vases et les pots qu'ils purent dénicher jusqu'à ce que la maison fût un véritable berceau de verdure. Il y avait des asters, des zinnias et même des roses rouges d'arrière-saison aux feuilles languissantes, celles qui poussaient contre le mur de la cour de l'écurie.

Martha n'avait pas encore terminé de débarrasser la table du dîner que Mère arriva pour être aussitôt la proie de huit bras affectueux. Il fut très difficile aux enfants de résister à la tentation de lui raconter immédiatement l'histoire de la fée des sables, car ils avaient pris depuis longtemps l'habitude de tout lui dire. Mais ils réussirent tout de même à garder leur secret.

De son côté, Mère, enchantée de voir la maison transformée en charmante charmille, avait quantité d'anecdotes à leur raconter – à propos de Grand-Mère, des pigeons de Grand-Mère, de l'âne boiteux de Tante Emma, etc. Maintenant qu'elle était de retour, tout semblait si naturel, si gai, si agréable que les enfants n'étaient pas loin de penser que, après tout, la fée des sables n'était peut-être qu'un rêve.

Mais, quand Mère s'avança vers l'escalier pour monter dans sa chambre et ôter son chapeau à brides, huit petits bras l'enlacèrent étroitement comme si, outre le Chérubin, elle n'avait qu'un seul enfant, en l'occurrence, une drôle de pieuvre.

– Ne montez pas, Maman chérie ! s'écria Anthea. Si vous le permettez, je porterai moi-même vos affaires là-haut.

– Je m'en charge, dit Cyril.

– Nous aimerions que vous veniez voir le rosier, intervint Robert.

– Oh, ne montez pas ! supplia une petite Jane à court d'arguments.

– Vous êtes absurdes, mes chéris, répondit Mère avec vivacité. Je ne suis tout de même pas encore si vieille que je ne puisse grimper jusqu'à mon cabinet de toilette pour ôter mon chapeau et me laver les mains, elles sont si sales !

Mère monta donc, suivie des enfants qui échangeaient des regards pleins de sombres pressentiments, et ôta son chapeau à brides – un très joli chapeau, vraiment, avec des roses blanches dessus –, après quoi elle alla droit à sa coiffeuse pour arranger ses beaux cheveux.

Sur la petite table de toilette, entre le baguier et le coussin à épingles, il y avait un petit écrin de cuir vert.

– Oh, mais c'est ravissant ! s'écria-t-elle en ouvrant la boîte.

C'était une bague – une grosse perle sertie de petits diamants étincelants comme autant de feux.

– D'où peut-elle bien venir ? chuchota Mère d'une voix rêveuse en la passant à l'annulaire gauche et en constatant qu'elle épousait parfaitement son doigt. Comment est-elle arrivée jusqu'ici ?

– Je ne sais pas, répondirent en chœur les enfants (soit dit en passant, ils ne mentaient pas).

– Père a dû dire à Martha de la mettre ici, déclara Mère, réfléchissant tout haut. Je descends le lui demander et je reviens.

Interrogée, la gouvernante, qui n'avait jamais vu et ne verrait jamais – et pour cause ! – cette bague, se défendit évidemment d'avoir posé le bijou sur la coiffeuse. Élisa et la cuisinière nièrent à leur tour.

Mère remonta dans sa chambre, à la fois intriguée et ravie. Mais quand elle ouvrit le tiroir de la coiffeuse et découvrit, dans une boîte triangulaire, un collier de diamants sans prix, bien que toujours intriguée, fascinée même, elle commença à s'inquiéter. Sa joie s'évanouit complètement lorsqu'elle alla ranger son chapeau dans la penderie où elle trouva une tiare et plusieurs broches. Ce n'était pas tout : au cours de la demi-heure qui suivit, elle vit encore surgir devant elle d'autres bijoux, cachés dans différents coins de la pièce.

Les enfants étaient de plus en plus mal à l'aise. Jane commençait même à renifler.

Mère la regarda d'un air grave.

– Jane, dit-elle, je suis sûre que tu sais quelque chose à ce sujet. Tu vas réfléchir un peu avant de parler et me dire la vérité.

– On a trouvé une fée des sables, répondit Jane, obéissante.

– Non, pas d'absurdités, s'il te plaît, la coupa Mère d'un ton cassant.

Cyril intervint alors :

– Ne fais pas la sotte, Jane. Écoutez, Mère, poursuivit-il comme un désespéré, nous n'avons jamais vu toutes ces choses, mais Lady Chittenden, du manoir de Peasmarsh, a été cambriolée la nuit dernière, on lui a volé tous ses bijoux. Peut-être que tout ça lui appartient ? A votre avis, est-ce possible ?

Les enfants poussèrent un grand soupir de soulagement. Ils étaient sauvés.

– Mais comment ces bijoux auraient-ils pu arriver ici ? Et pourquoi ? demanda Mère, qui était une personne pleine de bon sens. Il me semble que, pour des voleurs, il aurait été beaucoup plus facile – et plus sûr – de filer tout de suite avec le butin.

– Mettons qu'ils aient jugé préférable d'attendre le… le coucher du soleil, heu… je veux dire la tombée de la nuit pour emporter leur trésor. En dehors de nous, personne ne savait que vous reveniez aujourd'hui, Mère.

– Il faut que j'envoie immédiatement chercher la police, dit Mère d'un ton affolé. Oh, si seulement votre papa pouvait être ici !

– Ne vaudrait-il pas mieux attendre son retour ? questionna Robert, qui savait pertinemment que leur père ne rentrerait pas avant le coucher du soleil.

– Non, non ! s'écria Mère. Je ne veux pas attendre une minute de plus, je suis trop angoissée par tout ça.

« Tout ça » désignait la pile de boîtes à bijoux entassées sur le lit. Les enfants les rangèrent au fond de la penderie, et Mère ferma la porte à clef avant d'appeler la gouvernante.

– Martha, est-ce qu'une personne étrangère est entrée dans ma chambre en mon absence ? Je vous prie de me répondre en toute sincérité.

– Non, m'dame, répondit Martha en toute sincérité. En tout cas, c' que je veux dire…

La gouvernante s'arrêta net.

– Allons, Martha, l'encouragea gentiment sa maîtresse, je vois bien que quelqu'un est entré ici. Il faut me le dire tout de suite. N'ayez pas peur. Je suis sûre que vous n'avez rien fait de mal.

Martha éclata en sanglots.

– J'allions justement vous prévenir aujourd'hui, m'dame, que j'vous donnerai mon congé d'ici la fin du mois, cause que j'suis su'l'point d'rendre heureux un respectable jeune homme. Garde-chasse qu'il est d'son métier ; Beale, qu'y s'appelle, j'vous cacherai rien. Et aussi vrai que j'me tiens là, en face de vous… Vous comprenez, vous r'veniez si vite et sans crier gare, j'savions plus où donner d'la tête, et voilà-t-y pas que dans sa grande bonté, le Beale, y dit : « Martha, ma beauté », oui, « ma beauté », qu'il a dit… Oh, j'savons ben que j'suis point une beauté et qu'j'en ai jamais été une, mais vous savez comment sont les hommes et comment qu'y nous attrapent. Bon, j'poursuivons mon histoire : « Martha, qu'il a dit, j'pouvons pas supporter de t'voir t'échiner comme ça sans t'donner un coup de main. J'avons des bras costauds, faut en disposer, ma belle. » Et c'est comme ça qu'y m'a aidée à nettoyer les vitres. Mais l'est resté tout l'temps dehors, m'dam, tandis que j'étais dedans, parole d'Évangile, aussi vrai que j'respirons !

– Vous étiez donc tout le temps avec lui ? interrogea la maîtresse.

– Oui, da, répondit Martha, lui dehors et moi dedans, sauf l'temps d'aller quérir en bas un seau d'eau fraîche et la peau d'chamois que c'te souillon d'Élisa avait fourrée derrière la calandreuse[1].

---

1. Machine formée de cylindres, de rouleaux, et qui servait à fouler le linge.

– Bon, très bien, dit la mère des enfants. Je ne suis pas contente de vous, Martha, mais vous avez dit la vérité, c'est déjà quelque chose.

Après le départ de Martha, les enfants s'agrippèrent à leur mère.

– Oh, Maman chérie ! s'écria Anthea, ce n'est pas du tout la faute de Beale, il n'a absolument rien fait ! Beale est un ange ; je puis vous assurer, en toute sincérité, qu'il est honnête comme l'or. Ne laissez pas la police l'attraper, Maman ! Oh non, non, non, ne faites pas ça, je vous en prie !

C'était vraiment abominable. Un innocent se trouvait accusé de vol par la faute du stupide vœu de Jane, et il était parfaitement inutile de dire la vérité : Mère ne les aurait pas crus. Ils brûlaient du désir de tout avouer mais, à la seule pensée des brins de paille dans les cheveux et des hurlements frénétiques des aliénés de l'asile, ils ne pouvaient s'y résoudre.

– Y a-t-il une carriole dans les environs ? demanda Mère d'un ton fébrile. N'importe quel cabriolet fera l'affaire. Il faut absolument que j'aille à Rochester et que je prévienne tout de suite la police.

Les enfants se mirent tous à sangloter.

– Oui, il y a bien une carriole à la ferme mais, oh, ne partez pas ! Ne partez pas ! Oh, je vous en supplie, Maman chérie, ne partez pas. Attendez que Papa revienne !

Mère ne prêta pas attention à leurs supplications et à leurs larmes. Quand elle avait une idée en tête, elle n'avait de cesse qu'elle ne fût réalisée ; elle allait droit au but. Anthea lui ressemblait beaucoup à cet égard.

– Écoute-moi, Cyril, fit-elle en fixant son chapeau à l'aide de longues épingles acérées à tête violette, je te confie une grande responsabilité. Tu vas t'installer dans le cabinet de toilette. Tu n'as qu'à t'amuser, par exemple, à faire naviguer des bateaux dans le tub. Dis que je t'ai donné la permission. Mais surtout, reste là, avec la porte ouverte sur le palier. Quant à l'autre, je la fermerai. Et, bien entendu, ne laisse entrer personne dans ma chambre. Rappelle-toi, nul ne sait que les bijoux sont ici, excepté moi, vous quatre, et les affreux voleurs qui les ont cachés ici. Toi, Robert, tu vas au jardin et tu surveilles les fenêtres. Si quelqu'un essaye d'entrer, tu cours prévenir les deux fermiers à qui je demanderai de se poster dans la cuisine. Je vais leur dire que de dangereux personnages rôdent dans le coin, ce qui est la pure vérité. N'oubliez pas, je compte sur vous ! Mais je ne crois pas qu'ils tenteront de s'introduire dans la maison avant qu'il fasse nuit noire, aussi vous ne courez pas grand risque. Au revoir, mes chéris.

Sur ce, leur mère ferma à double tour la porte de sa chambre à coucher et s'en alla en emportant la clef. Les enfants ne pouvaient s'empêcher d'admirer l'esprit de décision et la rapidité d'action de leur fringant capitaine dans cette affaire, ni de penser que son aide leur aurait été bien précieuse, certains jours, pour les tirer du pétrin dans lequel leurs absurdes souhaits les avaient fourrés.

– Mère est un chef-né, déclara Cyril. Cela dit, je crains le pire. Même si on envoie les filles à la recherche de cette satanée fée, et qu'elles réussissent à la trouver et à la convaincre de faire disparaître le trésor, Mère pensera qu'on n'a pas surveillé la maison comme il faut et qu'on a laissé les cambrioleurs s'y glisser en douce et barboter les bijoux. Ou alors la police s'imaginera que nous les avons pris, ou encore que Mère se paye leur tête ! Oh, cette fois, il n'y a pas à dire, nous voilà dans un joli petit pétrin effroyable de tous les diables !

Avec une espèce de rage, il se mit à fabriquer un bateau de papier qu'il fit bientôt naviguer dans le tub, sur les conseils de sa mère. Robert, de son côté, alla au jardin, s'assit sur l'herbe jaunie et fatiguée et prit sa pauvre tête entre ses mains impuissantes. Quant aux filles, elles descendirent en chuchotant par l'escalier de service – vous savez, celui qui est recouvert d'un tapis en fibre de coco avec un trou au milieu plutôt dangereux (si on ne fait pas très attention, on a toutes les chances de se prendre les pieds dedans). Elles entendaient Martha ronchonner dans la cuisine.

– C'est tout bonnement affreusement abominable, disait Anthea. Et comment être sûr que les diamants sont tous là au complet ? S'ils n'y sont pas, la police pensera que Père et Mère les ont pris et qu'ils se sont débarrassés des autres dans un accès de panique. Et on les mettra en prison, et nous serons marqués d'infamie et considérés comme des parias, des enfants de criminels. Et ça ne sera pas drôle non plus pour Père et Mère, ajouta-t-elle après coup, non sans sincérité.

– Mais que pouvons-nous faire ? questionna Jane.

– Rien... ou plutôt si ! Peut-être pourrions-nous tenter une dernière fois de trouver la fée des sables. Aujourd'hui, il fait très, très chaud. Il se peut qu'elle soit sortie de son trou pour soigner au soleil sa pauvre moustache.

– Pfff! Jamais cette maudite Mirobolante ne nous accordera un autre vœu aujourd'hui, affirma Jane. Chaque fois qu'on la voit, elle est d'une humeur encore plus exécrable! En fait, je crois qu'elle déteste exaucer les souhaits.

Anthea, qui secouait tristement la tête en écoutant les paroles désabusées de sa sœur, se figea d'un seul coup, comme si elle dressait l'oreille.

– Qu'y a-t-il? demanda Jane. Aurais-tu une idée par hasard?

– C'est notre dernière chance, s'écria Anthea d'un ton dramatique, la seule, l'unique, l'ultime! Allez, viens!

Les deux filles se dirigèrent d'un pas vif vers la sablière. Anthea ouvrait la marche.

Quelle joie! La Mirobolante était là à lézarder dans un creux de sable doré et à lustrer ses moustaches au soleil rougeoyant de l'après-midi. Mais, à peine eut-elle aperçu les deux fillettes qu'elle se roula en boule à toute vitesse et commença à s'enfoncer dans le sable. Il était évident qu'elle préférait sa propre compagnie à la leur. Mais Anthea fut la plus rapide des deux. Elle l'attrapa doucement mais fermement par les épaules et empoigna sa fourrure.

– Hé, toi! Bas les pattes! s'écria la fée. Lâche-moi, veux-tu?

Mais Anthea la tenait ferme.

– Chère-adorable-vieille-Mirobolante-chérie-de-mon-cœur, lança-t-elle d'une traite, sans reprendre haleine.

– Mm ! Cela est fort plaisant à entendre, mais je te vois venir, ma toute belle. Tu veux que je t'accorde un autre vœu, je suppose. Mais je ne peux pas, tu entends, je ne peux pas me transformer en esclave du matin au soir et passer tout mon temps à exaucer les vœux des gens. Il faut que je garde un peu de temps pour moi.

– Détestez-vous exaucer les souhaits ? demanda gentiment Anthea, dont la voix tremblait d'excitation.

– Évidemment ! J'ai *horreur* de ça ! répliqua-t-elle. Lâche-moi tout de suite ou je te mords ! Je ne plaisante pas. C'est vraiment mon intention. Bon, très bien, tant pis pour toi ! Je t'aurai prévenue !

Au mépris du danger, Anthea s'accrocha à la fourrure de la Mirobolante.

– Voyons, dit-elle, au lieu de me mordre, essayez plutôt d'entendre raison. Si vous acceptez de faire ce que nous voulons aujourd'hui, je vous promets que, de toute notre vie, nous ne vous demanderons plus jamais rien.

La fée des sables en fut profondément touchée.

– Si tu me promets de ne plus jamais, jamais rien me demander à partir de demain, je suis prête à faire tout ce que vous voulez aujourd'hui, murmura-t-elle d'une voix pleine de larmes. J'ai bien cru que j'allais éclater à force d'exaucer tous vos souhaits jour après jour. Ah, si vous saviez à quel point je déteste enfler comme ça et comme j'ai peur, à chaque fois, de me froisser un muscle ou autre chose ! Et comme c'est pénible de se réveiller chaque matin avec la pensée que la même corvée vous attend. Vous n'avez pas la moindre petite idée de ce que c'est, oh non, pas la moindre !

Un petit cri aigu suivit. La voix de la fée était presque fêlée par l'émotion.

Anthea la reposa doucement sur le sable.

– Là, là, c'est terminé maintenant, dit-elle avec douceur. Au nom de mes frères et sœur, je vous promets solennellement de ne plus jamais rien vous demander à partir de demain.

– Eh bien, viens-en au fait ! s'impatienta la Mirobolante. Et finissons-en !

– Combien de vœux êtes-vous capable d'exaucer en une journée ?

– Je ne sais pas. Je ne peux pas te dire ça d'avance… Dans la limite de mes forces.

– Bon, je commence ! fit Anthea. Je souhaite d'abord que Lady Chittenden réalise qu'elle n'a jamais perdu ses bijoux.

La Mirobolante enfla, enfla avant de s'affaisser d'un seul coup.

– Affaire conclue ! déclara-t-elle.

– Je souhaite, dit Anthea plus lentement, que Mère n'arrive pas à joindre la police.

– Mission accomplie ! annonça l'étrange créature après l'intervalle de temps habituel.

– Je souhaite, lança tout à coup Jane, que Mère oublie complètement toute cette affaire.

– Ça y est ! lâcha la fée, mais d'une voix beaucoup plus faible que les deux premières fois.

– Ne voudriez-vous pas vous reposer un peu ? demanda Anthea avec beaucoup d'égards.

– Oui, s'il vous plaît. Mais avant de continuer, j'aimerais que vous demandiez quelque chose pour moi.

– Vous ne pouvez donc rien demander pour vous-même ?

– Bien sûr que non ! fit la Mirobolante. Nous, fées des sables, nous étions censées exaucer les vœux les unes des autres, en théorie du moins car, en réalité, au bon vieux temps des mégathériums, nous n'avions envie de rien. Demandez simplement, voulez-vous, d'avoir la force de garder un secret et de ne jamais, jamais parler de moi à quiconque, sous aucun prétexte.

– Mais pourquoi ? interrogea Jane.

– Voyons, ne comprenez-vous pas que, si les grandes personnes étaient au courant, je n'aurais plus jamais une seule minute de paix dans ma vie. Elles s'empareraient de moi et ne me lâcheraient plus. Et surtout, elles ne se contenteraient pas de formuler d'absurdes petits vœux comme les vôtres, elles demanderaient des choses concrètes, solides et sérieuses. Et les chercheurs scientifiques finiraient par trouver un moyen de prolonger la durée des vœux au-delà du coucher du soleil, et les gens réclameraient alors un échelonnement de l'impôt sur le revenu, des retraites, la gratuité de l'enseignement secondaire, le suffrage universel et des tas de choses ennuyeuses de ce genre. Ils obtiendraient ce qu'ils veulent, ils le garderaient, et le monde entier serait sens dessus dessous. Quelle horreur ! Je vous en prie, souhaitez mon souhait ! Vite !

Anthea répéta à voix haute le vœu de la Mirobolante, et celle-ci se mit à enfler, enfler démesurément, pour atteindre un volume qu'elle n'avait encore jamais atteint.

– Et maintenant, s'enquit-elle tout en s'effondrant comme un soufflé qui retombe, puis-je encore faire quelque chose pour vous ?

– Juste une petite chose. Après ça, je crois qu'il n'y aura plus aucun problème, n'est-ce pas, Jane ? Je voudrais que Martha oublie l'histoire de la bague de diamants et Mère celle du garde-chasse qui a lavé les vitres.

– C'est exactement comme dans *Le Pot d'étain*, dit Jane.

– Oui. Je suis rudement contente d'avoir lu ce livre, sinon je n'aurais jamais pensé à ça.

– A présent, murmura la fée d'une voix très faible, je n'ai presque plus de force. Voulez-vous encore autre chose ?

– Non, rien – sinon vous remercier de tout ce que vous avez fait pour nous. J'espère que vous allez faire enfin un bon gros somme et j'espère aussi que nous vous reverrons un jour.

– Est-ce là un souhait ? demanda la Mirobolante d'une voix mourante.

– Oui, s'il vous plaît, répondirent les filles d'une seule voix.

Alors, pour la dernière fois – du moins dans cette histoire –, Anthea et Jane virent la fée des sables enfler d'un seul coup pour se dégonfler presque aussitôt. Elle leur adressa un petit signe de tête, cligna des yeux – ses yeux d'escargot montés sur antennes –, griffa et gratta farouchement, puis disparut. Le sable se referma sur elle.

– J'espère que nous avons fait ce qu'il fallait, soupira Jane.

– Je suis sûre que oui, répondit Anthea. Rentrons à la maison et prévenons les garçons.

Anthea alla donc trouver Cyril, toujours tristement penché sur ses bateaux de papier, et lui raconta toute l'histoire. Pendant ce temps, Jane mit Robert au courant des nouvelles. Les deux filles terminaient leurs récits respectifs quand Mère – toute décoiffée, en nage et couverte de poussière – rentra. Elle n'était jamais arrivée à Rochester. Elle était sur le chemin de la petite ville où elle comptait acheter les uniformes d'hiver des filles, quand l'essieu de son cabriolet s'était cassé net. Si la route n'avait été aussi étroite et les haies aussi hautes, elle eût été projetée hors de la voiture. Ainsi n'avait-elle pas été blessée mais elle avait été obligée de rentrer à pied.

– Oh, mes chers petits poussins chéris, s'écria-t-elle, je meurs d'envie d'une tasse de thé ! Courez voir si la bouilloire chante !

– Tu vois, tout est en ordre, murmura Jane. Mère ne se rappelle plus rien.

– Martha non plus, dit Anthea, qui avait appris bien des choses en allant s'informer sur l'état de la bouilloire.

Les domestiques prenaient leur thé quand Beale, le garde-chasse, était entré en passant. Il apportait une bonne nouvelle : les diamants de Lady Chittenden avaient été retrouvés ou plutôt ils n'avaient jamais été perdus. C'était Lord Chittenden qui les avait emportés en ville pour les faire nettoyer et remonter, et le malheur avait voulu que la seule personne au courant de l'affaire – la camériste de Lady Chittenden – fût partie en congé entre-temps.

Tout était donc revenu dans l'ordre.

Un peu plus tard, les enfants se promenaient au jardin en attendant leur mère – occupée à mettre le Chérubin au lit – quand Jane dit d'un air songeur :

– Reverrons-nous un jour la fée des sables ?

– Je suis sûr que oui, répondit Cyril, puisque vous en avez exprimé le désir.

– Mais n'oubliez pas : nous lui avons promis de ne plus jamais rien lui demander.

– Je ne veux plus jamais faire de vœu, affirma Robert en toute sincérité.

Les enfants revirent la fée des sables, vous vous en doutez, mais dans une autre histoire. Et la rencontre n'eut pas lieu dans une carrière de sable mais dans un endroit tout à fait différent. C'était chez un… Mais chut ! Je ne vous en dis pas plus.

TABLE DES MATIÈRES

E. NESBIT

L'AUTEUR

La petite fille espiègle et délurée que fut Edith Nesbit (1858-1924) ne pouvait devenir une grande personne ordinaire. Et, de fait, ce fut d'emblée un esprit libre et original, à mille lieues des conventions, amie entre autres de G.B. Shaw et de H.G. Wells. Ses vêtements, sa coupe de cheveux, son style de vie, son habitude de prendre la parole en public et de dire ce qu'elle pensait, tout désignait en elle une femme qui tentait de sortir du moule imposé par la société anglaise de son temps. Edith Nesbit – ou E. Nesbit, le nom de plume qu'elle s'était choisi pour maintenir l'ambiguïté sur son identité, homme ou femme – se lança assez tard dans la littérature enfantine. L'un des aspects les plus caractéristiques de son œuvre est la combinaison d'une situation très réelle de la vie quotidienne avec des éléments de fantaisie et de magie, assaisonnés d'une bonne pincée d'humour.

Retrouvez les héros d'*Une drôle de fée* dans *Le Secret de l'amulette* (Folio Junior n°836).

Si vous avez le goût de la magie
et du merveilleux, découvrez d'autres titres
de la collection FOLIO **JUNIOR**

« LES MONDES DE CHRESTOMANCI »

MA SŒUR EST UNE SORCIÈRE

Diana **WYNNE JONES**
n° 778

LES NEUF VIES DU MAGICIEN

Diana **WYNNE JONES**
n° 931

LES MAGICIENS DE CAPRONA

Diana **WYNNE JONES**
n° 1164

LA CHASSE AUX SORCIERS

Diana **WYNNE JONES**
n° 1165

« LES CHRONIQUES DE NARNIA »

LE NEVEU DU MAGICIEN

C.S. LEWIS
n° 1150

L'ARMOIRE MAGIQUE

C.S. LEWIS
n° 1151

LE CHEVAL ET SON ÉCUYER

C.S. LEWIS
n° 1152

LE PRINCE CASPIAN

C.S. LEWIS
n° 1153

Mise en pages : Didier Gatepaille

Loi n°49-956 du 16 juillet 1949
sur les publications destinées à la jeunesse
ISBN 2-07-055762-6
Numéro d'édition : 126742
Numéro d'impression :
Dépôt légal : février 2004
Imprimé en Espagne par Novoprint (Barcelone)